SIEGERLAND-KRIMIS.DE

ÜBER DIE AUTORIN

Melanie Lahmer, geboren 1974 in Rotenburg/Fulda, wuchs in unmittelbarer Nähe zur innerdeutschen Grenze auf. Sie studierte Erziehungswissenschaften, Psychologie und Soziologie und lebt mit ihrem Mann, den drei Töchtern und zwei Katzen in ihrer Wahlheimat Siegen.

Ihr Debütroman »Knochenfinder« wurde mit einem Artist-in-Residence-Stipendium von der Kunststiftung NRW ausgezeichnet und war Quartalssieger beim Amazon-Autorenpreis »Entdeckt!«.

»Knochenfinder« und »Kuckucksbrut«, die beiden Ermittlerkrimis aus Siegen, erschienen bei Bastei Lübbe.

MELANIE LAHMER

UNTER DER MAUER

KRIMINALROMAN

MEHR INFORMATIONEN:

WWW.SIEGERLAND-KRIMIS.DE

Bibliografische Information der Deutschen Nationalbibliothek:
Die Deutsche Nationalbibliothek verzeichnet diese Publikation in der Deutschen Nationalbibliografie; detaillierte bibliografische Daten sind im Internet über http://dnb.dnb.de abrufbar.

Lektorat: Dr. Christiane Lindecke
Textredaktion: Horst Woska
Covergestaltung © Traumstoff Buchdesign traumstoff.at
Covermotiv © Andy Hoech shutterstock.com

Bestellung und Vertrieb: Nova MD GmbH, Vachendorf
Druck: Sowa Sp. z o.o, ul. Raszynska 13, 05-500 Piaseczno, Polska
ISBN 978-3-96443-489-0

Melanie Lahmer c/o Papyrus Autorenclub
Pettenkoferstr. 16-18
10247 Berlin
info@siegerland-krimis.de

2. Auflage, November 2019

Für alle,
die im Schatten der Grenze aufwuchsen.

30. JULI 1984

Liebe Mutti, lieber Vati!

Wenn ihr diesen Brief lest, bin ich nicht mehr da.

Ich habe mich entschieden, ein neues Leben zu führen.

Sucht nicht nach mir, denn ihr werdet mich nicht finden. Ich habe alle Spuren verwischt, um euch nicht mit unnötigem Wissen zu belasten.

Ich weiß, dass meine Entscheidung Konsequenzen haben wird. Auch für euch. Doch ich kann nicht anders. Leider kann ich euch keine Erklärung geben und hoffe auf euer Verständnis.

Ich werde immer an euch denken,
eure Michi

KAPITEL 1

»Hey, Nike, fang!«

Lukas warf ihr einen Flaschenöffner zu, den sie geschickt aus der Luft fing.

»Das war knapp!«, rief Nike lachend. Mit einem Plopp öffnete sie die Flasche Bier und hob sie den anderen zum Zuprosten entgegen.

»Auf *Pigs and Pearls* und den alten Probenraum!«

Sie nahm einen Schluck und schüttelte sich. Das Bier war lauwarm, aber das machte an einem Abend wie diesem nichts. Heute ging es um Erinnerungen, nicht um Gaumenfreuden.

Obwohl der Probenraum eine Zeitlang wie ein zweites Zuhause für sie gewesen war, musste die Band genau wie alle anderen Mieter der Bunkerräume auch, ihr Domizil verlassen. Das Gebäude aus Kriegszeiten war von einer Immobiliengesellschaft aufgekauft worden und sollte nun zu einem extravaganten Wohngebäude ausgebaut werden.

»Feier die Feste, wie sie fallen«, stimmte ihr Bandkollege Jute an und imitierte mit seinen Fingern einen imaginären Basslauf.

»Feier die Feste wie sie fallen, heut' ist der beste Tag von allen ...«

Nike nahm den Gesang auf, ihre Bandkumpels stimmten ein und plötzlich lagen sie sich in den Armen und sangen den Song, der auf keinem ihrer Konzerte fehlen durfte.

Es half, nicht allzu melancholisch zu werden.

Nach der letzten Strophe löste sich Nike aus der Umarmung und trank von ihrem Bier. Dabei ließ sie den Blick durch den Raum schweifen, über die alten, bunten Teppiche auf dem kalten Betonboden und die Bandposter an den Wänden, bis er an den unzähligen Eierkartons hängenblieb.

»Ich hab die Dinger ja immer gehasst. Die sehen schäbig aus und bringen nichts.«

Mit dem Finger drückte sie eine Erhebung ein, dann noch eine.

»Wie alt sind die überhaupt? Die kleben doch bestimmt noch von der allerersten Band aus den Achtzigern oder so hier.«

Lukas stellte seine Bierflasche auf den Boden und griff mit beiden Händen an den schmalen Rand der Pappe, um sie abzureißen. Sie hatten den Probenraum mitsamt Eierkartons übernommen und sie aus lauter Faulheit an den Wänden gelassen. Dass sie nicht zur Schalldämmung taugten, hatten sie von Anfang an gewusst.

Er riss eine große Lücke in die Wandverkleidung und warf die Reste in Jutes Richtung. Der duckte sich einfach, sodass die Pappe vor Nikes Füßen landete.

»Vorsicht! Zerbrechlich!«

Sie schüttelte den nächsten blauen Müllsack auf, um die Pappstücke darin zu sammeln. Es tat gut, so ausgelassen in dem alten Probenraum herumzualbern. Das linderte die leichte Wehmut, die Nike überkommen hatte. Kein Wunder, immerhin waren sie in diesem Raum in den letzten vier Jahren zu einer richtig coolen Truppe zusammengewachsen.

»Ich wäre ja gern noch hiergeblieben.«

Lukas holte sich noch ein Bier aus der Kiste in der Ecke. »Wir hatten echt eine schöne Zeit hier.«

»Ach, wir werden schon einen neuen Raum finden. Wart' nur ab!«

Nike prostete ihrem Mann zu, obwohl sie nicht so optimistisch war, wie sie vorgab. In letzter Zeit hatten sie nur noch wenig geprobt, weil Gitarrist Rob und Lukas bei der Siegener Kripo zunehmend mehr Überstunden machen mussten. Diesen Freitagabend hatten sie sich freigehalten, um auf gebührende Weise von diesem Teil ihrer Bandgeschichte Abschied zu nehmen.

»Hey, ihr beiden, hockt hier nicht so faul rum!«

Jutes übersprudelnde Energie war ansteckend. Zu fünft zerrten und zogen sie an den hartnäckig verklebten Eierkartons. Der Haufen in der Mitte wurde immer größer, die Kiste Bier in der Ecke leerte sich.

»Hey, schaut mal!«, rief Jute. »Hier hat wohl jemand alte Liebesbriefe versteckt!«

Er hielt ein paar zerrissene Seiten in die Höhe. »Ob das hier mal ein heimliches Liebesnest war?«

»Das würde dir gefallen!«

Lukas schüttelte lachend den Kopf und begann, Eierkartons in einen blauen Müllsack zu füllen.

»Soll ich euch mal ein paar Zeilen vorlesen?«

Jute hielt die Zettel gegen die Leuchtstoffröhre an der Decke und verengte die Augen.

»Das ist mit Bleistift geschrieben, das kann ich ja kaum entziffern.«

Er schwieg einen Moment, dann las er mit gerunzelten Brauen vor. *»Ich weiß zwar immer noch nicht, wo ich bin, aber* *das Mineralwasser heißt Rothaarquelle und …* Mehr kann ich nicht lesen. Und das bisschen hier auch nur mit viel Fantasie.«

»Also, dass man nicht weiß, wo man aufwacht, kann ich mir ja noch vorstellen. Aber dann weiß ich zumindest grob, in welcher Region ich mich befinde«, antwortete Lukas lachend. Er nahm einen Schluck Bier und kratzte mit der Spachtel ein paar hartnäckige Pappreste von der weiß getünchten Wand.

»Ja, der Herr von der Kripo weiß eben nicht, wie so ein richtiger Absturz aussieht. Als ich damals in Berlin …«, begann Keyboarder Pit, doch Nike unterbrach ihn.

»Keine Zivi-Geschichten, Pit. Bitte! Wir haben alle mittlerweile mindestens acht Mal gehört.« Sie ging zu Jute, der ihr die zerknüllten Seiten in die geöffnete Hand legte.

»Da sind noch mehr Blätter«, antwortete er. »Wenn du sie lesen willst, musst du das Zeug wohl erstmal sortieren. Die Zettel und Schnipsel hängen nicht zusammen und sind teilweise zerrissen.«

Der blonde Bassist griff an den Rand des nächsten Kartons, unter dem noch mehr Blätter hervor segelten und auf dem Boden landeten.

»Oh, das scheint ein Nest zu sein. Bitteschön.«

Er ging ein paar Schritte zur Seite, um an einer anderen Stelle weiterzumachen.

»Vielleicht sind das ja abgelegte Songtexte einer unserer Vorgängerbands«, mutmaßte Jute und riss an der nächsten grauen Pappe. »Wenn sie gut sind, peppen wir das Ganze auf und machen einen coolen Song draus.«

Nike bückte sich und hob die Seiten auf, doch Jute war schon längst wieder mit dem Abriss beschäftigt.

»Warum versteckt denn jemand so viele beschriebene Seiten hinter der Wandverkleidung?«

Sie hielt die Seiten gegen das Licht. Das Papier war leicht vergilbt, die aufgedruckten Linien eng mit Bleistift beschrieben.

Hätte ich es ahnen können?

Offensichtlich waren die Blätter aus einem Heft oder Buch herausgerissen worden.

»Heb sie doch auf und kleb sie zusammen. Vielleicht sind sie ja wirklich zu gebrauchen«, antwortete Lukas, ohne aufzusehen.

»Und wenn es Tagebucheinträge sind, die niemand lesen soll?«

Sie sammelte die Zettel trotzdem auf.

»Dann schmeiß sie einfach weg. Ist doch egal.«

Lukas warf eine weitere Handvoll Pappe in den Müllsack.

Doch hinter dem nächsten Karton verbargen sich noch mehr Blätter.

Vorsichtshalber verstecke ich die beschriebenen Seiten ...

Nike hob sie auf und steckte sie in ihre Gesäßtasche. Vielleicht war es das Bier, vielleicht die ausgelassene Stimmung, vielleicht auch die unterschwellige Traurigkeit, den Probenraum verlassen zu müssen.

Doch die wenigen Sätze regten etwas in ihr an, das sie noch nicht greifen konnte.

LEIPZIG, 13. JUNI 1984

Es war einer der wenigen schönen Tage in diesem Juni, entsprechend kühl war das Wasser im Kulkwitzer See. Doch das interessierte viele Leipziger nicht, denn die Liegewiesen und Strände an den Ufern des »Kulki« waren überfüllt mit Menschen, die genug von dem ewigen Regen hatten.

»Wer zuerst im Wasser ist!«

Thomas sprang von der Decke auf und rannte auf den See zu.

»Das ist unfair!«, rief Michaela, rappelte sich auf und lief hinter ihm her. Ehe sie ihn erreichte, war er mit einem Hechtsprung im Wasser gelandet und untergetaucht. Michi sprang kopfüber hinterher, als würde nicht auf sämtlichen Schildern am Ufer davor gewarnt.

»Was ist mit dir?« Annett schaute zu Karsten, der entspannt neben ihr sitzen geblieben war und den beiden hinterherblickte. »Keine Lust auf einen kleinen Wettstreit?«

Er richtete sich auf und stützte sich mit den Händen hinter dem Körper ab.

»Ich bleib lieber hier bei dir.«

Dabei sah er ihr direkt ins Gesicht und Annett spürte, wie eine leichte Röte ihre Wangen überzog. Schnell blickte sie nach vorne zum See, wo Thomas gerade ihre Schwester in die Höhe hob, um sie gleich danach ins kalte Nass des Kulkwitzer Sees fallenzulassen. Michi schrie auf und bespritzte ihn mit Wasser, woraufhin er untertauchte und sie von unten umfasste und zu sich zog. Michi kreischte erneut, doch Thomas brachte sie mit einem langen Kuss zum Schweigen.

»Süß, die beiden, oder?«

Karsten legte sich auf die Seite, stützte seinen Kopf mit der Hand und spielte mit einem Grashalm am Saum von Annetts Handtuch.

»Dabei hätte ich am Anfang nie geglaubt, dass das was wird mit ihnen. Deine Schwester hat sich ja wirklich lange gesträubt. Thomas musste sich ziemlich für sie ins Zeug legen.«

»Michi liebt eben ihre Freiheit. Da hat sie ihren eigenen Kopf.«

Annett lachte und blickte auf seine Hand, die langsam näher kam. Der Grashalm kitzelte, als Karsten damit die nackte Haut an ihrem Oberschenkel berührte. Ein Kribbeln zog durch ihren Bauch, vorsichtig strich sie mit ihren Fingerspitzen über Karstens Handrücken.

»Hey, ihr beiden, kommt doch auch ins Wasser! Es ist total erfrischend!«

Michis Ruf zerstörte den kleinen, schüchternen Moment und er zerplatzte wie die zarte Membran einer Seifenblase. Annett zog ihre Hand zurück, Karsten setzte sich wieder auf, als hätte Michaela sie bei einer Ungezogenheit ertappt.

Dabei war das Quatsch, denn vor Michi brauchten sie sich wirklich nicht zu schämen. Wenn Annett daran dachte, was sie ihr manchmal abends vor dem Einschlafen erzählte ... Doch in den letzten Wochen hatte ihre Schwester sich verändert, war oft nachdenklich und tat abends, als würde sie ganz schnell einschlafen. Dabei hörte Annett, wie sie sich unruhig im Bett wälzte.

»Na, was meinst du?« Karsten zwinkerte ihr verschwörerisch zu. »Ein paar Schwimmzüge zum Abkühlen?«

Ehe Annett antworten konnte, war er auch schon aufgestanden und mit einem eleganten Sprung im Wasser gelandet. Mit einem verwirrenden Gefühl von Vorfreude und Sehnsucht folgte sie ihm.

Michi, Thomas, Annett und Karsten alberten gemeinsam im See herum, duckten sich unter, bespritzten sich mit Uferschlamm und Seewasser und erzählten sich später anzügliche Witze, während sie sich auf ihren Handtüchern von der Sonne trocknen ließen.

Es war einer der ersten heißen Tage des Jahres und Annett glaubte, dass ihr Glück niemals enden würde.

KAPITEL 2

»Guten Morgen!«

Lukas stand in der Schlafzimmertür und hielt zwei dampfende Tassen in der Hand. »Kaffee?«

Ohne auf Nikes Antwort zu warten, stellte er eine der beiden Tassen auf ihren Nachtschrank und kroch neben sie unter die Bettdecke.

»Oder gibt es noch eine andere Möglichkeit, dich zu wecken?«, hauchte er in ihr Ohr.

Seine Fingerspitzen strichen über ihren Nacken. Wohlige Gänsehaut breitete sich auf ihrem Oberarm aus und sie seufzte. Es war lange her, dass Lukas sie so sanft geweckt hatte; frühmorgendliche Zärtlichkeiten waren vom Alltag verdrängt und erstickt worden.

Andererseits war sie schrecklich müde. Sie hatten bis nach Mitternacht im Probenraum aufgeräumt, der nun völlig leer und kahl war. Ein unpersönlicher, grauer und mit altdeutschen Ziffern versehener Raum in einem Hochbunker aus Stahlbeton. Irgendwie gruselig.

Anschließend war sie in einem zähen Traum gefangen gewesen, in dem sie die Papierschnipsel entziffern wollte, die ihr aber immer wieder aus der Hand gerutscht und zu Boden gesegelt waren. Sie hatte sich so oft hin- und hergewälzt, dass sie sich nun wie gerädert fühlte.

Lukas' Hand wanderte vom Nacken zu ihrer Brust, sein Atem ging flach und streifte ihr Ohr. Doch Nike war jetzt nicht in Stimmung, die Bilder des gestrigen Abends waren zu stark, das Bier hinterließ ein flaues Gefühl im Magen.

»Der Kaffee duftet verführerisch«, murmelte sie und wand sich aus Lukas' Armen. Sie klopfte ihr Kopfkissen zurecht und legte es sich in den Rücken, so dass sie in bequemer, aufrechter Position ihren Wachmacher genießen konnte.

»Ja klar, der Kaffee.«

Sie merkte Lukas die Enttäuschung an, auch wenn er sie vor ihr verbergen wollte.

»Es hat nichts mit dir zu tun«, erklärte sie deshalb und drückte ihm einen Kuss auf die stoppelige Wange. »Ich bin wegen gestern noch so aufgewühlt.«

»Schon gut«, erwiderte Lukas. Er lehnte sich ebenfalls gegen die Kopfstütze des Bettes. »Wir sind ja schließlich keine zwanzig mehr.«

Er klang beleidigt, doch Nike wollte sich nicht von ihm unter Druck setzen lassen. Denn auch in diesem Punkt hatte er recht; sie waren keine zwanzig Jahre alt, sondern vierzig. Knapp.

»Ich muss noch den Nudelsalat für Hajos Geburtstag morgen vorbereiten. Brigitte bekommt sonst einen Anfall, schließlich ist der Salat fest eingeplant.«

Lukas seufzte, schwieg aber und nippte an seinem Kaffee.

»Malte wollte übrigens nicht mitkommen, ich habe ihn aber dazu verdonnert«, erklärte sie. »Immerhin wird sein Opa neunundsechzig.«

Lukas hatte die Beine aufgestellt, sie legte eine Hand auf seinen Oberschenkel. Erst beim Kontakt mit Lukas' Körperwärme merkte sie, wie kalt ihre Finger waren. Doch Lukas ließ sich nichts anmerken und trank seinen Kaffee, als wäre es die verantwortungsvollste Aufgabe an diesem Samstagvormittag.

Langsam zog sie die Hand zurück. Die Stimmung zwischen ihnen war futsch. Doch Nike hatte keine Lust, sie zu kitten. Nicht schon wieder. Dann sollte Lukas eben seinen Kaffee in der Schmollecke trinken.

»Du weißt ja, wo du mich findest.«

Entschlossen stand sie auf und ging barfuß in die Küche, um den Nudelsalat vorzubereiten und sich von dem unschönen Tagesbeginn abzulenken.

Während die Nudeln kochten, zog sie sich im Badezimmer um und machte sich frisch. Beim Zähneputzen fiel ihr Blick auf die Jeans vom Vorabend, die über dem Badewannenrand hing. Ein Schnipsel lag zerknittert auf den Fliesen. Nike bückte sich und hob das Papier auf.

Was hatte sie da nur gestern Abend geritten, dass sie die ganzen Schnipsel und Blätter aufgehoben und in die Tasche gesteckt hatte? Ein akuter Anfall von Melancholie, dachte sie und grinste mit der Zahnbürste im Mund.

Lukas und die anderen hätten das Papier einfach in den Müllsack gesteckt und weggeworfen; sie hingegen hatte sich von ihrer Neugier leiten lassen. Es war natürlich nicht die feine Art, in einem fremden Tagebuch zu stöbern – andererseits gab es vielleicht auch jemanden, der sich über diese wahrscheinlich längst vergessenen Fragmente seines Lebens freuen würde.

Sie wusch ihr Gesicht und wuschelte sich durch die weißblonden Haare. Später, wenn der Nudelsalat fertig war, würde sie die einzelnen Blätter sortieren.

Nachdem sie die Pasta abgegossen hatte, ging sie durch die Schiebetür nach draußen auf die Terrasse. Die Sonne stand noch an der Front des Hauses, die Temperatur war angenehm. Erst am späten Nachmittag würden die Sonnenstrahlen auf die Rückseite des Hauses reichen und ihnen hoffentlich einen lauschigen Samstagabend bescheren. Mit angezogenen Knien setzte sie sich auf die Holzbank und trank ihren zweiten Kaffee. Der wilde Ligusterbusch am Rand der Terrasse duftete betörend, das Summen unzähliger Bienen war wie Musik in ihren Ohren.

Doch die Idylle wurde durch das Rascheln des Flieders auf der rechten Seite gestört. Mit einem eleganten Sprung landete Chesterfield, der dicke rote Kater von nebenan, auf der obersten Treppenstufe der Holzterrasse. Kaum hatte sich Chester auf Nikes Schoß zusammengerollt, hörte sie ihren Nachbarn, Ralf Lorey, hinter dem Flieder rufen.

»Na, stört er schon wieder?«

Ralf zwängte sich ebenfalls zwischen den beiden Fliederbüschen hindurch und sah seinen Kater vorwurfsvoll an. Doch der beachtete ihn gar nicht weiter und schnurrte mit geschlossenen Augen.

»Möchtest du einen Kaffee?«

Ralf wackelte unschlüssig mit dem Kopf, doch als Nike ihre Tasse in seine Richtung hielt, nickte er. »Na gut. Ich wollte sowieso mit euch reden.« Er nahm ihr gegenüber Platz, woraufhin Chester sich noch fester auf Nikes Schoß zusammenrollte.

»Moin!«

Lukas brachte zwei Tassen mit nach draußen und setzte sich gähnend zu ihnen.

Ralf nahm sich einen Kaffee und nippte daran. »Bei mir gibt es demnächst ein paar Veränderungen.«

»Du heiratest?«

Lukas' Frage sollte ein Scherz sein, aber für einen kurzen Moment glaubte Nike, einen Schatten über Ralfs Blick zu sehen. Doch er fing sich schnell wieder und fiel in Lukas' Lachen ein. Ralf war der typische ewige Junggeselle - und Nike hätte sich über eine Partnerin aufrichtig gefreut.

»Für meinen sechzigsten Geburtstag im September habe ich ein Einzelzimmer im Wellness-Hotel gebucht. Mit Sauna, Whirlpool und allem Pipapo. Das wollte ich jetzt eigentlich nicht umbuchen.«

»Du kannst das Zimmer gerne mir überlassen, ich finde garantiert Verwendung dafür!«, antwortete Lukas und räkelte sich in seinem Gartenstuhl, als säße er gedanklich schon im Pool.

Nike rollte mit den Augen.

»Du wirst aber nicht wegziehen, oder?«

Ralf lebte auf ihrer rechten Seite in einem mittelgroßen Bungalow mit Hanglage, wie fast alle Häuser in der Nachbarschaft. Er bewohnte die obere Etage mit ebenerdigem Eingang zur Straße, das untere Stockwerk mit dem Seiteneingang stand momentan leer.

»Kein Umzug. Im Gegenteil, ich werde meinen Haushalt erweitern. Um einen Hund.«

»Gute Idee!« Lukas hatte das Räkeln aufgegeben und sah seinen Nachbarn interessiert an. »Was ist es denn für einer?«

»Eine Bordeaux-Dogge. Selly. Sie kommt aus dem Tierheim und hat bisher wenig Glück mit ihren Herrchen und Frauchen gehabt. Aber bald ist sie ja bei mir!«

Ralf strahlte vor Vorfreude. Nike konnte es ihm nachempfinden, auch Lukas lächelte versonnen.

»Wir hatten bis vor ein paar Jahren auch einen Hund, Nero, einen kleinen Mischling. Dem hätte es hier im Haus auch gut gefallen.« Nike kraulte Chesters Fell und nickte wehmütig. »Dann könnten wir uns das Umgraben sparen und hätten vermutlich keine Probleme mehr mit Maulwürfen. Allerdings bin ich mir nicht sicher, ob er sich so gut mit Chester vertragen hätte.«

Der Kater lag unbeweglich auf ihren Oberschenkeln, als würden sie gar nicht über ihn reden.

»Das ist das Problem«, seufzte Ralf. »Ich weiß nicht, wie Chester mit dem neuen Hausgenossen umgehen wird.«

»Unsere Tür steht nach wie vor für euch offen. Für dich, für Chester - aber auch für deinen Hund.«

Nike strich dem dicken Kater über das rote Fell. »Und wenn Chester vorübergehend eine Auszeit braucht, können wir ihm auch ein Katzenklo bei uns aufstellen. Schlaf- und Futterplätze hat er sich ja sowieso schon gesucht.«

Ralf sah sie erleichtert an. »Darauf hatte ich gehofft. Danke. Es ist ja sowieso nur eine Art Sicherheitsnetz. Wer weiß schon, wie die beiden miteinander klarkommen. Vielleicht werden sie ja die dicksten Freunde. Soll es ja alles geben!«

Erleichtert trank er seine Tasse aus und stand auf.

»Jetzt will ich aber erstmal wieder rüber, ich hab Frau Riedel versprochen, den Rasen zu mähen.«

Chester öffnete kurz ein Auge, als sein Herrchen durch die Hecke wieder nach drüben ging, blieb aber ansonsten unbewegt liegen.

»Wir schaffen das schon, mein Guter. Dann kommst du eben noch öfter zu uns.«

Nike schloss die Augen und genoss die Stille des Augenblicks, die Wärme des Katers auf ihrem Schoß und dachte daran, welch ein Glücksfall Ralf als Nachbar war.

28. JULI 1984

Übermorgen ist es soweit!

Meinen Rucksack habe ich längst gepackt und im Kleiderschrank in die hinterste Ecke gestellt. Hoffentlich entdeckt Annett ihn nicht. Ich möchte sie nicht anlügen, aber ich könnte ihr unmöglich die Wahrheit sagen.

So lange habe ich diesen Tag herbeigesehnt und jetzt ist er plötzlich da.

Manchmal würde ich am liebsten alles wieder rückgängig machen und meinen Plan vergessen. Was, wenn es schiefgeht? Wenn sie mich erwischen? Ich habe schon so viele schlimme Geschichten gehört – aber woher weiß ich, ob sie wahr sind?

Ich habe genug von den Lügen, die mich mein Leben lang begleitet haben. Es gibt ein anderes Leben. Es MUSS ein anderes Leben geben, denn wofür dienen sonst die ganzen Heimlichkeiten, die Unterstellungen und Halbwahrheiten?

Es ist gefährlich. Aber ich werde niemals Ruhe finden, wenn ich es nicht zumindest versucht habe.

Und ich bin bereit, den Preis dafür zu bezahlen.

KAPITEL 3

»Fass mal mit an, Malte!«, rief Lukas über die Schulter nach hinten, während Nike den T4 auf den großen Platz mit den Altpapier-Containern steuerte. Zwischen den beiden Sitzen und der Miniküche des umgebauten Bullis lagen zehn blaue Säcke, prall gefüllt mit dem Dämmmaterial aus dem Probenraum.

Malte war am späten Vormittag verstrubbelt und übernächtigt nach unten gekommen und hatte äußerst unwillig die Anweisung entgegengenommen, beim samstäglichen Aufräumen und Saubermachen zu helfen.

»Darf man hier überhaupt so viel auf einmal einwerfen?«, maulte er, schnallte sich aber ab und öffnete die Schiebetür des Bullis. Mit einem Satz sprang er nach draußen und streckte sich, als hätte er stundenlang zwischen den Säcken kauern müssen.

»Ja, darf man. Besonders in Begleitung seiner Erziehungsberechtigten«, kalauerte Lukas, doch sein Sohn schenkte ihm nur einen müden Blick. Zu dritt schleppten sie die Müllsäcke zu den Containern und begannen, die Pappstücke in die Einwurfschlitze zu schieben.

»Was soll denn mit den ganzen Schnipseln passieren?« Malte sah sie gelangweilt an, ohne eine Antwort zu erwarten. »Wir können doch einfach die Tüte mit allem drum und dran zu Hause in die Mülltonne werfen. Dann sparen wir uns die ganze Arbeit hier.«

Er hielt einen Müllsack hoch, einige Pappstücke segelten zu Boden. Lukas sah ihn mit hochgezogenen Brauen an, sagte aber nichts.

»Schon gut«, seufzte Malte und hob die Schnipsel wieder auf. »Hab schon verstanden. Und was ist hiermit? Sind das Songtexte?«

Er hielt eine Handvoll Blätter in der Faust, die vermutlich zu einem Tagebuch gehörten.

»Weg damit, was sonst«, herrschte Lukas ihn an, der nun sichtlich genervt war. »Ich will mich nicht ewig hiermit aufhalten, wir fahren nachher noch zu Opas Geburtstag.«

»Als ob ich das vergessen hätte«, entgegnete Malte kleinlaut und steckte die Tagebuchseiten in den Container.

»Hört doch mal auf zu streiten!« Nike knüllte ihren leeren Müllsack heftiger zusammen als nötig. »Das ist ja nicht auszuhalten!«

Die beiden sahen sie empört an, plötzlich wieder vereint. »Was ist denn?«

»Ach, vergesst es.«

Sie winkte ab.

Malte griff die nächsten Schnipsel und Blätter und wollte sie gerade in den Container werfen, als Nike ein lautes »Stopp!« rief. »Nicht wegwerfen, die brauche ich noch!«

Malte und Lukas sahen einander an, von schlechter Laune keine Spur mehr.

»Woher soll ich das wissen? Dann darfst du sie eben nicht in den Müll werfen«, maulte Malte und Lukas nickte. »Was willst du denn mit dem ollen Zeug? Glaubst du wirklich, da steht was Interessantes drin?«

Ihr Mann sah sie zweifelnd an, was Nikes Rebellenherz erst recht anstachelte.

»Ja, ich halte das für wichtig. Und jetzt gib mir bitte die Blätter.«

Sie nahm die Seiten entgegen, strich das oberste Blatt glatt.

Ich wollte die Alpen sehen und die Nordsee, wollte Venedig besuchen und den Eiffelturm in Paris.

In den Worten schwang eine Sehnsucht mit, die Nike stark berührte.

Ich wollte all das, was ich niemals würde haben können.

Es war völlig egal, was Lukas davon hielt – sie würde die Blätter aufheben und zusammenpuzzeln. Und sie würde erst Ruhe geben, wenn sie das Geheimnis des Tagebuchs gelöst hatte.

Den Rest des Nachmittags verbrachte sie im Staudenbeet, um den lästigen Giersch einzudämmen und Verblühtes abzurupfen. Chester lag auf der Gartenbank und ließ sich von der Sonne wärmen, und selbst die vorwitzige Blaumeise, die immer wieder auf dem Terrassentisch umherstolzierte, konnte ihn nicht aus der Ruhe bringen.

Erst als Nike sich mit einer Flasche Wasser dazusetzte, erhob sich der Kater gemächlich, sprang leichtfüßig von der Bank und trottete dann hinüber in sein heimisches Revier.

Nike sah ihm kopfschüttelnd hinterher und nahm einen großen Schluck aus der Wasserflasche. Dabei fiel ihr Blick auf die Stelle, an der der Kater gelegen hatte.

Da lag eine der Seiten aus dem Tagebuch. Sie musste ihr wohl aus der Hosentasche gerutscht sein. Nike dachte an Jutes Spruch mit dem Aufwachen nach einem Vollrausch. Daran, dass man am nächsten Tag nicht wusste, wo man sich befand.

Ihr selbst war so etwas nie passiert, Jute und Pit aber schon, das hatten sie oft genug erzählt. Und Rob und Lukas? Die beiden kannten sich seit der Oberstufe und waren seitdem beste Freunde. Sie waren nicht immer Polizisten gewesen und aus verschiedenen Erzählungen reimte sie sich zusammen, dass weder Rob noch Lukas als Abiturienten Gelegenheiten ungenutzt verstreichen ließen. Egal, ob es sich um Mädchen, Alkohol oder Kiffen handelte.

Sie selbst hatte zwar ebenfalls kaum eine Party ausgelassen, doch gegen ihre Schwester waren ihre eigenen Versuche der Auflehnung geradezu kindisch gewesen. Ihre Eltern hatten sich mehr als einmal gefragt, warum ihre Zwillingstöchter nicht nur gegensätzlich aussahen, sondern sich auch so benahmen.

Nike nahm die Tagebuchseite in die Hand.

Es hatte sich nach einem Reisetagebuch angehört und sie war neugierig, wer da auf der Reise gewesen war. Sie setzte sich und legte die Füße gekreuzt auf den Tisch. Während sie das Wasser direkt aus der Flasche trank, betrachtete sie das Blatt.

Erst gebe ich ihm Geld, und dann liege ich heulend da und will wieder nach Hause?

Das klang nicht gut und Nike ließ das Blatt sinken. Die Gedanken, die ihr durch den Kopf gingen, schob sie schnell beiseite. Wurde hier ein Missbrauch angedeutet? Sie drehte die Seite um und überflog die eng beschriebenen Linien auf der Suche nach einem Namen oder einem Ort.

Freiheit.

Ich habe mir immer vorgestellt, wie sie sich wohl anfühlt.

Nike stand auf und ging ins Bad, um die Taschen ihrer Jeans zu durchwühlen. Ein paar Schnipsel fand sie noch, doch es würde ewig dauern, sie zu sinnvollen Seiten zusammenzustellen.

Bevor sie die Blätter sortieren konnte, klingelte ihr Smartphone.

Sie war versucht, den Anrufer einfach zu ignorieren, aber es konnte auch ihre Chefin oder jemand anderes aus dem Mutter-Kind-Heim sein.

Doch auf dem Display erschien Nesrins Bild und Nike nahm den Anruf entgegen.

»Nesrin! Was hast du auf dem Herzen?«

Sie setzte sich mit dem Telefon auf das Sofa und legte die Beine hoch. Ein Gespräch mit ihrer langjährigen Freundin dauerte selten weniger als eine halbe Stunde. Doch heute kam Nesrin erstaunlich schnell zur Sache.

»Kannst du mir für heute Abend deine Lederhose leihen? Die du manchmal auf Konzerten anhast«, sprudelte ihre Freundin los und Nike ahnte schon, worum es ging.

»Du hast ein Date? Kenne ich den Glücklichen?«

Nesrin lachte.

Sie erzählte Nike von ihrem aktuellen Flirt, und die beiden Freundinnen kamen von einem Thema zum anderen. So wie eigentlich immer.

Nach dem Telefonat schlüpfte sie in ihre Laufsachen, um eine Runde um die nahe gelegenen Unigebäude zu drehen. Die Blätter legte sie beiseite, ohne sich noch einmal damit zu beschäftigen.

KAPITEL 4

Malte hatte sich mit der Situation abgefunden, dass er diesmal nicht mit seinem Kumpel Jan nach Müngersdorf ins Stadion fahren konnte. Trotzdem hatte er eine grummelige Miene aufgesetzt, als wollte er sie mit schlechter Laune bestrafen.

»Da seid ihr ja endlich!«

Sie waren nicht einmal ausgestiegen, da stand Brigitte schon an der niedrigen Gartenpforte und empfing sie. »Hajo wartet schon auf euch!«

»Hallo, liebste Schwiegermutter!«

Lukas ging auf Brigitte zu, nahm sie in den Arm und gab ihr rechts und links ein Wangenküsschen. Wie immer war sie seinem Charme sofort erlegen und öffnete das Törchen, um sie einzulassen.

»Ihr könnt direkt auf die Terrasse gehen, Hajo wartet schon. Er ist nämlich schon ein bisschen aufgeregt«, fügte sie hinzu und schien nicht zu merken, wie hektisch sie selbst wirkte.

»Hallo Mama. Wir haben doch erst halb drei! Oder sind die anderen Gäste etwa schon da?«

Nike schlängelte sich an ihrer Mutter vorbei und betrat den Garten. Der Rasen war frisch gemäht, die Rosenrabatte gestutzt und von vollen Blüten in orange, gelb und weiß gerahmt. Es duftete wahnsinnig gut und Nike blieb einen Moment stehen, um das Werk ihrer Mutter zu begutachten.

»Wie du das immer schaffst«, seufzte sie. »Meine Rosen sind nicht so blühfreudig, egal, was ich mit ihnen mache.«

»Du musst dich einfach mehr darum kümmern. Die Rose ist nicht umsonst die Blume der Liebe! Und sie bedanken sich mit betörendem Duft für die Pflege.«

Brigitte strahlte sie an, als ob ihr der unterschwellige Vorwurf nicht bewusst wäre. Doch Nike hatte ihn gehört. Jahrelange Übung.

»Dann sind mir meine Rosen wohl nicht wichtig genug«, antwortete sie flapsig und ging an ihrer Mutter vorbei zur Terrasse.

»Hallo Paps! Die besten Glückwünsche zum Geburtstag! Wie geht es dir heute?«

Als sie ihn umarmte, spürte sie seine Knochen stärker als sonst. Hatte er schon wieder abgenommen? Sie richtete sich auf und betrachtete ihren Vater. Das weiße Hemd war faltenfrei, unter den kurzen Ärmeln lugten dünne, braungebrannte Arme hervor.

»Gut, mein Kind. Alles ist in Ordnung. Schließlich wird man nicht jeden Tag neunundsechzig! Den Salat kannst du in die Küche bringen, Brigitte hat ein kleines Buffet aufgebaut.«

Nike kam der Aufforderung nach und betrat über die Terrasse die Küche.

Hier hatte sich in all den Jahren nichts geändert. Der Raum hatte noch den beigebraunen Charme der Achtziger, selbst die Kacheln mit dem Gänsemotiv hingen schon seit fast dreißig Jahren als Spritzschutz hinter dem Herd. Der Induktionsherd war das einzige Zugeständnis an die moderne Technik. Nike erinnerte sich noch genau daran, wie sehr sich Brigitte gegen diese Neuerung gewehrt hatte.

Irgendwann war sie Lukas' Argumenten erlegen, und Vics damaliger Freund hatte irgendein Angebot »geschossen«, wie er es genannt hatte.

Ansonsten sah das ganze Haus so aus wie damals, als sie und Vic hier gewohnt hatten. Veränderungen waren ihren Eltern schon immer suspekt gewesen. Als Malte noch klein war, hatte sie oft ihre eigene Kindheit reflektiert. Kaum vorstellbar, welche Belastung das erwartbare Durcheinander von Zwillingen im Kleinkindalter für ihre auf Beständigkeit bedachten Eltern gewesen sein mochte.

»Hätte Malte nicht wenigstens heute auf sein Fußballhemd verzichten können?«

Brigitte war unbemerkt aus der Diele in die Küche gekommen und warf stirnrunzelnd einen Blick auf Nikes Nudelsalat.

»Du kennst ihn doch«, antwortete sie ausweichend. Wohl wissend, dass ihre Eltern dem einzigen Enkel sowieso alles durchgehen ließen. Sogar ein Trikot des FC Köln am Geburtstag seines Großvaters.

»Ein ordentliches Hemd wäre aber angemessen gewesen.«

Brigitte holte Salatbesteck, rührte in Nikes Salatschüssel und warf einen kontrollierenden Blick auf die kleine Menge auf dem Löffel.

»Du hast auch nicht zu viel Salz drangetan? Du weißt ja, dass Hajo wegen seines Blutdrucks aufpassen muss.«

Ohne Nikes Antwort abzuwarten, holte sie ein Stück Küchenrolle, um den Rand der Schüssel sauber zu wischen. Nicht auszudenken, wenn Pestoreste am Schüsselrand das ganze Buffet verderben würden!

Nike schluckte eine Bemerkung und richtete die Servietten rechtwinklig zur Tischkante aus.

Wenn pingelig, dann richtig!

»Wann kommt Vic?«

»Sie ist noch auf einem Seminar und kommt wahrscheinlich etwas später«, erklärte Brigitte. »Aber ich bin ja schon froh, dass sie überhaupt kommt. Dass sie immer so weit weg arbeiten muss.«

Zum Glück ging sie nicht weiter darauf ein, denn Nike kannte den Rest. Brigitte konnte es einfach nicht verwinden, dass Victoria sich als freischaffende Künstlerin über Wasser hielt und nicht wie ihre Eltern die Beamtenlaufbahn eingeschlagen hatte. Die ständige Sorge um die Zukunft ihrer Tochter brachte sie manchmal an den Rand der Verzweiflung. Da half auch gutes Zureden nicht.

»Habt ihr schon Getränke nach oben geholt, oder soll ich eben in den Keller gehen?«, fragte Nike, um von Victoria abzulenken.

»Ich habe Lukas und Malte damit beauftragt. Du kannst nach draußen gehen und den Sitz der Tischtücher überprüfen. Wir haben leider nicht mehr alle Tischtuchklemmen gefunden.«

»Mache ich!«, antwortete Nike und verschwand nach draußen, froh, dem Gespräch ihrer Mutter über ordentliche Tischtücher und bekleckerte Schüsselränder zu entkommen.

Es war lange her, dass Nike und Victoria miteinander geredet hatten. Victoria hatte zwar ein kleines Apartment in Siegen, war aber beruflich viel unterwegs. So kam es, dass sich die Schwestern selten sahen. Von der innigen Verbundenheit ihrer Kindheit war jedenfalls nicht mehr viel zu spüren, was Nike oft bedauerte.

»Hallo Schwesterherz!«

Victoria saß am gedeckten Tisch unter dem großen Apfelbaum und winkte Nike zu sich.

»Du bist schon hier?« Nike setzte sich zu ihrer Zwillingsschwester. »Ich habe dein Kommen gar nicht bemerkt.«

»Ich kam zusammen mit Wolfgang und Angelika, Hajos ehemaligen Kollegen. Du weißt schon: Deutsch und Geschichte. Aber ich habe mich lieber direkt verzogen, weil ich keine Lust auf Lehrergespräche hatte.« Victoria verschränkte die Arme hinter dem Kopf. »Diese indiskrete Suche nach einem Ehering oder einem Babybauch hat mir schon gereicht.«

Nike rollte mit den Augen, ignorierte aber die Aussage. Sie kannte diese Blicke. »Wie war dein Seminar?« Sie nahm sich einen Apfel aus der Schale in der Tischmitte. Er schmeckte leicht säuerlich, aber gut.

Vic nahm sich ebenfalls einen Apfel. »Es ist ein Aquarellkurs für Einsteiger, für die Grande Dames eines großen Wohltätigkeitsclubs. In einem feudalen Clubhaus in Eisenach, mit Blick auf die Wartburg.«

»So wie du es sagst, klingt es nach einer ziemlich langweiligen Angelegenheit.«

Vic lachte und versuchte, ihre roten Locken zu einem ordentlichen Pferdeschwanz zusammenzubinden. Ein hilfloser Versuch, denn das war ihr schon als Kind nicht gelungen.

»Sagen wir mal so: Ich werde gut dafür bezahlt.«

»Na, das ist ja die Hauptsache!«

Die beiden Schwestern lachten. Hajo, der durch seine inzwischen angewachsene Gästeschar wandelte, warf ihnen glückliche Blicke zu. Er hob sein Rotweinglas, als wollte er ihnen zuprosten, wurde aber von seinem Nachbarn in ein Gespräch verwickelt.

»Heute sieht er gut aus.« In Victorias Stimme schwang leichte Besorgnis. »Er scheint sich ja von seinem Schwächeanfall gut erholt zu haben.«

Nike stützte das Kinn auf ihren Händen ab und beobachtete ihren Vater. Seine Bewegungen waren langsamer als vor dem Kreislaufzusammenbruch, als hätte er von dem Sturz noch Schmerzen zurückbehalten. Doch wenn sie ihn darauf ansprach, winkte er stets ab.

»Unkraut vergeht nicht«, hatte er letztens gesagt. »Bis ich unter der Erde liege, fließt noch einiges Wasser die Sieg hinab.«

Nike hoffte, dass er damit recht behielt.

29. JULI 1984

Ich glaube, ich war noch nie so aufgeregt wie heute. Hoffentlich habe ich an alles gedacht!

Morgen beginnt meine Reise in ein neues Leben. Ich nehme nur ganz wenig mit, mein Rucksack soll unauffällig und klein sein. Am liebsten würde ich noch einen Koffer voller Erinnerungen mitnehmen, aber das geht nicht. Die Auswahl fiel mir wirklich schwer, und ich könnte immer noch heulen wegen all dem, was ich zurücklassen muss. Wenn es möglich wäre, würde ich einfach meine Familie einpacken und mitnehmen. Aber das geht ja nicht. Dafür habe ich mein Lieblingsfoto vom letzten Ostsee-Urlaub mitgenommen. Es ist natürlich kein Ersatz, aber ein Andenken an eine tolle Woche.

Ach, ich mag gar nicht darüber nachdenken, wie es ohne sie sein wird.

Der Abschied von Thomas fiel mir schwer. Ich hasse mich für alles, was ich ihm angetan habe. Ich hätte ihn längst verlassen müssen, aber ich habe es nicht geschafft. Was hätte ich auch sagen sollen? Die Wahrheit kam nicht in Frage.

Aber ich muss jetzt nach vorne schauen, nicht zurück.

Ich hoffe, dass meine Zeugnisse etwas wert sind und ich trotzdem noch Lehrerin werden kann. Das wäre wirklich toll.

Und wer weiß schon, ob wir uns nicht doch irgendwann alle wiedersehen. Vielleicht sogar in nicht allzu ferner Zukunft.

Das wäre schön.

KAPITEL 5

In der Nacht hatte Nike erneut schlecht geschlafen, weshalb sie sich schlaftrunken einen Kaffee machte und mit ins Bad nahm. Zwischen Dusche und Zähneputzen nahm sie immer wieder einen kleinen Schluck, doch so richtig half all das nicht. Müde lehnte sie sich gegen das Waschbecken und schloss die Augen vor der Unordnung, die sich im Spiegel offenbarte. Fürs gute Gewissen sammelte sie zumindest die Wäschestücke vom Boden und dem Badewannenrand auf, die ihr gehörten. Um den Rest sollten sich Lukas und Malte kümmern.

Als sie die schmutzige Jeans von ihrer freitäglichen Probenraum-Putzaktion in die Wäschetonne stopfte, fielen ein paar Papierschnipsel aus der Tasche.

»Ach ja«, murmelte sie und untersuchte auch die anderen Hosentaschen. »Da war ja noch was.«

... sich nach dem eigenen moralischen Kompass richtet und nicht nach den Fähnlein der anderen, stand da.

Was sollte das bedeuten? Kurzerhand legte sie die Schnipsel in die Seifenschale, die sowieso gereinigt werden musste, und nahm das Ganze mit in die Küche. Am Abend würde sie sich die Zettel noch einmal vornehmen und sinnvoll zusammensetzen.

Noch immer nicht richtig wach und leicht gereizt fuhr sie zum Frühdienst ins Mutter-Kind-Heim, wo sie sofort in Beschlag genommen wurde.

»Ich weiß gar nicht, was mit Elyas los ist.« Deborah hielt ihr verzweifelt das mittlerweile vor Erschöpfung eingeschlafene Baby entgegen. »Warum schreit er so viel?«

Das dichte schwarze Haar des Säuglings klebte auf der verschwitzten Stirn, doch die Gesichtszüge waren entspannt und weich, die kleinen Fingerchen lugten aus dem Ärmel des gelben Sweatshirts hervor.

»Hast du es mal mit dem Fliegergriff probiert, den ich dir gestern gezeigt habe?«

Zur Verdeutlichung hielt Nike ihre angewinkelten Arme vor ihren Körper, als läge ein kleines Baby bäuchlings darin.

»Ich hab das alles gemacht, aber es hilft nichts. Der schreit immer nur!«

Die dunklen Ringe unter Deborahs Augen wirkten auf der blassen Haut wie aufgemalt. Man sah ihr die Überforderung mit dem ständig schreienden Säugling deutlich an, und sie tat Nike leid. Eigentlich sollte sie um diese Uhrzeit längst in der Schule sitzen, aber es war abzusehen, dass sie das Schuljahr wiederholen würde. Zu viele Fehlzeiten und kaum messbare Leistungen.

»Was ist, wenn er krank ist? Das ist doch nicht normal!« Debbys Stimme zitterte.

»Du warst doch schon beim Kinderarzt mit ihm.« Nike versuchte, der jungen Mutter die Angst zu nehmen. Doch Debby war durch den Schlafmangel gereizt und am Ende ihrer Kräfte.

»Legt euch beide hin und schlaft, das wird euch guttun. Und ich werde ein Ohr auf Elyas haben!«

»Danke«, murmelte Debby und stieg mit müden Schritten die Treppe zum Obergeschoss empor, wo sich ihr Zimmer und das Bad befanden.

»Frau Klafeld, kommen Sie mal bitte in mein Büro?«

Sieglind Petermann war hinter sie getreten und sah sie missbilligend an. Nike rollte im Geiste mit den Augen. Diesen Blick legte ihre Chefin immer dann auf, wenn sie etwas zu kritisieren hatte. Was im Grunde genommen ständig passierte.

»Einen Augenblick. Ich notiere gerade noch für den Spätdienst, dass ich Deborah erlaubt habe, ihren Dienst zu verschieben. Es soll ja schließlich alles seine gewohnte Ordnung haben!«

Sieglind Petermann holte tief Luft, um einen Gegenkommentar abzufeuern, aber Nike drehte sich einfach um und ging in den Personalraum, um eine entsprechende Nachricht für Katharina und Heike zu hinterlegen.

Zwei Minuten später klopfte sie gegen den Holzrahmen von Petermanns Bürotür und trat ein.

»Sie wollten mich sprechen?«

»In der Tat!«

Die Petermann baute sich vor ihr auf, obwohl sie einen halben Kopf kleiner war. Darüber konnte auch ihr hochtoupiertes Haar nicht hinwegtäuschen.

»Heute ist Montag. Und Sie wissen ganz genau, dass Deborah längst in der Schule sein müsste. Stattdessen schicken Sie sie ins Bett!« Ihre Stimme wurde mit jeder Silbe schriller. »Wenn sie schon nicht zur Schule geht, könnte sie zumindest ihren Dienst verrichten.«

Sie warf einen Blick auf den Plan neben der Bürotür. Hier wurden sowohl die Dienste als auch die Gruppentermine sowie die Einzelgespräche aller sechs Bewohnerinnen notiert. In einer zweiten Spalte wurde die Betreuung der Kinder der minderjährigen Mütter geplant.

»Deborah muss heute den Flur reinigen. Das ist ja nun wirklich keine große Aufgabe, die man auch einer Sechzehnjährigen zumuten kann«, schickte sie mit leiser Verachtung hinterher.

»Grundsätzlich ja«, entgegnete Nike. »Aber Deborah hat ein drei Monate altes Baby mit Koliken. Elyas lässt ihr kaum Ruhe, sie schläft nachts nur wenig und kann auch tagsüber nicht abschalten. Dafür ist es hier im Haus mit den anderen Müttern und ihren Babys einfach zu laut.«

»Auch andere Mütter haben anstrengende Babys und sind in der Lage, zumindest den Minimalanforderungen gerecht zu werden. Würde sie alleine leben, müsste sie sich auch um den Haushalt kümmern. Hier wird ja nun wirklich nicht zu viel verlangt!«

»Deborah ist sechzehn. Die wenigsten Teenager stehen unter solch einem Druck. Viele müssen ja noch nicht einmal die Spülmaschine zu Hause ausräumen!«

Es fiel ihr schwer, ruhig zu bleiben. Dabei standen solche Diskussionen auf der Tagesordnung. Sieglind Petermann war es einfach nicht möglich, sich in die Lage ihrer minderjährigen Schützlinge zu versetzen oder zumindest ein klein wenig Verständnis aufzubringen.

»Aus psychologischer Sicht halte ich es für dringend nötig, dass Debby einmal zur Ruhe kommt und Kraft tanken kann. Wenn sie zusammenbricht, kann sie sich nicht um ihr Kind kümmern.«

Nike ging zur Tür und verließ Petermanns Büro, ohne sich umzudrehen.

Am liebsten hätte sie das selbstgerechte Verhalten ihrer Vorgesetzten thematisiert, aber sie wollte nicht noch Öl ins Feuer gießen. Der Schwelbrand der letzten Monate würde sich zwar nicht mehr lange kontrollieren lassen, aber Nike wollte nicht diejenige sein, die den großen Brand entfachte.

»Hilfe! Nike!«

Melissa stand auf dem Treppenabsatz und hielt die kleine Paula im Arm. Das Kleidchen des Babys war mit Erbrochenem übersät und Melissa rümpfte ihre Nase.

»Ich komme!«

Nike eilte nach oben und half der jungen Mutter, ihre kleine Tochter umzuziehen und die Ursache des Erbrechens herauszufinden.

Doch der Konflikt mit ihrer Vorgesetzten ließ sich nicht mehr beiseiteschieben. Zu viel war in letzter Zeit geschehen.

KAPITEL 6

Auf dem Nachhauseweg vom Mutter-Kind-Heim wollte sie eigentlich ihre Lederhose bei Nesrin abholen, doch solange *Pigs and Pearls* keinen Probenraum hatten, gab es auch keine Auftritte und sie brauchte die Hose nicht. Für die Motivation war die aktuelle Situation nicht gerade förderlich, aber seit Rob und Lukas so viele Überstunden machen mussten, hatten sie ohnehin nicht mehr geübt.

Zu Nikes Überraschung lehnte Vics Rennrad vor ihrem Haus, der Helm hing am Lenker, aber von ihrer Schwester war nichts zu sehen.

»Vic?«

Sie öffnete die Haustür und warf die Handtasche achtlos auf den Korbsessel neben der Tür. Lukas hatte ihr gefühlt schon hundert Vorträge über Wertsachen im Eingangsbereich gehalten, aber er war eben ein Polizist. Für ihn gab es überall Verbrecher.

»Victoria? Bist du hier?«

Nur: Wie sollte ihre Schwester ohne Schlüssel ins Haus kommen?

»Jaa, ich bin auf der Terrasse!«, erschall ihr Ruf und Nike ging misstrauisch durch die offene Terrassentür nach draußen.

»Wie bist du hier reingekommen?«

Vic schüttelte beim Lachen ihre dichten Locken und erhob sich.

»Das ist ja eine charmante Begrüßung!«

Die Schwestern umarmten sich und Vic wies auf die beiden Tassen auf dem Terrassentisch.

»Ich war so frei, schon mal Kaffee zu machen. Kann sein, dass er ein bisschen stark ist. Was ist, warum guckst du so?«

Nike setzte sich.

»Entschuldige bitte, dass ich irritiert bin. Aber zum einen ist es schon ewig her, dass du hier warst, zum anderen frage ich mich, wie du reingekommen bist. Hat Malte dich reingelassen? Der hat doch normalerweise dienstags Gitarrenunterricht.«

»Ich bin durch die Terrassentür reingegangen. Die war offen.«

Nike drehte sich erschrocken um. Die Glastür stand auf, doch von Malte war keine Spur zu sehen.

»Ich musste nur leicht drücken, dann ging sie auf«, erklärte Vic unbekümmert. »Und wo ich schon mal da war, hab ich mir einfach einen Kaffee gemacht. Und ich dachte mir, dass du vielleicht auch einen möchtest.«

»Das mit der Tür ist doof, das muss ich Lukas mal sagen. Der hält mir immer vor, dass ich meine Wertsachen nicht neben der Haustür ablegen soll. Die eigentliche Schwachstelle ist aber hinterm Haus.«

»Solange niemand davon weiß.«

Vic trank einen Schluck und sah sie an, als müsste sie ihre nächsten Worte mit Bedacht wählen.

»Was ist los? Du müsstest doch eigentlich in Eisenach sein, stattdessen bist du hier und bedienst dich in meiner Küche.«

»Der Kurs beginnt erst morgen Mittag, es reicht, wenn ich in der Frühe hier losfahre.«

Victorias Blick ging zu der kleinen Lücke zwischen den Ligusterbüschen auf der linken Seite. Nike ahnte, was ihrer Schwester durch den Kopf ging. Obwohl sie eigentlich nur ganz selten durch diese Abkürzung huschen wollten, hatte sich mittlerweile ein deutlicher Trampelpfad zwischen Haustür und Garten gebildet. Eine Einladung für jeden potenziellen Einbrecher. Ob sich Ralf deswegen einen Hund anschaffte? Weil hier Diebe ihr Unwesen trieben?

»Was verschafft mir die Ehre deines Besuchs?«

Vic sah sie mit erhobenen Brauen an.

»Es ist wegen Hajos Geburtstag.«

Sie stockte, als müsste sie überlegen, wie sie das Gespräch beginnen sollte. In Nike regte sich Misstrauen.

»Was ist los?«

»Ihr wart noch gar nicht lange weg, da kam es zu einer unschönen Situation.«

»Unschön? Was meinst du damit?«

Vic sprach in der Regel aus, was sie dachte, doch diese Einleitung machte Nike stutzig.

»Nachdem ihr weg wart, gab es noch irgendeinen edlen schottischen Whisky. Der ist wohl allen zu Kopf gestiegen, denn nachdem Hajos Kollegen Enkelbilder herumgezeigt haben, ist Brigitte plötzlich in Tränen ausgebrochen. Dann ging es um einen Björn, und Brigitte ist heulend nach drinnen gerannt. Hajo hat wie paralysiert auf den Grill gestarrt, und wenigen Gäaste sind peinlich berührt aufgebrochen.«

»Wer ist Björn?«

Nike überlegte, ob der Name schon einmal irgendwo gefallen war, aber außer einem ehemaligen Klassenkameraden fiel ihr niemand mit diesem Namen ein.

»Unser Bruder.«

Eine seltsame Stille breitete sich zwischen ihnen aus und senkte sich wie feiner Nebel auf Nikes Arme. Sie fühlten sich plötzlich kalt und fremd an, als gehörten sie gar nicht zu ihrem Körper.

»Was für ein Bruder? Wir haben doch gar keinen Bruder!«

Vic biss sich auf die Unterlippe, bevor sie antwortete.

»Du wusstest es also auch nicht.«

Nike konnte nur verwirrt mit dem Kopf schütteln. Sie hatte das Gefühl, zu dissoziieren, völlig neben sich zu stehen, und fragte sich gleichzeitig, ob Vic das, was sie gerade gehört zu haben glaubte, überhaupt gesagt hatte.

LEIPZIG, 30. JUNI 1984

»Okay, jetzt kommt schon, ihr Feiglinge!«

Michi rannte vorweg, drehte sich lachend um und verschwand dann in der Menschenmenge. In der Ferne hörte man den Bass dröhnen, schwarz gekleidete Gestalten strömten zum Eingang des Gebäudes.

Annett ging einen Schritt langsamer, versuchte aber gleichzeitig, ihre Unsicherheit zu verbergen. Natürlich bekam Karsten mit, was los war.

»Es wird schon nicht so wild werden!«, sagte er und gab ihr einen Kuss auf die Stirn.

Karsten hatte auch gut reden, er war immerhin volljährig und würde im kommenden Frühjahr sein Abitur machen. Sie hingegen hatte noch vier Jahre vor sich, sofern sie überhaupt zur erweiterten Oberschule zugelassen wurde. Und eine leise Stimme flüsterte ihr schon den ganzen Tag ins Ohr, dass das hier keine gute Idee war.

Thomas beschleunigte seinen Schritt, um Michi zu folgen, doch sie war längst nicht mehr zu sehen. Vermutlich hatte sie sich schon mit ihrem frechen Augenaufschlag an der Warteschlange vor der Kasse vorbeigeschlängelt und stand bereits im Vorraum des Clubs.

»Hey, was macht ihr denn hier?«

Eine wohlbekannte Stimme erklang hinter Annett, und sie verdrehte kurz die Augen, bevor sie sich umdrehte.

»Schnubi, was für eine Überraschung.«

Es gelang ihr nicht, den genervten Ton zu unterdrücken. »Du auf einem *Feeling-B*-Konzert, wer hätte das gedacht.«

»Na, denn pass ma bloß uff, dass dich keena mit mir sieht, wa!«

Sein Berliner Slang klang verwaschen. Entweder hatte er sich irgendwas eingeworfen oder die Flasche Nordhäuser in der Hand war mal voll gewesen.

»Wie kann sich deine Schwester nur mit solchen Typen abgeben?«, raunte Karsten kopfschüttelnd und wies mit dem Kinn unauffällig auf den Punker. »Und dann ist sie mit einem Normalo wie Thomas zusammen.«

Annett hob die Schultern. »Du kennst sie doch. Vielleicht ist Thomas ihr Alibi für ein bürgerliches Leben.«

Es klang härter, als sie es meinte.

Karsten schenkte ihr ein breites Lächeln. »Und wofür bin ich ein Alibi?«

»Für gar nichts. Blödmann.«

Annett stellte sich auf die Zehenspitzen und küsste ihn.

»Ick mach ma mal uffn Wech. Man sieht sich«, nuschelte Schnubi und torkelte davon.

Seinem Spitznamen zum Trotz war er nahezu völlig bartlos und sah mit den dünnen Beinen in der gestreiften Hose aus wie ein Paradiesvogel.

Schnubi war vor einigen Jahren aus Berlin gekommen, hatte sich schon lange als Klassenfeind geoutet und die POS im zehnten Schuljahr verlassen. Das war jetzt drei Jahre her, seither schlug er sich als Heizer in der Leipziger Bücherei durch. *Eine tragische Figur* hatte Michi ihn mal genannt und Annett ahnte, dass es da noch mehr gab. Aber sie hatte nicht nachgefragt und wollte auch gar nicht wissen, woher Michi und Schnubi sich überhaupt kannten.

Im Gegensatz zu Michi hatte Thomas sich als braver Bürger in der Kassenschlange vor dem Haus der Jugend angestellt und war mittlerweile schon ein gutes Stück nach vorn gelangt. Karsten nahm Annett bei der Hand und stellte sich mit ihr wie selbstverständlich neben seinen Kumpel.

»He, wir wollen auch noch Karten, stellt euch hinten an«, nörgelte eine Schwarzhaarige mit zerschnittener Hose und zu Stacheln geformten Strähnen, doch Karsten ignorierte sie. Annett warf ihr aus den Augenwinkeln einen Blick zu, doch die junge Frau holte ungerührt einen Lippenstift aus ihrer Tasche hervor und zog demonstrativ eine Schnute.

Sie hatte noch nie so viele Punker und Rocker auf einem Fleck gesehen und ihr war unwohl. Sicherlich stand das Konzert unter Beobachtung.

Aus dem Inneren des Saals drang das Wummern eines Schlagzeugs nach draußen und das Kreischen und Wimmern aus einem übersteuerten Lautsprecher. Annett zog unwillkürlich die Schultern bis zu den Ohren und kniff die Augen zu.

»Tja, das hat Michi jetzt von ihrem Alleingang: Ohrenpiepen für die nächsten Tage. Ich hoffe, das ist es ihr auch wirklich wert«, ätzte Thomas. Er verzog den Mund zu einem Flunsch.

»Jetzt sei doch nicht so neidisch!«

Karsten boxte ihm gegen den Oberarm. Thomas rutschte dabei der dunkle Blouson auf den Boden, den er zuvor ganz akkurat über den Unterarm gelegt hatte. Niemand, wirklich niemand außer Thomas Bogner ging dermaßen spießig angezogen zu einem *Feeling B*-Konzert. Mit einem hellblauen Nicki, dazu einer grauen Cordhose und dann diese geschniegelte Föhnfrisur und der modisch gestutzte

Oberlippenbart! Damit konnte er allenfalls die Großmutter beim Sonntagsbraten beeindrucken.

Aber dafür würde es Thomas einmal weit bringen, das zeichnete sich jetzt schon ab. Manchmal keimte in Annett der Verdacht, dass Michi nur aus diesem Grund mit ihm zusammen war. Denn eigentlich war er viel zu nett und zu angepasst für ihre Schwester. Und besonders leidenschaftlich erschienen ihr die beiden auch nicht mehr, jedenfalls waren sie bis vor kurzem noch liebevoller miteinander umgegangen. Michi schien ihrem Freund aus dem Weg zu gehen.

»Ich verstehe nicht, warum sie immer wieder ausbüxen muss!« Thomas versuchte auf Zehenspitzen stehend seine Freundin in der Menschenmenge zu entdecken, hatte aber offensichtlich keinen Erfolg. »Was gewinnt sie denn, wenn sie sich vordrängelt?«

»Im Zweifelsfalle ist sie drin und wir nicht«, antwortete Karsten lapidar und legte einen Arm um Annett. Es fühlte sich gut an und sie lehnte ihren Kopf an seine Schulter.

»Aber das rechtfertigt doch nicht ...«, begann Thomas und verstummte, als Karsten mit einem mitleidigen Blick den Kopf schüttelte.

»Stell dir vor, da drin würden *Silly* oder *Karat* statt *Feeling B* stehen. Was würdest du dann machen?«

Thomas blieb ihm eine Antwort schuldig.

Eine Viertelstunde später hatten sie endlich den Eingang passiert und ihre Stempel auf dem Handrücken. Es war proppenvoll. Hätte Karsten sie nicht fest an der Hand gehalten, wäre sie vermutlich einfach von der Menge davongetrieben worden.

Ein heftig knutschendes Pärchen versperrte den Durchgang zum Saal. Der Mann trug schulterlanges Haar, die Frau raspelkurzes. Annett fühlte sich wie auf einem anderen Planeten. Hier herrschte das reinste Durcheinander, Punker, Rocker, Popper und ganz normale Jugendliche feierten miteinander, es wurde geredet, getrunken, geraucht, gelacht. Die Luft schwirrte von Lebensfreude und Abenteuerlust. Mit jedem Atemzug verstand sie besser, was Michi daran so begeisterte.

Das hier hatte nichts mit dem Leben zu tun, in dem sie sich sonst bewegten, hier ging es nicht um Anpassung, sondern um Individualität.

»Da vorne ist Michi!«

Karsten zog sie von dem knutschenden Paar weg, sie stolperte hinter ihm her.

Michi lehnte an der Wand im Garderobenbereich, unterhielt sich mit einer Blonden mit kurzgeschorenen Haaren und weißem Netzhemd über dem roten Nicki. Gelegentlich nippte Michi an ihrer Flasche Bier, ohne jedoch aufzusehen. Thomas eilte auf sie zu, um ihr einen Kuss zu geben, doch Michi drehte ihren Kopf zur Seite und rückte ein wenig von ihm ab. Die Blonde wandte sich Thomas zu, um seine Reaktion interessiert zu beobachten. Thomas blieb mit hängenden Schultern vor seiner Freundin stehen, dann straffte er den Brustkorb und ging erhobenen Hauptes zur Saaltür.

»Ups, da kriselt es wohl.« Karsten drehte Annett zu sich. »Aber wir lassen uns davon nicht stören und machen uns einen schönen Abend. Gell, meine Schöne?«

Sein Kuss war warm, tief und unglaublich lang. Annett hatte das Gefühl, in seinen Armen dahinzuschmelzen, und als er eine Hand auf ihren Po legte, seufzte sie auf. Es fühlte sich gut an, das mit Karsten und ihr.

Das Konzert war laut, mitreißend und ungewöhnlich. Noch nie zuvor hatte Annett solch eine Band gesehen.

Die vier Musiker spielten Gitarre, Bass, Schlagzeug und elektronische Orgel, der Sänger hatte kaum noch Haare auf dem Kopf und trug einen nietenbesetzten Gürtel zu seiner Lederhose. Der bebrillte Junge an der Orgel war lang und schlaksig und vermutlich kaum älter als sie selbst, der Gitarrist wirkte ebenso jung.

Doch das Beste war die Musik. Schlagzeug, Bass und Gitarre verschmolzen zu einem Rhythmus, der ihr mitten in die Eingeweide fuhr. Es war unmöglich, die Füße stillzuhalten, ihr Kopf wippte automatisch im Takt, und je länger sie zuhörte, desto wilder wurde ihr Tanz. Der gesamte Saal war in Bewegung, vor ihr und hinter ihr zappelten begeisterte Menschen und sangen und grölten die Texte mit.

Karsten hielt sie anfangs noch umfasst, doch schon beim zweiten Lied waren sie durch die wilde Horde um sie herum getrennt worden. Annett war zuerst verunsichert, doch gegen die Musik konnte sie sich einfach nicht wehren. Sie tanzte, schüttelte und sprang zum Takt, zum Rhythmus, zum unfassbaren Konzert.

Als die Band ein Stück namens »*Mix mir einen Drink*« anstimmte und der gesamte Saal in den Refrain einfiel, blieb sie mit geschlossenen Augen stehen, um nichts von der unglaublichen Atmosphäre zu verpassen.

Wenn sie vorher gewusst hätte, wie toll ein Rockkonzert ist, wäre sie schon früher mitgegangen. Allen drohenden Schwierigkeiten zum Trotz!

»Und, wie hat es dir gefallen?«

Karsten strahlte sie verschwitzt und erschöpft an und drückte ihr dann einen langen Kuss auf die Lippen.

»Wahnsinn, oder?«

Annett konnte nur nicken. Ihr Hals war trocken, die Bluse nassgeschwitzt, die sorgsam mit Zuckerwasser auftoupierte Frisur in sich zusammengefallen. Ein Ohrring fehlte, doch es war ihr egal.

»Lass uns mal die anderen beiden suchen.«

Karsten zog sie mit sich durch den Pulk der Leute, die nach draußen drängten. Die Beleuchtung war angegangen und tauchte den Saal in viel zu grelles Licht. Rauchschwaden hingen über den Köpfen, das Stimmengemurmel zeigte die Erschöpfung der Konzertbesucher.

Annett stolperte hinter Karsten her, der sich an dunkel gekleideten Gestalten vorbeischob und sie einfach mitzog.

Im Vorraum herrschte die gleiche ausgelassene Stimmung wie vor dem Konzert, manche Umstehenden waren völlig aufgekratzt, andere erschöpft.

»Da hinten ist Thomas!«

Karsten ließ ihre Hand los und eilte zu dem schmalen Zugang vor den Toiletten.

»Hilf mir mal!«

Karsten beugte sich zu seinem Kumpel hinab, der zusammengekauert an der Wand lehnte und einen furchtbaren Schluckauf hatte. Annett beugte sich nach vorn, doch als sie Thomas' Alkoholatem roch, wich sie zurück.

»Der hat ganz schön einen sitzen«, erklärte Karsten das Offensichtliche und mühte sich, seinem Kumpel nach oben zu helfen. Doch der war kaum ansprechbar und versuchte immer wieder, sich aus der Umklammerung zu befreien.

»Lass mich«, murmelte Thomas.

Er hob den Kopf und sah Annett aus glasigen Augen an. Seine Haarspitzen klebten in der verschwitzten Stirn, das schicke hellblaue Nicki war aus der Hose gerutscht und beinahe über die komplette Vorderseite nass. Hoffentlich war es nur Bier.

»Deine Schwesder ssoll mich in Ruhe lasssen«, säuselte er. »Mit der bin ich durch. Komplett durch.«

Speichel flog aus seinem Mund und Annett wich zurück. Das hier war nicht der Thomas, den sie kannte.

»Lass gut sein.«

Karsten versuchte, ihn am Arm nach oben zu ziehen, doch Thomas schüttelte ihn ab. Mit sichtlichen Mühen kam er nach oben, stützte sich dabei an der Wand ab und blickte mit irrem Blick um sich.

»Wo issie?«

»Ist doch jetzt egal. Komm, wir bringen dich nach Hause.«

Karsten wollte den Arm um die Schulter seines Kumpels legen und gab Annett ein Zeichen, dass sie ihm helfen solle. Außer ihnen war kaum noch jemand in dem Vorraum, die Kasse war längst abgebaut, nur der kleine Tisch stand dort, der Stuhl dahinter war umgekippt und lag in einer Bierlache. Aus der Halle kamen vereinzelte Menschen, aber niemand beachtete sie. Was vermutlich gut war, denn die sahen auch nicht besser aus als Thomas, der nun merklich aggressiv wurde. Und eine Schlägerei war so ziemlich das Letzte, was Annett jetzt brauchte. Eigentlich wollte sie einfach nur nach Hause. Wo war nur Michi?

»Wo is Michi, hab ich gefragt!«, brüllte Thomas plötzlich los, und ehe Karsten reagieren konnte, hatte er schon die Faust im Gesicht.

»Ey, du Arsch!«, rief er überrascht und hielt sich die Hand unter die Nase. Blut lief an seinem Handrücken entlang und tropfte auf den Boden.

»Was soll denn das?!«

Annett eilte zu Karsten und fischte ein zerknülltes Taschentuch aus ihrer Tasche.

»Hier. Halt das unter die Nase, damit du nicht alles vollblutest.«

»Danke.«

Doch das dünne Stückchen Stoff war in kürzester Zeit durchgeblutet.

»Wo is deine Schwesder?«

Thomas funkelte sie zornig an und wankte auf sie zu.

»Weiß ich doch nicht! Ist mir doch egal, was ihr beiden für Probleme habt!«, schrie sie ihn an und zog Karsten mit nach draußen.

»Der kann sehen, wo er bleibt. Mit dem setz ich mich bestimmt in keine Bahn! Und schon gar nicht, wenn dein Nasenbluten nicht bald aufhört.«

»Geht schon«, antwortete Karsten und hielt das blutverschmierte Taschentuch in der Hand. »Ich wasch dir das, okay?«

Annett winkte ab. »Schmeiß es einfach weg, das kriegst du eh nicht mehr raus.«

Suchend sah er sich um, entdeckte aber keinen Mülleimer.

»Du glaubst aber nicht, dass ich dieses AIDS habe, oder?«

»Wie kommst du denn darauf?« Annett prustete los. »Oder hast du heimliche Westkontakte zu Homosexuellen?«

Karstens Lächeln war so süß und unschuldig, dass ihr der Spruch mit den Westkontakten beinahe leidtat. Doch ehe sie sich unnötige Gedanken darüber machen konnte, hatte Karsten sie in den Arm genommen und an sich gedrückt.

»Ich hab doch dich«, murmelte er und schniefte kurz. »Und eine blutverschmierte Nase.«

Lachend küssten sie sich, und Annett fühlte sich wie auf Wolken.

Das hier war richtig, das hier war echt. Und es war völlig egal, was Thomas und Michi für Probleme hatten.

Karsten begleitete sie bis zur Haustür und verabschiedete sich mit einem langen und intensiven Kuss.

Annett schlich sich durch das Treppenhaus bis zu ihrer Wohnung im vierten Stock und schloss ohne ein Geräusch die Wohnungstür auf. Vatis Schnarchen drang durch die geschlossene Schlafzimmertür, von Mutti war nichts zu sehen oder zu hören. So leise sie konnte, wusch sie sich am Waschbecken und zog ihr Nachthemd an. Die verrauchten Kleidungsstücke stopfte sie in den Korb für die Schmutzwäsche und schlich in das Zimmer, das sie sich mit Michi teilte.

Doch sie hätte gar nicht so leise sein müssen. Michis Bett war noch ordentlich, die Decke straff gezogen wie mit einem Meterstab.

Ihre Schwester war noch gar nicht zu Hause.

KAPITEL 7

Vic war noch eine halbe Stunde geblieben und hatte sich dann unter einem Vorwand verabschiedet. Für einen Moment hatte Nike gehofft, es könnte wieder wie früher zwischen ihnen sein. Als sie bei Gewitter gemeinsam in einem Bett unter der Decke gekauert hatten und sich gegenseitig trösteten mit der Gewissheit, dass ihnen zu zweit niemand etwas anhaben konnte. Nicht einmal ein greller Blitz aus dunklen Gewitterwolken.

Aber das war schon dreißig Jahre her.

Nike zuckte bei dem Gedanken an ihre Kindheit zurück. Björn. Wie sich wohl ein Gewitter mit einem großen Bruder angefühlt hätte?

Björn war eineinhalb Jahre vor ihnen auf die Welt gekommen und mit dreieinhalb Monaten am plötzlichen Kindstod verstorben. Nike schnürte es beinahe die Kehle zu.

Hajo und Brigitte war das Schrecklichste zugestoßen, das Eltern passieren kann. Der absolute Alptraum. Und sie haben nie darüber gesprochen. Wo lag ihr Bruder begraben? Existierte das Grab noch, gab es irgendwo einen Ort, an den sie mit ihrer Trauer gehen konnten?

Und warum hatten sie den Bruder vor ihnen verheimlicht?

Nike lief wie aufgescheucht im Haus umher. Räumte die Tassen von der Terrasse, stopfte Wäsche in die Maschine im Keller, bezog das Bett neu, kramte auf dem Dachboden herum, ohne überhaupt zu wissen, was sie suchte. Und immer wieder kamen ihr Erinnerungen an ihre Kindheit in den Sinn. Bilder von Geburtstagen und Weihnachten, von Sommern im Garten und vom Rodeln im Westerwald.

Erinnerungen, die eine Leerstelle hinterließen. Björn.

Sie ließ sich kurz auf der Terrasse nieder, doch länger als drei Minuten hielt sie es dort nicht aus. Lukas hatte für heute Überstunden angekündigt und würde so schnell nicht nach Hause kommen. Nesrin war nicht ans Telefon gegangen und vermutlich immer noch bei ihrem Auswärtstermin. Oder bei ihrem motorradfahrenden Physiotherapeuten. Vic saß vermutlich auf ihrem Rennrad und schrubbte Kilometer um Kilometer. Das war ihre Art, Stress und Probleme zu bearbeiten.

Und mit ihren Eltern wollte sie jetzt nicht reden. Die Erkenntnis war noch zu frisch, sie musste erst einmal ihre Gedanken sortieren, bevor sie Brigitte und Hajo gegenübertrat.

Der kleine Elyas kam ihr in den Sinn. Er war drei Monate alt, genauso alt wie ihr Bruder, als er starb. Ob Björn krank gewesen war? Und waren Elyas' Koliken wirklich noch normal, oder steckte womöglich etwas anderes dahinter? Verhielten sie sich nicht fahrlässig, wenn sie die Schmerzen des Jungen auf die leichte Schulter nahmen?

Sie würde Debby raten, erneut zum Kinderarzt zu gehen. Nur zur Sicherheit. Immerhin war es möglich, dass er etwas übersehen hatte.

Nike nahm den Telefonhörer in die Hand, doch ehe sie die Nummer des Mutter-Kind-Heimes eingetippt hatte, legte sie wieder auf. Sie durfte jetzt nicht in Panik ausbrechen.

Es gab keine Anzeichen dafür, dass Elyas' Bauchschmerzen mehr waren als ein unreifer Verdauungstrakt. Debby war schon zwei Mal deswegen mit ihm beim Kinderarzt gewesen. Und sie war gerade dabei, ihre professionelle Distanz zu verlieren.

Björn war ihr eigenes Thema und sie durfte nicht zulassen, dass es ihre Arbeit beeinflusste.

»Ach, Scheiß auf Distanz!«, rief sie in den Flur hinein und wünschte sich, dass zumindest Chester ihr zuhörte. Aber vom Kater war weit und breit nichts zu sehen.

Der Chardonnay im Kühlschrank fiel ihr ein. Sie setzte sich mit einem der guten Gläser aus Großmutters Fundus und der Flasche auf die Terrasse. Die Sonne war mittlerweile hinter den Fliederbüschen verschwunden und blendete nicht mehr, warme Schatten fielen auf das Holz der Terrasse und tauchten diesen seltsamen Tag in ein unwirkliches Licht.

Ein großer Bruder.

Das erste Glas Wein trank sie beinahe auf Ex. Das zweitn nahm sie mit mehr Genuss, aber immer noch zu schnell. Während der Alkohol ihre Sensibilität dimmte, brachte er ihr Gedankenkarussell erst recht zum Drehen. Als sie nach dem dritten Glas zur Toilette ging, war ihr schon merklich schwummrig zumute, ihr Spiegelbild war schwer zu fokussieren und die abstehenden Haare ließen ihr Gesicht gelblich erscheinen.

Wie Björn heute wohl aussehen würde? Hätte er hellblonde Haare wie sie oder eher eine rote Lockenpracht wie Victoria? Sie überlegte kurz. Er wäre mittlerweile einundvierzig. Vielleicht hätte er ja schon längst alle Haare verloren oder den spärlichen Rest abrasiert?

Eine Träne rann aus dem Augenwinkel am Nasenflügel herab und hinterließ eine dunkelgraue Mascaraspur. Nike wandte sich vom Spiegel ab und wischte die Träne beiseite. Ihr Blick fiel auf die Jeans, die sie beim Renovieren des Probenraums getragen hatte und die noch immer auf dem Badewannenrand hing. Eines der Tagebuchblätter war auf die Fliesen gefallen und lag wie eine stumme Aufforderung dort.

Sie hob den Zettel auf, hielt ihn kurz in der Hand und ging dann entschlossen in ihr Büro im Keller, wo die übrigen Seiten lagen.

»*Übermorgen ist es soweit*«, murmelte sie beim Lesen. Zuerst las sie nur zögerlich den ersten Satz, starrte auf die krakelige Handschrift. Das kleine U wurde mit einem Bogen gekennzeichnet, um Verwechslungen mit dem N zu vermeiden. Die Schrift wirkte weiblich, manche Endungen gingen in einem fast kecken Schwung nach oben.

Nike hielt das Papier gegen das Licht. Es wirkte gelblich-ausgeblichen, die Linien waren dünn und grau, kaum erkennbar. Die Schnipsel sahen aus, als hätten sie deutlich länger als die vergangenen vier Jahre hinter den Eierkartons gelegen.

Mein Rucksack ist mit dem Nötigsten gepackt und steht in meinem Kleiderschrank in der hintersten Ecke. Ich muss aufpassen, dass Annett ihn nicht entdeckt und womöglich unangenehme Fragen stellt.

Das klang nach einer Art Reisebericht. War es in Ordnung, ihn zu lesen?

Andererseits bot sich dadurch die Möglichkeit, die Verfasserin oder den Verfasser ausfindig zu machen und die Blätter zu überreichen.

Vielleicht freute er oder sie sich ja über den unverhofften Fund!

Nike ging nach oben und bereitete sich einen Kaffee. Der Wein zeigte Wirkung und machte sie schläfrig. Aber sie wollte sich so früh nicht hinlegen. Die Beschäftigung mit den Tagebuchseiten würde hoffentlich ihre kreisenden Gedanken wieder beruhigen und sie von ihren aktuellen Problemen ablenken.

Sie legte die unbeschädigten Blätter auf einen Stapel, die zerrissenen Schnipsel auf einen Haufen daneben. Zuerst würde sie die Papierstreifen sinnvoll aneinanderfügen, um sie am Ende mit den kompletten Seiten zu verbinden.

Vielleicht fände sie dann einen Orientierungspunkt wie etwa ein Datum, denn das fehlte bisher völlig.

»*Bauernstaat*« entdeckte sie auf einem Zettel, der Rest war verschwommen und kaum zu lesen. Ohnehin war die Schrift klein und gedrückt und damit nur schwer lesbar. Einige Buchstaben waren kaum zu erkennen, die Linienführung zittrig.

Bauernstaat. Was war damit gemeint? Nikes Gedanken wanderten nach Südamerika, zu riesigen Landgütern mit üppigen Getreidefeldern und Rinderherden, die über staubiges Land preschten. Sie dachte an Bauern mit breitkrempigen Hüten, die sich bei der Feldarbeit vor der sengenden Sonne schützten und nachts in Hängematten schliefen.

Auch wenn das Bild hoffnungslos romantisiert war, löste es doch eine unbestimmte Sehnsucht in ihr aus.

Ihr letzter Urlaub lag schon zwei Jahre zurück. Damals war sie mit Malte und Lukas in Portugal gewesen, hatte eine wunderschöne Woche wandernd und am Strand verbracht.

Südamerika, insbesondere Peru mit der Inka-Festung Machu Picchu, würde sie ebenfalls reizen. Oder das Amazonasgebiet in Brasilien.

Nach einem Stoßseufzer und dem nächsten Schluck Kaffee widmete sie sich wieder ihrer selbstgestellten Aufgabe. Vielleicht entdeckte sie ja einen interessanten Bericht über Südamerika!

... Hessen, aber weit ...

Nike stutzte. Es gab in Südamerika einen Ort namens Hessen? Auswanderer hatten ihre neu entstehenden Dörfer in Nordamerika und Kanada oft nach Orten aus der europäischen Heimat benannt. Und auch in Südamerika gab es viele deutschstämmige Kolonien, nicht erst seit Ende des Zweiten Weltkriegs. Besonders in Paraguay lebten viele deutschstämmige Bewohner. Ihre Neugier war entfacht, die Sehnsucht nach einem Abenteuer fernab ihrer Heimat geweckt. Die Seiten sahen ohnehin etwas älter aus, vielleicht unterschied sich ein in die Jahre gekommenes Reisetagebuch auf interessante Weise von den heute üblichen Instagram-Storys mit Selfies an touristischen Hotspots.

Sie legte die Schnipsel beiseite und begann im Internet zu suchen. Wenn sie wusste, wo Hessen lag, könnte sie die Beiträge besser zusammenfassen. Doch die Google-Suche ergab keinen Treffer. Kein Hessen in Kanada, keines in Virginia, nicht in Venezuela und nicht in Paraguay. Es gab nur das benachbarte Bundesland.

Gab man hingegen ›*Bauernstaat*‹ ein, landete man umgehend bei Seiten und Berichten über die DDR, den Arbeiter- und Bauernstaat.

Das klang plausibel – aber es würde den gesamten Kontext verändern. Dann handelte der Bericht nicht von Andendörfern oder Stränden am Atlantik, sondern vom Harz und der Ostsee. Leichte Enttäuschung machte sich breit. Urlaub in der DDR klang nach Zeltplatz und Trabbi und damit wenig spannend.

Der Kaffee war mittlerweile kalt geworden, sie trank ihn aber trotzdem. Hauptsache Koffein, damit endlich das Schwummrige vom Chardonnay verschwand und ihr Gehirn wieder aufklarte.

Als sie die Tasse abstellte, stutzte sie. Es war gar nicht so einfach möglich gewesen, Urlaub in der DDR zu machen. Dazu brauchte man Kontakte, musste Anträge stellen und Genehmigungen einholen. Umgekehrt war es für DDR-Bürger nur unter erschwerten Bedingungen möglich, in den Westen zu fahren. Oft war nicht einmal eine Hochzeit ein plausibler Grund für die Behörden. Das wusste sie von Brigittes Cousine Tante Hedwig, die wenige Male bei Nikes Eltern zu Besuch gewesen war.

Sie hatte schon lange nicht mehr an Tante Hedwig gedacht. Als Nike ein Kind war, hatten sie ihr gelegentlich ein Paket »nach drüben« geschickt, ab und zu waren Postkarten aus Thüringen gekommen. Doch sie hatte sich nie für die Verwandte im Osten interessiert. Tante Hedwig war kinderlos gewesen und hatte bei ihren wenigen Besuchen seltsam schmeckende Schokoriegel mitgebracht. An mehr erinnerte sich Nike nicht.

Mein Rucksack ist mit dem Nötigsten gepackt und steht in meinem Kleiderschrank in der hintersten Ecke. Ich muss aufpassen, dass Annett ihn nicht entdeckt und womöglich unangenehme Fragen stellt.

Was hatte das zu bedeuten? Ob die Schreiberin oder der Schreiber einen heimlichen Ausreiseantrag gestellt hatte?

Und wer ist Annett?

Nike schüttelte den Kopf. Der Wein führte zu seltsamen Gedankengängen.

Ich bin nicht so naiv zu glauben, dass die verkündeten Annäherungen Ost- und Westdeutschlands Bestand hätten.

Nikes Hände zitterten.

... auf einem Parkplatz direkt unterhalb der Wartburg ...

Das war der Beweis, dass das Ganze wirklich etwas mit der DDR zu tun hatte! Doch die existierte schon seit dreißig Jahren nicht mehr. Fast solange, wie es sie gegeben hatte.

Die unmodern wirkende Schrift und das vergilbte, dünne Papier unterstrichen ihre Vermutung.

Aber wie kamen die Zettel hinter die Eierpappen in einem Siegener Bunker?

Sie musste unbedingt mit Lukas darüber reden. In einer Stunde war Dienstschluss, bis dahin würde sie sich die Zeit im Internet vertreiben. Wenn sie ehrlich war, wusste sie verdammt wenig über die DDR.

Was hatte es mit dem Arbeiter- und Bauernstaat auf sich? Waren die Menschen damals wirklich so unfrei gewesen und hatten sich gegenseitig bespitzelt?

Nike holte sich noch einen weiteren Kaffee, dann öffnete sie die Suchmaschine und begann, sich in die Geschichte der DDR einzulesen.

Gegründet 1949, aufgegangen 1990 in der Bundesrepublik. Gründung auf dem Gebiet der sowjetischen Besatzungszone, Beginn des Mauerbaus im August 1961. Okay, das war Basiswissen.

Doch zu viele Bürger flüchteten in den Westen, die Staatsoberhäupter um Walter Ulbricht wollten die massenhaften Grenzübertritte unterbinden. Nach Stacheldraht kamen Beton, Selbstschussanlagen und Schießbefehl. Und die ersten Mauertoten, deren Gesamtzahl bis heute nicht genau ermittelt werden konnte. Zu viele Totenscheine wurden frisiert und angepasst. Schätzungen gehen von fast zweitausend Menschen aus, laut offiziellen Zahlen der DDR waren es knapp zweihundert. Zahlen, die extrem voneinander abwichen. Zahlen, die das Leid von Menschen und ihren Angehörigen nur verkleiden, aber nicht mindern konnten.

Nike dachte wieder an Tante Hedwig. Schon seit Jahren hatte sie nichts mehr von ihr gehört, auch Brigitte hatte sie nicht mehr erwähnt. Vermutlich war die Großtante längst verstorben.

Sie besah sich erneut die Tagebuchseiten auf dem Tisch, doch dann hielt sie inne und lachte auf. Ihr virtueller Ausflug in die DDR war fraglos interessant, aber in ihren Überlegungen steckt ein riesengroßer Denkfehler:

Irgendjemand musste die Schnipsel hinter den Eierpappen versteckt haben. Jemand, der die DDR besucht hatte und darüber einen Bericht schrieb? Oder jemand, der aus der DDR stammte und sein Tagebuch dort versteckt hatte?

Aber warum? Warum in Siegen und warum ausgerechnet in ihrem alten Probenraum? Hinter den Eierpappen, wo sie jahrzehntelang nicht gefunden wurden und sie unter anderen Umständen noch zwanzig Jahre oder länger hätten liegen können?

Waren sie für jemanden bestimmt? Und von wem stammten sie?

Das ergab alles einfach überhaupt keinen Sinn.

»Hallo! Jemand zu Hause?«

Lukas schlug die Haustür zu und Nike hörte unten im Keller, wie er den Kühlschrank öffnete, um eine gekühlte Flasche Wasser hervorzuholen. Sie fuhr den Rechner runter und ging zu ihrem Mann nach oben in die Küche.

»Hallo Nike! Hast du Büroarbeit gemacht?« Er sah sie kurz an, schien aber keine Antwort zu erwarten.

Ihre Gedanken wirbelten durcheinander, sie musste unbedingt mit ihm reden, aber sie wollte ihm erst einmal die Gelegenheit geben, anzukommen. So wichtig waren ihre Erkenntnisse nun auch wieder nicht.

Lukas legte den Kopf in den Nacken und trank direkt aus der Flasche. Seufzend wischte er sich mit dem Handrücken über die Lippen und schob sich die Schuhe von den Füßen.

»Was für ein Tag! Drei Besprechungen, alle mit zu vielen Leuten in zu kleinen Räumen. Nichts geht richtig voran, jeder wartet, dass der andere das Problem löst, und die beschissene Bürokratie erledigt noch den Rest.«

»Geht es immer noch um die Brandstiftungen?«

»Natürlich. Und ein Ende ist nicht in Sicht. Jetzt hat sich Ruckersfeld überlegt, wir könnten uns Unterstützung vom Land holen.«

»Hätte man das nicht im Vorfeld schon regeln können?«

Lukas verdrehte die Augen.

»Natürlich. Aber du weißt doch, wie das läuft. Erst scheinbar Kompromisse eingehen und dann hintenrum auf der eigenen Linie beharren. Es ist einfach nur ermüdend.«

Er nahm einen großen Schluck aus der Wasserflasche und leerte den Rest unter Nikes missbilligendem Blick in die Spüle.

»Diesen Rest hätte niemand mehr trinken wollen«, murmelte Lukas und öffnete erneut die Kühlschranktür.

»Ich brauche erstmal ein Bier.«

»Setz dich. Hast du Lust auf Sandwiches auf der Terrasse? Wir haben noch Oliven und getrocknete Tomaten da, und eigentlich müssten noch eine Flasche Cidre kühl stehen.«

»Klingt gut.« Lukas zog sie kurz an sich und ging dann ins Badezimmer, um sich umzuziehen.

Nike belegte ein paar Brotscheiben mit Bergkäse und Camembert und schnitt Möhren, Gurken und Paprika, die sie in einem flachen Schälchen anrichtete. Sie kannte Lukas gut genug, um ihn nicht mit ihrer DDR-Recherche zu bedrängen. Wenn er so gestresst vom Dienst kam, war er kaum noch aufnahmefähig. Das Thema Björn schob sie innerlich beiseite, das wollte sie in Ruhe mit ihm besprechen. Vierzig Jahre lang hatte sie nichts von ihrem Bruder gewusst, da machten ein oder zwei Tage auch nichts mehr aus.

Lukas war während des Essens schweigsam, doch die zweite Flasche Bier lockerte nicht nur sein Gemüt, sondern auch seine Zunge. Sie führten ein angeregtes Gespräch über die Brände im Industriegebiet, ohne weiter als erlaubt ins Detail zu gehen. Es tat ihm offensichtlich gut, über die beruflichen Verwicklungen zu sprechen. Die Stimmung wurde lockerer, je länger sie redeten.

Doch über die Schnipsel und Nikes Nachforschungen über die DDR sprachen sie immer noch nicht. Nach siebzehn Jahren Ehe wussten sie, wann sie sich selbst zurücknehmen und ihre Aufmerksamkeit dem anderen schenken sollten.

KAPITEL 8

Am nächsten Morgen erwachte Nike mit einem mächtigen Kater.

Mit schmerzendem Kopf und flauem Gefühl in der Magengegend stellte sie sich unter die Dusche, aber der erhoffte Effekt stellte sich nicht ein. Der Brummschädel blieb.

Lukas war zum Glück schon zur Dienststelle gefahren, sodass sie von Kommentaren und schiefen Blicken verschont blieb. Das schlechte Gewissen reichte aus, um ihr den Start in den Tag zu verderben.

Der Dienst im Mutter-Kind-Heim war einigermaßen ruhig. Elyas hatte in der Nacht erstmals durchgeschlafen, wodurch auch Debby erholter und entspannter wirkte.

Da die Petermann einen Außentermin beim überörtlichen Träger hatte, war von ihrer Seite nichts Negatives zu erwarten und Nike war froh, diesen Tag bisher heil über die Bühne gebracht zu haben.

Als sie am Nachmittag nach Feierabend in ihr Auto stieg, war vom Kater nicht viel mehr übrig als das dringende Bedürfnis nach einem Nickerchen.

Doch als sie in ihrem Mini saß und den Motor startete, meldete sich schlagartig dieses getriebene Gefühl wieder, etwas zu verpassen. Mit einer bisher nicht sichtbaren Lücke gelebt zu haben. Björn.

In Weidenau verließ sie die Hüttentalstraße, die Stadtautobahn, nicht in Richtung Universität, um nach Hause zu fahren, sondern wechselte auf die B 54, um ihre Eltern in Freudenberg zu besuchen. Lange hatte sie hin- und herüberlegt, ob sie die beiden auf den verschwiegenen Bruder ansprechen oder ob sie sich am jahrzehntelangen Schweigen beteiligen sollte. Doch dann hatte sie in einem gedanklichen Rollenspiel versucht, die Perspektive zu wechseln. Als wäre sie ihre eigene Klientin. Und da wurde ihr deutlich bewusst, dass sie Klarheit brauchte, damit Björn sie nicht für den Rest ihres Lebens verfolgte.

Außerdem hegte sie die leise Hoffnung, auch ihren Eltern eine Last zu nehmen.

»Nike! Das ist ja eine Überraschung!«

Brigitte öffnete die Tür, doch ihr Lächeln erreichte ihre Augen nicht. Es wirkte steif und gezwungen, so wie die gesamte Körperhaltung ihrer Mutter.

»Komm doch rein!«

Bildete sie sich das nur ein oder wirkte die Einladung eher höflich als erfreut?

»Störe ich?«, fragte sie deshalb beim Eintreten. »Ich möchte auch nicht lange bleiben.«

»Nein«, antwortete Brigitte und ging voraus ins Wohnzimmer. »Natürlich freue ich mich, dich zu sehen. Magst du einen Kaffee?«

»Danke, ein Wasser reicht.«

Brigitte nickte und ging in die Küche, um eine Flasche Wasser und Gläser zu holen. Und um Abstand zwischen sich und ihre Tochter zu bringen, mutmaßte Nike.

Während Brigitte in der Küche zugange war, nahm Nike auf der beigefarbenen Couch Platz. Sie war beinahe so alt wie sie selbst und hätte schon längst auf den Sperrmüll gehört. Die Sitzflächen waren abgewetzt und man versank so tief, dass man sich nur mit Mühe wieder aus der Umklammerung befreien konnte. Die Decke, die Brigitte darüber ausgebreitet hatte, vermochte den schlechten Zustand kaum zu verbergen.

Wann kauft ihr euch endlich mal ein neues Sofa?, hatte sie mehr als einmal gefragt, doch die Antwort war von vorneherein klar gewesen. Brigitte hasste Veränderungen und hielt am Alten, schon immer Dagewesenen, fest.

Und seit sie von Björn wusste, verstand Nike auch das Warum. Veränderungen konnten durchaus bedrohlich sein.

»Wie geht es dir?«, fragte sie vorsichtig.

Als hätte sie die Frage gar nicht gehört, schenkte Brigitte ihnen Wasser ein und stellte die Flasche vorsichtig wieder zurück. Bloß nichts verschütten.

»Gut.«

Ihr Lächeln wirkte verkrampft, genau wie die verschlungenen Hände.

»Vic hat mir von Björn erzählt.« Etwas leiser fügte sie hinzu: »Es tut mir so leid.«

Nike legte eine Hand auf die miteinander verknoteten Finger ihrer Mutter. Sie waren eiskalt.

Brigitte senkte den Kopf und kniff die Lippen zusammen, dann fasste sie sich und sah Nike offen an. »Vielleicht hätten wir es euch längst erzählen sollen.«

Nikes Gedanken wirbelten durcheinander, sie wollte etwas Sinnvolles sagen, ihren psychologischen Baukasten öffnen und die altbekannten Werkzeuge einsetzen. Doch es gelang ihr nicht. Sie war selbst betroffen, ihr fehlte der Abstand. Ein kloßiges Gefühl breitete sich in ihrer Kehle aus, das auch mit Schluckbewegungen nicht verschwand.

Das hätte uns geholfen, ging es ihr durch den Kopf. Doch mit einem Vorwurf würde sie zwar die eigenen Gefühle artikulieren, dabei aber gleichzeitig ihre Mutter weiter verletzen. Also schwieg sie.

»Es ist, wie es ist«, antwortete sie nach einer gefühlten Ewigkeit einsamen Schweigens. Brigitte nickte, es sah beinahe erleichtert aus.

»Dafür haben wir ja euch! Und ich freue mich, dass ihr euch so gut versteht.«

»Ja.«

Nike lachte leise. Das war nicht immer so gewesen. So eng sie mit Vic auch in ihrer Kindheit verbunden gewesen war: In der Pubertät hatten sie sich irgendwann auseinandergelebt. Als Nike während des Studiums schwanger wurde und Vic sich im Ausland von Job zu Job hangelte, hatten sie kaum gemeinsame Anknüpfungspunkte gehabt. Erst seit wenigen Jahren wurde ihr Band wieder stärker. Seit Brigitte ihr so unverhohlen mit ihrem Wunsch nach einem weiteren Enkel in den Ohren lag. Auch Victoria wurde damit geplagt, konnte ihrer Mutter aber besser ausweichen. Möglich, dass das neue Wissen über Björn sie wieder näher zusammenbringen würde. So hätte all das zumindest etwas Gutes.

Nach einer halben Stunde verabschiedete sie sich von Brigitte und fuhr zu Nesrin.

Sie musste unbedingt mit ihrer Freundin reden, denn die Beschäftigung mit der DDR und das Gespräch mit ihrer Mutter auf der alten Couch hatte sie unweigerlich in die Achtziger Jahre zurückkatapultiert. In ihre Kindheit, in der seit gestern ein Bruder fehlte.

30. JULI 1984

Beinahe wäre das Abenteuer schon am Anfang zu Ende gewesen!

Ich hätte nämlich fast die letzte Bahn von Grünau bis in die Innenstadt verpasst, und zu Fuß wäre ich niemals pünktlich am Treffpunkt angekommen.

Puh! Also bin ich gerannt, dabei wollte ich doch so wenig Aufmerksamkeit wie möglich erregen! Ich hoffe, dass mich kein Nachbar gesehen hat, der dann womöglich meine Eltern aus dem Bett klingelt!

Aber ich kam noch rechtzeitig an der Nikolaikirche an – doch dann war er nicht da!

Mir ist dabei wirklich das Herz in die Hose gerutscht. Denn was sollte ich mitten in der Nacht machen? Nach Hause laufen? Mich wieder in die Wohnung schleichen und so tun, als wäre ich gar nicht weg gewesen? Das hätte nie geklappt.

Also tat ich, als würde ich die Anschläge vor der Kirche lesen. Dabei verschwamm vor lauter Aufregung der ganze Text, ich weiß noch nicht einmal, was da stand. Ich fand mich so auffällig, als hätte ich mir ein Blaulicht auf den Kopf geschnallt. Es war so furchtbar. Und mir kam nicht zum ersten Mal der Gedanke, alles abzubrechen.

Aber es würde mich sowieso nie loslassen, und wer weiß, ob diese Gelegenheit jemals wiederkommt. Also versuchte ich, meine hektischen Gedanken zu beruhigen und so zu tun, als wäre es das Normalste der Welt, nachts mit einem Rucksack durch Leipzig zu laufen und sich Kirchen anzuschauen.

Am liebsten hätte ich mich ständig umgedreht oder auf meine Uhr geblickt. Es war wirklich schwer, es nicht zu tun.

Endlich, endlich sprach mich jemand von hinten an, um nach dem Weg zum Augustusplatz zu fragen. Das war unser Geheimcode, und ich wäre ihm am liebsten um den Hals gefallen. Dabei kannten wir uns ja gar nicht, und er sollte nicht denken, dass ich »so Eine« wäre.

Ich erklärte ihm mit heftigem Herzklopfen den Weg, denn es war ja nicht völlig ausgeschlossen, dass das trotzdem jemand wissen wollte. Aber die Vorsichtsmaßnahme war überflüssig, er war es wirklich. Er war mein Fluchthelfer!

Der Mann war etwa 1,80 Meter groß, hatte schütteres, dunkelblondes Haar, einen dichten Schnurrbart und trug eine eckige Brille. Gekleidet war er mit einem beigebraunen Blouson und einer braunen Cordhose. Völlig unauffällig. Er sagte, dass er Heiko heißt, und ich sprach ihn auch so an. Möglich, dass das ein Tarnname ist. Aber das ist egal, wir werden uns vermutlich ohnehin nie wiedersehen.

KAPITEL 9

»Nike, komm doch rein!«

Kaum hatte Nesrin die Wohnungstür geöffnet, kam Zorro, ihr schwarzer Labrador, schwanzwedelnd ins Treppenhaus.

»Zorro! Zurück!«

Mit einer Hand schob sie ihren Hund in den hellen Flur, mit der anderen zog sie Nike in ihre Wohnung und schloss die Tür hinter sich.

»Danke, dass du so spontan Zeit hast. Ich muss einfach mal mit jemandem reden, der nicht mit mir verwandt ist.«

Nesrin nahm sie an den Oberarmen und musterte sie von oben bis unten, obwohl sie kleiner war als Nike.

»Ist was passiert?«

Nike seufzte und schüttelte den Kopf.

»Nein, nicht wirklich.«

Sie hielt kurz inne, wand sich aus Nesrins Umarmung und kraulte Zorros Kopf. Der Labrador stand mitten im Flur und schien nicht gewillt, die beiden Frauen vorbeizulassen.

»Oder eigentlich schon. Vor meiner Zeit. Und ich bin neununddreißig Jahre lang im Schatten dieses Unglücksfalles aufgewachsen.«

Nesrin sah sie fragend an.

»Das musst du mir erklären. Willst du einen Kaffee? Oder lieber was Hochprozentiges?«

Nike hob abwehrend die Hände in die Höhe. »Kein Alkohol. Hatte ich gestern schon, das reicht.«

»Dann gibt es Tee. Der hilft immer. Setz dich schon mal.«

Nesrin ging in die Küche und kam kurz darauf mit einem silbernen Tablett zurück, auf dem sie einen Caydanlik, den türkischen Samowar, sowie zwei kleine Teegläser und eine Zuckerdose mit silbernem Löffel angerichtet hatte.

Nike liebte Nesrins Tee. Bei ihrer Freundin war die Zubereitung des schwarzen Tees eine entspannende Zeremonie mit genauen Abläufen. Zuerst wurde das Wasser in der unteren Kanne des Caydanlik zum Kochen gebracht, während gleichzeitig in der oberen die Teeblätter angewärmt wurden. Wenn das Wasser kochte, goss sie den Tee in der oberen Kanne auf und ließ ihn so lange ziehen, bis das neu aufgefüllte Wasser in der unteren Kanne erneut sprudelte. So konnte man den schwarzen Tee mit dem heißen Wasser so mischen, wie er einem am besten schmeckte.

»Danke schön.«

Nike sah ihrer Freundin zu, wie sie den Tee in den typischen schmalen Teegläsern mit Goldrand einschenkte und sich anschließend in den Sessel mit den zerkratzten Armlehnen setzte. Zorro hatte direkt am ersten Tag die Besitzverhältnisse klären wollen, aber Nesrin war ihm zuvorgekommen. Seither hatte der Labrador Sesselverbot und hielt sich auch daran.

»So, jetzt erzähl. Du kommst normalerweise nie unangemeldet zu mir. Dann muss es also ernst sein.«

Nike nahm einen Schluck Tee und schloss genüsslich die Augen.

»Willst du alles hören?«

Nesrin nickte.

»So viel du erzählen magst. Ich hab im Schrank auch noch genug Tee für einen langen Abend. Außerdem können wir uns später Lahmacun in den Ofen schieben, meine Mama hat mir heute welche vorbeigebracht.«

»Ich liebe Aynurs Lahmacun. Trotzdem will ich dir nicht auf der Pelle hocken«, wiegelte Nike ab und war gleichzeitig froh über Nesrins Angebot. Bevor sie ihre Gedanken und Gefühle nicht sortiert hatte, wollte sie nicht mit Lukas darüber sprechen.

Nesrins Gegenwart und ihre Ungezwungenheit taten gut, und Nike begann stockend zu erzählen. Zuerst von Hajos Geburtstag und ihrem emotionalen Abgang, dann von Victorias Offenbarung über Björn, den unbekannten Bruder, danach von der Flasche Wein und zuletzt von dem Gespräch mit Brigitte.

»Okay, da kommt einiges zusammen.«

Nesrin nippte an ihrem Tee und nickte gedankenverloren.

»Das mit deinem Bruder tut mir echt leid. Was für eine schlimme Geschichte.«

Nike hob die Schultern.

»Bis gestern wusste ich ja gar nichts von ihm. Aber es wirft irgendwie mein gesamtes bisheriges Leben durcheinander. Wie ein Mobile, bei dem plötzlich eine neue Figur eingesetzt wird und alles schief hängt. Wenn ich jetzt zurückblicke, kommt mir vieles falsch und unwirklich vor. Als ob alles gar nicht so gewesen ist, wie ich es immer wahrgenommen habe.«

»Weiß Lukas davon?«

Nike schüttelte den Kopf.

»Es hat gestern Abend nicht gepasst. Ich möchte dafür einen guten Moment abwarten.« Nike dachte kurz nach. »Aber ich sollte ihm nachher davon erzählen. Und Malte auch. Ich denke sowieso ständig daran.«

»Immerhin ist es Maltes Onkel. Oder wäre es gewesen.«

Nike kräuselte die Nase.

»Schon seit Jahren liegt mir Brigitte mit ihrem Wunsch nach weiteren Enkeln in den Ohren. Je älter ich werde, desto spitzer werden ihre Bemerkungen. Aber erst jetzt verstehe ich, warum es ihr so wichtig ist.« Sie schob das aufkommende Bild beiseite, das eine jüngere Brigitte mit einem kleinen Jungen im Arm zeigte.

»Dafür habe ich endlich eine Erklärung für ihr kontrollierendes und behütendes Verhalten, das so schrecklich nervt.«

Sie rieb ihre schweißnassen Hände an der Hose ab. Es war warm in Nesrins Dachwohnung, das konnte auch der Ventilator an der Decke nicht verhindern.

»Ob deine Eltern glaubten, dass ihr Geheimnis für immer eines bleiben würde?«

Nesrin ließ Zucker in ihr Teeglas rieseln und nahm es zum Umrühren in die Hand.

»Ihre Freunde wussten es natürlich. Wolfgang, langjähriger Freund meiner Eltern, hat das Thema wohl auf Hajos Geburtstag angesprochen.«

Nesrin hob die Augenbrauen. »Und die Freunde haben euch gegenüber auch dichtgehalten? Die ganzen Jahre?«

»Sieht so aus.«

»Tja, da sieht man es mal wieder: Familiengeheimnisse bleiben selten geheim. Irgendjemand verplappert sich irgendwann.«

»Das wäre ja alles gar nicht rausgekommen, wenn nicht Victoria danebengesessen hätte.«

»Und wie geht deine Schwester damit um?«

Nike fächelte sich Luft zu.

»Ich weiß es nicht. Vermutlich so wie immer: Sie zieht sich in ihre Kunst zurück. Das war schon immer so. Und ich beneide sie ein wenig um ihr Ventil.« Nike lachte auf. »Aber leider bin ich künstlerisch völlig unbegabt. Vielleicht sollte ich es mal mit Mandalas versuchen.«

»Manchen Menschen hilft es«, wandte Nesrin ein.

»Weiß ich doch.« Nike zwinkerte ihrer Freundin zu. »Aber für mich ist Malen nichts. Egal, ob mit Vorlage oder ohne.«

Sie wurde wieder ernst und rührte ebenfalls Zucker in ihren Tee.

»Ich habe mir meine gesamte Kindheit über einen älteren Bruder gewünscht. Jemanden, der für uns die Kohlen aus dem Feuer holt und uns als Individuen wahrnimmt und nicht nur als Zwillingsschwestern, die sich nicht ähnlich sehen. Und dann gab es wirklich einen. Nur, dass ich ihn niemals kennenlernen konnte.«

Zorro hatte sich neben Nesrin auf den Boden gelegt und ließ sich umständlich von ihr kraulen. Als sein Frauchen mit den Liebkosungen aufhörte und sich aufrichtete, stellte er die Ohren auf, blieb aber liegen. Als würde er ihr intimes Gespräch belauschen.

Eine angenehme Stille breitete sich aus, die nur durch das Schnaufen des Hundes gestört wurde.

»Was macht eigentlich eure Probenraumsuche?«, fragte Nesrin unvermittelt. »Habt ihr schon was Neues gefunden?«

»Nein«, seufzte Nike, froh um die Ablenkung. »Aber es kümmert sich zur Zeit auch niemand wirklich darum. Lukas und Rob schieben Überstunden ohne Ende, Jute sucht ein Haus für sich und seine Frau, und Pit trainiert für seinen ersten Marathon. Und meine Motivation ist auch nicht gerade stark ausgeprägt«, fügte sie entschuldigend hinzu.

»Schade. Ich hätte mal wieder Lust auf ein Konzert von euch!«

Nesrin hob ihr Teeglas, als wolle sie ihr zuprosten. Nike tat es ihr gleich, und die beiden fielen in albernes, erleichtertes Kichern. Als wäre alles in Ordnung.

»Ich habe übrigens beim Leerräumen des Proberaums ein Tagebuch gefunden. Oder vielmehr einzelne Seiten und Schnipsel davon.«

»Ein Tagebuch? Was steht denn drin?«

»Keine Ahnung.« Nike hob die Schultern. »Es ist teilweise zerrissen, sodass ich nur ein paar Satzfragmente zusammengebastelt habe.«

»Und? Hast du eine Liebesgeschichte entdeckt?«

Nike lachte. »Keine Romanze. Zumindest nichts, bei dem man als Leserin rote Ohren bekommt, falls dich das beruhigt.«

»Ach, wie schade!« Nesrin zwinkerte. »Aber das hättest du auch nicht gelesen, oder?«

»Natürlich nicht. Aber ich frage mich, warum die Seiten hinter der Wandverkleidung steckten. Wer hat sie da versteckt und wann?«

»Ich habe mein Tagebuch früher auch vor meinen Schwestern versteckt.« Nesrin rollte mit den Augen und blickte zur Decke. »Ich wäre vor Scham im Boden versunken, wenn sie mein Geschreibsel gelesen hätten.«

»Ich hatte erst gar keins. Das wäre vor Vic sowieso nicht sicher gewesen.«

Nike lachte auf.

»Oder ich hätte es in einem Bunker verstecken müssen. Allerdings kam ich da nicht rein«, fügte sie leise hinzu. »Und genau das macht mich so nachdenklich. Wenn wir unseren Probenraum nicht geräumt hätten, hätten wir die Zettel nie gefunden. Wer versteckt denn sein Tagebuch ausgerechnet in einem Bunker?«

Nesrin schenkte ihnen Tee nach und machte es sich in ihrem Sessel gemütlich.

»Und warum lag es so lange da? Warum wurde es nie abgeholt?«

»Genau das frage ich mich auch, Nesrin. Wenn es so geheim ist, dass man es versteckt, hat es doch sicherlich eine Bedeutung. Oder?«

»Du hast recht«, antwortete Nesrin nachdenklich. »Irgendwas daran ist komisch.«

»Eben. Ich glaube, es hat jemand aus der DDR geschrieben. Eine Frau vermutlich.«

Nesrin sah sie zweifelnd an. »Aber wie kam sie nach Siegen?«

»Ich habe keine Ahnung«, erklärte Nike. »Aber ich möchte es herausfinden. Es ist ja auch gar nicht gesagt, dass die Tagebuchschreiberin die Zettel versteckt hat. Immerhin sind sie lose und teilweise auch zerrissen, so dass man da nicht alles lesen kann.«

»Vielleicht hat ihr jemand einen Streich gespielt? Hat ihr Tagebuch geklaut und vor ihr verborgen, um sie damit zu erpressen. Ein besitzergreifender Lover oder eine eifersüchtige Ex-Freundin? Oder jemand, der noch eine Rechnung mit ihr offen hatte!« Nesrin kam in Fahrt. »Wann wurde es überhaupt versteckt?«

Nike hob die Schultern. »So, wie es aussieht, vielleicht in den Siebzigern oder Achtzigern. Möglicherweise auch früher, aber das glaube ich nicht. Papier und Handschrift passen nicht, auch wenn die teilweise schwer zu entziffern ist.«

»Wow, so alt! Vielleicht ist das irgendwas Politisches mit brisantem Inhalt? Von wegen Ostblock und so!« Nesrin strahlte, doch Nike sah ihre Freundin stirnrunzelnd an.

»Das klingt mir zu abenteuerlich.«

»Ach Nike, warum so zurückhaltend? Lass uns doch mal ein bisschen weiterspinnen!« Nesrin beugte sich nach vorne, ihren Zeigefinger in Nikes Richtung gestreckt. »Wenn sie aus der DDR geflüchtet war, könnte sie hier untergetaucht sein. Vielleicht hatte sie Helfer, die sie über die Grenze geschleust haben.«

»Um dann ausgerechnet hier zu landen?«

»Klar! Warum nicht?«

»Das geben die Sätze, die ich bisher gelesen habe, aber nicht her«, warf Nike ein, doch ihr Widerstand bröckelte. Das, was sich Nesrin gerade ausdachte, klang nach einer abenteuerlichen Story. Und schrieb nicht das Leben selbst die besten Geschichten?

»Hmm, Republikflüchtige wurden doch eigentlich an der Grenze erschossen, wenn man sie erwischte«, erwiderte Nesrin kleinlaut. »Es gab doch den Schießbefehl.«

»Ja, den gab es«, erklärte Nike. »Und es wurde auch scharf geschossen. Die genaue Anzahl der sogenannten Maueropfer ist nicht klar, und vermutlich wird man sie auch nie herausfinden können. Die Zahlen weichen stark voneinander ab, je nachdem, wen man fragt.«

Nesrin sah sie mit offenem Mund an. »Die Grenzschützer haben da echt auf ihre eigenen Leute geschossen?«

»Tja. ›*In Ausübung ihres Dienstes*‹. Was auch immer das heißt.«

»Die hätten doch einfach danebenschießen können!«

Nesrin war fassungslos. Auch Nike war es kürzlich bei ihrer Internetrecherche so ergangen.

»Sie waren ja immer mindestens zu zweit. Und wenn der Kollege einen dabei erwischt hätte, wäre man möglicherweise selbst dran gewesen. Vergiss nicht, dass da nicht jeder an der Grenze Dienst leisten durfte.«

Sie dachte an die Berichte, die sie gelesen hatte. Es gab teilweise dramatische Geschichten aus der Zeit der Teilung.

»Wer sich in Grenznähe aufhielt, wurde völlig durchleuchtet. Sowohl die Bewohner der umliegenden Dörfer als auch die Soldaten. Auch Bau- oder Feldarbeiter. Man konnte nicht einfach so zum Todesstreifen spazieren und sich die Grenzbefestigungen anschauen.«

»Krass.« Nesrin starrte auf ihr Teeglas. »Das wusste ich gar nicht. Hatten die denn gar kein Gewissen?«

»Keine Ahnung«, erwiderte Nike. »Aber in den Augen vieler Leute waren die Menschen, die die Grenzen der DDR in Richtung Westen illegal passierten, wirklich Verbrecher, die ihre Strafe verdient hatten.«

»Auch den Tod?«

Nike nickte langsam. »Der Schießbefehl war bekannt, die Flüchtenden wussten also, worauf sie sich einließen. ›*Fluchtversuche waren in jedem Fall und mit allen Mitteln zu verhindern*‹. Und die Todesschützen wurden später mit Geldprämien und Sonderurlaub belohnt.«

»Wahnsinn.«

Schweigen breitete sich zwischen ihnen aus, jede hing ihren Gedanken nach.

»Wenn die Tagebuchschreiberin wirklich eine Republikflüchtige war, dann hatte sie es geschafft.« Nesrin wirkte begeistert. »Dann ist sie irgendwie in den Westen gekommen und hat ihr Tagebuch in eurem Probenraum versteckt.«

»Ja, schon«, antwortete Nike. »Aber die ganze Geschichte hat einen Denkfehler: Was um alles in der Welt macht das Tagebuch in dem Bunker? Sie wird es ja kaum vor der Staatssicherheit versteckt und dann vergessen haben.«

»Warum nicht? Die Stasi hatte doch überall ihre Finger drin und auch in der Bundesrepublik ihre Informanten.«

Diese Gedanken hatte Nike ebenfalls gehabt, aber sie weckten deutliche Zweifel in ihr.

»Die Stasi in Siegen?«

Nesrin rümpfte die Nase. »Du hast Recht. So wirklich vorstellen kann ich mir das auch nicht. Außerdem: Was sollten die hier bei uns?«

»Es gab in Gießen ein Notaufnahmelager für Flüchtlinge und Übersiedler aus der DDR. Möglich, dass sie von Gießen weiter nach Siegen kam. Das ist schließlich nur eine Stunde mit dem Auto entfernt.«

»Bist du denn sicher, dass die Briefe von einer Frau stammen?«

Nike hob die Schultern. »Absolut sicher bin ich mir nicht. Aber Tagebuchschreiben war ja schon immer eher ein Frauending. Und die Schrift ist zwar schwer zu lesen, wirkt aber an manchen Stellen ein bisschen verspielt. Das ist aber nur eine Vermutung«, fügte sie hinzu.

Nesrin zupfte sich an einer Haarsträhne.

»Was war hier denn überhaupt in den Achtzigern los? Ich kam mit fünf aus Köln nach Siegen, das war 1988. Aber ich kann mich gar nicht mehr richtig erinnern.«

Nike lehnte sich im Sessel zurück und beobachtete den Ventilator, der sich an der Zimmerdecke drehte.

»Ich war zehn, als sich die Grenze öffnete. Aber davon weiß ich nicht mehr viel. Die Belgier waren damals hier in Siegen stationiert und fuhren mit ihren dicken Panzern durch die Stadt.«

»Oh ja!« Nesrin lachte. »Damals haben wir noch in der Innenstadt gewohnt. Wenn die Kettenfahrzeuge in Kolonne an unserem Haus vorbeifuhren, hat Anne um das gute Geschirr gebangt. Aber es ist nie etwas zu Bruch gegangen.«

»Da hatten wir in Kreuztal mehr Glück, da kamen so gut wie nie Panzer vorbei. Und die Autobahn war auch noch nicht da. Kleinstadtidylle«, sinnierte Nike.

»Aber die Uni stand schon« griff Nesrin auf. »Mein Onkel Baran hat im Stahlwerk gearbeitet und sich immer vorgestellt, dass seine Kinder mal dort studieren würden.«

»Und, haben sie?«, fragte Nike und Nesrin schüttelte den Kopf. »Mein Cousin Dogan schraubt lieber an Autos und Semra ist Friseurmeisterin.«

Sie schwiegen. Nike rührte gedankenverloren in ihrem Tee, Nesrin streichelte ihren Hund.

»Neulich lief im Fernsehen ein Dreiteiler«, sinnierte sie. »Darin ging es um einen DDR-Spion, der sich an eine Datenanalystin aus dem Westen rangemacht hat, um an Infos zu kommen. Sowas ist doch bestimmt auch anders herum denkbar, oder?«

»Du meinst, dass die Tagebuchschreiberin eine DDR-Spionin war?« Nike verzog das Gesicht. »Das klingt nach einem schlechten Film.«

»Doch, warum nicht?« Nesrin setzte sich auf und strahlte sie an. »Eine Romeo-Falle, nur umgekehrt. Venus-Falle nennt sich das. Eine junge, gutaussehende Spionin macht einem Informanten schöne Augen, alles im Sinne der Stasi. Doch der Typ merkt, was gespielt wird und nimmt die Agentin gefangen.«

»In unserem Probenraum?«, fragte Nike voller Ironie, doch Nesrin ließ sich davon nicht beeindrucken.

»Ja! Da hört sie doch niemand, wenn sie schreit.«

»Aber sie wäre doch irgendwann vermisst worden!«

Dazu fiel Nesrin auch nicht mehr viel ein und lehnte sich wieder in ihren Sessel zurück.

»Du schaust zu viele Thriller, Nesrin.«

»Definitiv nicht.« Nesrin lachte. »Ich ertrage schon Hitchcocks *Die Vögel* nicht. Alles, was darüber hinausgeht, würde bei mir einen Herzkasper verursachen.«

»Okay. Spinnen wir den Faden mal weiter.« Nike hatte mittlerweile Gefallen an dem Gedankenexperiment gefunden. »Angenommen, das Tagebuch stammt wirklich von einer Agentin aus der DDR oder dem Ostblock. Warum versteckt sie die Seiten dann in dem Bunker? «

»Na, ist doch ganz klar: Sie enthalten brisante Informationen!«

Nesrin war nicht zu bremsen, doch Nike musste lauthals lachen.

»Definitiv nicht. Oder sie sind absolut genial verschlüsselt.«

»Was steht denn nun in dem mysteriösen Tagebuch? Hast du es dabei?«

»Es liegt auf meinem Schreibtisch, Miss Holmes.«

Nesrin tat, als ziehe sie an einer Pfeife und lehnte sich mit übergelegten Beinen im Sessel zurück.

»Bringen Sie mir die Unterlagen, Watson.«

Nike prustete los und Nesrin konnte selbst nicht ernst bleiben. Die beiden lachten lauthals über Nesrins detektivische Anwandlungen und ergingen sich in albernen Scherzen, bis Nike wieder ernst wurde.

»Trotzdem wüsste ich gern, von wem die Seiten stammen.«

»Steht denn irgendwo ein Name?«

»Es gibt keinen Absender oder Adressaten. Aber von einer Annett ist die Rede, sie könnte die Schwester sein. Ich habe aber noch nicht alles gelesen, denn die Schrift ist sehr klein und ausgeblichen, außerdem teilweise unleserlich. Und das Papier ist alt.«

Sie hielt inne.

»Wenn ich so darüber nachdenke: Die Sprache klingt eher weiblich. Manche Sätze lesen sich, als hätte die Frau Abschied von ihrer Familie genommen. Und zwar für sehr lange Zeit. Oder sogar für immer.«

»Sie könnte also wirklich eine Agentin gewesen sein?«

Nesrin war ernst geworden.

»Das klingt viel zu phantastisch, um wahr zu sein.« Nike hob unschlüssig die Schultern. »Andererseits ist ja bis heute nicht wirklich geklärt, wer da wen bespitzelt hat. Wusstest du, dass es einhundertelf Kilometer Stasi-Akten gibt? Sechzig Kilometer davon sind sogar noch unsortiert, mehr als fünfzehntausend Säcke mit zerrissenen Unterlagen stehen in den Archiven der Behörde.«

Nesrin starrte sie mit offenem Mund an.

»Das ist nicht wahr, oder?«

»Doch. Und es gibt bestimmt auch über unsere Tagebuchschreiberin eine Akte. Dazu müssten wir allerdings wissen, wer sie war.«

»Puh, Nike. Da hast du ja echt ein spannendes Thema entdeckt. Kein Wunder, dass es dich nicht loslässt. Ich würde an deiner Stelle jedenfalls die ganze Zeit in Archiven wühlen, Internetseiten durchforsten und Dokus anschauen.«

»Na, rate mal, was ich mache.« Nike lachte. »Ich habe mich bisher viel zu wenig mit der Geschichte der deutschen Teilung beschäftigt. Und erst jetzt merke ich, wie aufregend all das ist. Es ist wie ein Sog. Dieses Tagebuch ist eigentlich nur der Aufhänger, denn die Menschen, die hinter all den Geschichten stehen, interessieren mich.«

Nesrin stand auf und holte Kekse aus der Küche.

»Hier. Ich brauche jetzt Kohlenhydrate und Zucker. Das ist sonst zu viel für meine Nerven!«

Nike nahm sich einen Keks, hielt ihn aber in der Hand, ohne abzubeißen.

»Ob die beiden Schwestern mittlerweile wieder zueinandergefunden haben?«

»Ach, das ist irgendwie traurig«, erwiderte Nesrin und streichelte Zorro gedankenverloren durchs Fell. »So sehr mich meine Geschwister manchmal nerven, ich kann mir ein Leben ohne sie nicht vorstellen.«

Da war er wieder. Björn.

»Ja, irgendwie zieht sich das Geschwisterthema gerade durch mein Leben.« Nike starrte an Nesrin vorbei aus dem Fenster, ohne etwas wahrzunehmen. »Erst dieser Druck meiner Eltern für ein weiteres Enkelkind, also auch einen Bruder oder eine Schwester für Malte. Dann das Geheimnis um die beiden Schwestern und das Tagebuch, und zur Krönung auch noch mein unbekannter Bruder.«

»Dann versuche ich mal, dich abzulenken.«

Nesrin biss von ihrem Keks ab, Krümel fielen auf ihre Bluse, aber sie störte sich nicht daran.

»Wusste denn die eine Schwester überhaupt von den Reiseplänen der anderen?«

War da nicht eine Passage, in der sie ihren Rucksack im Schrank versteckte, damit Annett ihn nicht fand? Nike wusste es nicht mehr genau.

»Auf einer Seite klang es, als hätten sie sich auf unbestimmte Zeit voneinander verabschiedet«, erklärte sie. »Andererseits ist die Grenze seit dreißig Jahren offen. Da reichte doch ein Anruf oder ein Brief, und die beiden konnten sich wieder in die Arme fallen.«

»Das ist sehr wahrscheinlich«, erwiderte Nesrin und strich die Kekskrümel von ihrer Bluse. »Aber sie hat das Tagebuch nicht geholt. Vielleicht war es ihr nicht wichtig, vielleicht hat sie es vergessen. Ich will meine alten Aufzeichnungen auch nicht mehr lesen.« Sie lachte.

»Interessanter ist doch die Frage, warum sie es überhaupt hinter den Eierkartons versteckt hat. Hier in Siegen«, widersprach Nike. »Da stand doch nichts Gefährliches drin. Zumindest nicht, soweit ich das lesen konnte.«

»Vielleicht war sie ja wirklich eingesperrt, Watson.«

Nesrin schlüpfte wieder in ihre Sherlock-Rolle, doch Nike fand den Gedanken daran gar nicht so witzig wie ihre Freundin.

»Und wenn es wirklich so war? Wo ist sie jetzt?«

Jetzt war es an Nesrin, ihre Freundin mit einem bedauernden Blick zu bedenken.

»Die beiden sitzen jetzt gerade wahrscheinlich bei Kaffee und Kuchen zusammen und schwelgen in Erinnerungen über ihre Kindheit in der DDR. Während du dir Gedanken über ein altes Tagebuch machst, das längst in Vergessenheit geraten ist.«

»Und wenn nicht?«

»Dann solltest du vielleicht mal mit deinem Kriminalhauptkommissar zu Hause sprechen. Der ist doch auf so etwas spezialisiert.«

»Ja, das werde ich auch. Du kannst mich jetzt für übergeschnappt halten, aber ich möchte unbedingt wissen, wer dieses Tagebuch geschrieben hat.«

30. JULI 1984

Der Abschied von Annett, Mutti und Vati fiel mir wahnsinnig schwer.

Trotzdem musste ich so tun, als wäre es ein ganz normaler Abend. Denn sie sollten ja nicht wissen, was ich vorhabe!

Wir aßen zu Abend, sprachen über die Schule, das kommende Wochenende und andere Alltäglichkeiten. Vati versuchte, trotz des Boykotts eine Übertragung der Olympischen Spiele im Radio zu empfangen und Mutti saß auf dem Sofa und stopfte Socken. Es war so alltäglich und tut wahrscheinlich deshalb so weh.

Und jetzt muss ich sie zurücklassen, obwohl alles in mir danach schreit, sie zumindest einzuweihen und mich richtig von ihnen zu verabschieden.

Vor allem der Abschied von Annett fiel mir schwer. Wir haben früher oft noch im Dunkeln geredet, kurz vorm Einschlafen. Ausgerechnet gestern Abend wollte sie mit mir noch über Karsten reden. Sie hat mir von ihren Plänen erzählt, von einer Wanderung auf dem Rennsteig und ihrer Zukunft nach Karstens Wehrdienst. Sie war so glücklich, und es tut mir furchtbar weh, all das nicht mitzubekommen. Schließlich ist sie meine kleine Schwester!

Ich tat aber so, als sei ich ziemlich müde und bat sie, das Licht zu löschen. Es dauerte eine Weile, bis sie endlich schlief. Leise stand ich auf und holte geräuschlos meinen Rucksack aus dem Schrank. Ich hatte vorher die Handgriffe geübt und hatte Glück, dass ich sie nicht weckte. Unter dem Nachthemd trug ich noch meine Kleidung mit hochgerollten Hosenbeinen und ich zog mich im Badezimmer um. Mutti und Vati schliefen schon, zwischendrin habe ich mir aber gewünscht, sie würden aufwachen und mich fragen, was ich da vorhabe. Denn dann hätte ich alles abgebrochen.

Aber sie wurden nicht wach, Vatis Schnarchen begleitete mich bis fast vor die Haustür.

Erst als ich draußen auf der Straße stand, habe ich mich wieder zu atmen getraut. Es war still, die Straßenlaternen warfen gelbes Licht in die Nacht, und ich nahm noch einmal einen tiefen Atemzug. So, als könnte ich damit mein Zuhause konservieren.

KAPITEL 10

Als Nike nach ihrem Besuch bei Nesrin nach Hause kam, erreichte sie eine Nachricht von Lukas: Überstunden von unbestimmter Dauer. Malte ließ sich nur kurz blicken und murmelte etwas von Mathearbeit, nahm sich ein paar belegte Brote mit nach oben und verschwand in seinem Zimmer.

Nike tigerte unruhig in der Wohnung hin und her. Die Vorstellung, die Tagebuchschreiberin wäre in ihrem alten Probenraum eingesperrt gewesen, bescherte ihr Magengrummeln.

Aber wie sollte die junge Frau ausgerechnet dort hingekommen sein?

Das entzog sich ihrer Vorstellungskraft.

Nike tat es ihrem Sohn gleich, schmierte sich zwei Käsebrote und nahm sie mit nach unten in ihr Büro im Kellerraum. Hier war es angenehm kühl. Beim Kauf des Hauses hatten hier mehrere Regale mit Einmachgläsern mit undefinierbarem Inhalt sowie ein paar uralte, nach Mäuseharn und Essig riechende Weine gestanden und jede Menge alter, feuchter Zeitungen gelegen und die Zeit überdauert.

Zuerst hatten sie das alte, vergitterte Kellerfenster gegen ein größeres eingetauscht, neue Elektrik und neues Parkett verlegt sowie die Wände mit hellem Lehm verputzt. So war ein gemütliches Büro für Nike entstanden, das sie gelegentlich auch als Rückzugsraum zum Lesen nutzte.

Aber heute war ihr nicht nach einem Buch zumute. Sie stellte den Computer an und ging erneut auf Spurensuche nach der Tagebuchschreiberin.

Die erste Anlaufstelle war das Deutsche Rote Kreuz. In der Zeit des Kalten Krieges gab es zwei Suchdienste der Organisation: Ost und West. Beide brachten mehrere Tausend Familien wieder zusammen, die sich in den Wirren des Krieges verloren hatten. Oder sie halfen dabei, Schicksale zu klären. Auch jetzt, fast siebzig Jahre nach Kriegsende, gingen immer noch Suchanfragen von Kindern und Enkeln ans Rote Kreuz.

Nike hielt inne und lehnte sich mit klopfendem Herzen im Stuhl zurück.

So viele Menschen wussten so wenig über ihre Familie und ihre Herkunft. Verschollene Großväter, Onkel und Tanten, Geschwister. Sie alle hinterließen eine Lücke im Leben der Angehörigen, selbst wenn sie einander nicht gekannt oder zu unterschiedlichen Zeiten gelebt hatten.

Und die Lücken hinterließen manchmal Wunden, die auch Generationen später noch nicht verheilt waren – oftmals wussten die Menschen nicht einmal von diesen Wunden.

Wie bei Björn.

Auch ihr Bruder hatte eine Lücke hinterlassen, hatte aus ihren Eltern andere Menschen gemacht und damit Einfluss auf Nikes Leben und das von Victoria genommen.

Und mit einer Leerstelle im Leben mussten auch manche der Kinder im Mutter-Kind-Heim zurechtkommen. So wie die kleine Tochter der achtzehnjährigen Judith, deren Vater untergetaucht war und von der Polizei gesucht wurde.

Nike schüttelte die Schicksale ab und klickte sie sich weiter durchs Netz. Aber an wen konnte sie sich bei der Suche nach der Tagebuchschreiberin wenden?

Das Rote Kreuz würde ihr als Fremde die Auskunft verweigern, und es gab keine Dateien, die sie einsehen konnte. Vielleicht gab es ja einen Suchauftrag von der Schwester? Aber auch den würde sie nicht finden können.

Dieser Weg war nutzlos, hier fand sie keine Antworten. Also kramte sie noch einmal das Tagebuch hervor und notierte sich alles, was sie an Informationen fand.

Eisenach spielte eine Rolle. Und Leipzig. Außerdem gab es eine Annett, Mutti und einen Karsten. Gewöhnliche Namen, die ihr aber immerhin halfen, die Zeitspanne auf etwa Siebzigerjahre bis Ende der Achtzigerjahre einzugrenzen, als diese Vornamen besonders beliebt waren.

Nur: Wie viele Karsten oder Annetts hatte es in den Achtzigern in Eisenach gegeben?

Nike öffnete Facebook, um ihr altes, kaum genutztes Konto zu aktivieren. Doch natürlich brachte sie diese Suche nicht weiter. Sie brauchte mehr Infos aus dem Text.

Also nahm sie erneut die Tagebuchseiten und setzte sich damit in ihren Lesesessel. Es musste einfach noch ein paar Indizien geben, die ihr weiterhalfen!

... absage und zurückfahre, werde ich wohl den Rest meines bisher neunzehnjährigen Lebens hinter Stacheldraht und Selbstschussanlagen verbringen.

Ich freue mich auf das Abenteuer, ...

Nike ließ das Tagebuchblatt sinken und lehnte sich in ihrem Lesesessel zurück. Neunzehn Jahre war die Tagebuchschreiberin alt. Da hatte ihre Ahnung sie nicht getäuscht. Aber eine Neunzehnjährige, die in den Westen flüchtet? War das wahrscheinlich?

Nach den Schilderungen, die sie über Republikflucht gelesen hatte, eher nicht. Meist flüchteten junge Männer oder ganze Familie, seltener junge Frauen. Oder wurden sie einfach nicht so leicht erwischt?

Der Gedanke an eine Agentin erschien ihr absurd. War die Tagebuchschreiberin dafür nicht viel zu jung? Andererseits wusste sie gar nichts über Agenten. Dass deren Leben mit den Darstellungen in Filmen und Romanen nicht viel gemein haben konnte, war klar. Oder?

Jute fiel ihr ein. Er war als Kind in der DDR aufgewachsen und 1989, kaum, dass die Mauer gefallen war, mit seinen Eltern in den Westen gezogen. Zuerst in ein Dorf in Hessen, später, als er siebzehn war, nach Siegen.

Sie blickte auf die Uhr. Es war zwanzig nach Zehn. Es war spät, aber einen Versuch wert.

Doch Jute ging nicht ans Telefon.

31. JULI 1984

Die Fahrt von Leipzig nach Eisenach dauerte nur zwei Stunden.

Ich war so aufgeregt!

Aber der Fahrer war nett. Anfangs saßen wir schweigend nebeneinander und fuhren durch die Dunkelheit. Später unterhielten wir uns über dies und das. Doch zum Glück fragte er mich nichts Persönliches, sodass ich ihm auch nichts über mich oder meine Familie verraten konnte. Wir sprachen über Musik, Filme und Sport. Es half mir, meine Aufregung ein wenig zu zügeln.

Als wir in Eisenach ankamen, war es immer noch dunkel. Er stellte den Trabant auf einem Parkplatz in der Nähe eines Waldstücks ab. Zuerst hatte ich Angst, dass er mir etwas antut, denn da war weit und breit niemand außer uns. Aber er hat einfach nur seine Jacke zu einem Kopfkissen gefaltet und ist dann eingeschlafen.

Ich wollte eigentlich auch schlafen, aber ich hatte solche Angst, zu verschlafen, dass ich immer wieder wach wurde. Und es war furchtbar unbequem! Aber das war wahrscheinlich mein geringstes Problem, in Anbetracht dessen, was noch vor mir liegt!

Als ich da so aus dem stickigen Trabant ins Dunkel starrte, wünschte ich mich wieder zurück nach Grünau. Ich wollte in meinem warmen Bett liegen, Annett atmen hören und morgens aufwachen, als wäre nichts geschehen. Wann würden meine Eltern merken, dass ich nicht da bin? Und wie würden sie reagieren? Wären sie wütend? Traurig? Und Annett? Mein schlechtes Gewissen brachte mich zwischendrin zum Heulen. Aber ich heulte leise, um den Fahrer nicht zu wecken. Was sollte der denken? Erst gebe ich ihm Geld, und dann liege ich heulend da und will wieder nach Hause?

Nein, ich ziehe das jetzt durch. Ich bin schon so weit, da mache ich keinen Rückzieher. Ich würde es ewig bereuen.

Irgendwie muss ich doch eingeschlafen sein, denn als ich die Augen aufschlug, war es taghell. Die ersten Autos befuhren den Parkplatz, manche Leute fuhren sogar extra langsam, um einen Blick in unseren Trabbi zu erhaschen. Wir standen auf einem Parkplatz direkt unterhalb der Wartburg!

Damit wir nicht noch mehr Aufmerksamkeit erregten, fuhren wir in die Innenstadt, wo ich am Marktplatz ausstieg. Mein Herz schlug zum Zerspringen, denn nun war ich schon fast am Ziel!

KAPITEL 11

Als Nike am nächsten Morgen am Mutter-Kind-Heim ankam, waren die Fenster im Obergeschoss weit aufgerissen und laute Musik drang auf die Straße.

»Huhu!«

Nike blickte nach oben, wo Katharina winkend stand und ein gepunktetes Kopftuch über die Haare gebunden hatte. Sie stand im Gemeinschaftsraum der Mädchen, in dem sie beisammensitzen, Musik hören oder etwas spielen konnten. Meist wurde er jedoch zum Fernsehen genutzt oder die Mädchen saßen zusammen und lackierten sich die Nägel und probierten neue Frisuren aus.

Katharinas Kopf verschwand vom Fenster, und Nike öffnete die Haustür. Drinnen war die Musik noch lauter, irgendein Rap mit deutschen Texten. Bei diesem Lärm konnte die Petermann zwar nicht im Haus sein, trotzdem wagte Nike einen Blick in ihr Büro. Der Schreibtisch war ordentlich aufgeräumt, die Tastatur bis an den Monitor geschoben, die Schreibtischlampe akkurat ausgerichtet.

»Ist die Petermann krank?«

Nike steckte ihren Kopf vorsichtig durch die Tür des Gemeinschaftsraumes, und Katharina hob den rechten Daumen in die Höhe. »Deshalb nutze ich die Gelegenheit und mache hier mal richtig sauber.«

Katharina fuhr mit dem Besen über die Zimmerdecke, um Spinnweben einzusammeln.

»Ich ziehe mich nur schnell um, dann helfe ich dir!«

Nachdem sie einmal wegen eines überraschenden Regenschauers komplett durchnässt eine Gruppenstunde leiten musste, hatte sie immer einen Satz Wechselwäsche im Seminarraum deponiert. Außerdem war es nicht nur einmal vorgekommen, dass eines der Babys sie bespuckt hatte und sie froh gewesen war, sich umziehen zu können.

Kaum war sie umgezogen, klingelte ihr Handy. Vic.

»Hallo Schwesterherz!«, wurde sie begrüßt, ehe sie ihre Zwillingsschwester abwimmeln konnte.

Andererseits hatten sie seit Victorias Offenbarung nicht mehr miteinander gesprochen.

»Alles klar bei dir?«

»Ja. Und selbst? Warum rufst du gerade jetzt an? Ich bin im Dienst.«

»Und doch bist du drangegangen.« Victoria lachte. »Also stehst du zumindest nicht im Büro deiner garstigen Chefin.«

»Nein.« Nike lachte und entspannte sich. Von unten drang Musik herauf.

»Ich wollte mal hören, wie es dir geht. Wie du die Nachricht von unserem Bruder aufgenommen hast. Das war ja ein ziemlicher Schock.«

»Das kannst du laut sagen.«

Nike ließ sich in einen der Korbstühle sinken, die in einem Kreis angeordnet waren.

»Ich habe gestern mit Brigitte darüber gesprochen. Es war ein nettes Gespräch, aber Gefühle kamen nicht zur Sprache. Wie immer«, fügte sie hinzu.

Vic schnaubte.

»Hätte mich auch gewundert.«

»Die Hauptsache ist doch, dass wir von Björn wissen. Es gibt jetzt ein Geheimnis weniger in unserer Familie.« Nike hatte es immer irgendwie gespürt, aber sie hatte nie einen Beweis für ein großes Familiengeheimnis gehabt. Aber gab es nicht in jeder Familie einen Björn?

»Immerhin. Ich bin mir noch nicht sicher, was ich von all dem halten soll. Aber das wird sich zeigen.«

So war Vic. Pragmatisch und trotzdem ungehemmt kreativ.

»Wir müssen das ja auch gar nicht so schnell verarbeiten.«

Nike betrachtete ihre Füße. Die Socken hatte Brigitte für sie gestrickt.

Sie hörte im Hintergrund ein Knarzen, als läge Vic in einem uralten Bett mit Sprungfedern. Plötzlich fiel ihr etwas ein.

»Bist du eigentlich wieder in Eisenach?«

Das Knarzen verstärkte sich. »Ja. Aber nur noch bis morgen, dann ist die zweite Woche zu Ende. Und ich bin froh, wenn ich wieder zu Hause bin. Ich habe mittlerweile so viele Variationen der Wartburg und der sie umgebenden Pflanzen gesehen, dass ich für die nächsten drei Jahre genug habe.« Vic lachte. »Mindestens.«

»Apropos Eisenach«, unterbrach Nike ihre Schwester. »Erinnerst du dich noch an Tante Hedwig? Brigittes Cousine?«

Vic schien einen Moment zu überlegen.

»Die aus der DDR? Wir haben früher Pakete für sie gepackt, richtig? Und sie war mal bei uns und hat uns ihr dünnes Alu-Geld in die Hand gelegt.«

»Weißt du noch, wo sie gelebt hat?«

Vic schwieg einen Moment, dann lachte sie auf. »In Eisenach, wenn ich mich richtig erinnere. Ehrlich, ich habe all die Jahre nicht mehr an sie gedacht. Was ist eigentlich aus ihr geworden?«

»Ich weiß es nicht«, erwiderte Nike. »Aber vielleicht könntest du das herausfinden?«

»Bloß weil ich in Eisenach bin?« Victoria lachte. »Wie soll ich das denn anstellen? Du kannst doch einfach Brigitte fragen!«

Von unten erklang plötzlich ein lautes Scheppern, das Vic übertönte. Nike lief zur Tür und lauschte ins Treppenhaus.

»Ich muss Schluss machen und Katharina helfen.«

Nike sah an sich herab.

»Gibt es einen bestimmten Grund, weshalb du dich für Hedwig interessierst?«, wollte Vic wissen. »Ums Erbe geht es wohl kaum, nehme ich an.«

Erneutes Poltern ließ Nike zusammenschrecken.

»Ich möchte sie gern etwas fragen. Aber jetzt muss ich wirklich mal schauen, was da unten los ist!«

Schnell schlüpfte sie in ihre Schuhe und eilte nach unten. Sie kam nicht zu spät, denn Katharina war gerade dabei, den wuchtigen Fernsehschrank zu verschieben.

»Warte, ich fasse mit an!«

Tante Hedwig, Brigitte und die Petermann gerieten schnell in Vergessenheit.

Verschwitzt, verstaubt und dennoch zufrieden kam Nike drei Stunden später zu Hause an. Sie stellte sich kurz unter die Dusche und setzte sich dann mit dem Telefon aufs Sofa.

»Nesrin, ich brauche noch mal ein paar Minuten deiner Zeit.«

»Klar! Worum geht es? Um die Agentin in eurem Proberaum?«

»Ich habe noch mal über unser Gespräch nachgedacht. Die Tagebuchschreiberin war erst Neunzehn. Da ist man doch noch keine Agentin, oder?«

»Das war doch sowieso nur Quatsch.« Nesrin lachte auf. »Sowas gibt es nur in Filmen!«

»Immerhin basieren die Filme, die du gesehen hast, auf realen Begebenheiten. Diese Romeo-Agenten gab es ja wirklich. Und es schadet nicht, in alle Richtungen offen zu bleiben.« Nike hob die Schultern, obwohl ihre Freundin das gar nicht sehen konnte. »Aber du hast Recht, das war wirklich abwegig. Oder?«

So sicher, wie sie sich Nesrin gegenüber gab, war sie sich allerdings nicht.

»Wenn dich dieses Tagebuch so sehr beschäftigt, dann starte doch einen Aufruf im Internet«, schlug Nesrin vor. »Stell' Seiten davon bei Facebook ein und rufe zum Teilen auf. Sowas funktioniert doch immer ganz gut.«

»Das klingt verlockend, aber das kann ich nicht machen.« Nike zögerte. »Das ist rechtlich eine ganz schwierige Angelegenheit. Denn was einmal im Netz steht, lässt sich nicht mehr rückgängig machen. Und die Ausschnitte eines fremden Tagebuchs für Millionen von Fremden online zu stellen und die Schreiberin damit zu entblößen, hinterlässt ein sehr schales Gefühl bei mir.«

Nesrin nickte gedankenverloren. »Da hast du natürlich recht.«

»Ich habe noch einen anderen Plan. Ich werde Jute, unseren Bassisten, fragen. Der ist in der DDR aufgewachsen, vielleicht weiß er mehr über Agentinnen.«

»Gute Idee. Und vor allem solltest du Lukas anhauen. Der hat doch Zugang zu allen möglichen Daten und hat ganz andere Möglichkeiten als du.«

»Das kann ich nicht machen! Und Lukas wird niemals in den Datenbanken der Polizei nach irgendwelchen Leuten suchen. Da gibt es ganz strenge Regelungen, und er riskiert seinen Job, wenn er privat herumschnüffelt!«

»Okay. Das wusste ich nicht. Ist aber eigentlich gut, dass das so gehandhabt wird. Ich mein ja nur ...«

Nesrin ließ offen, was sie damit meinte.

»Hi Mum!«

Plötzlich stand Malte in der Tür. Sein Gesicht war blutverschmiert, Dreckkrusten hingen in seinen blonden Haaren, das weiße Fußballtrikot war mit grünen Grasflecken übersät.

Nike sprang auf und verabschiedete sich hastig von Nesrin.

»Malte! Was ist passiert?«

»Ach, Fußball«, erwiderte er ausweichend. »Ich hab keine Pflaster mehr im Bad gefunden.«

»Komm mit!«

Sie zog ihn am Trikotärmel in die Küche, wo die Abendsonne goldenes Leuchten durch die große Terrassentür sandte.

»Das ist nur halb so wild«, setzte Malte an und folgte ihr widerwillig. »Nur ein paar Kratzer. Ich brauche nur ein Pflaster fürs Knie, damit ich mir meine Klamotten nicht mit dem Blut versaue.«

»Setz dich, ich hole die Pflaster.«

Im Bad durchwühlte Nike die Schubladen. Sie wusste genau, dass noch Pflaster da waren, nur wo?

»Du kannst schon mal anfangen, die Haut um die Wunden herum zu säubern!«, rief sie in Richtung Küche. In der untersten Schublade der Waschkommode fand sie dann endlich die Pflaster. Sie musste dringend ausmisten, denn die Notfallapotheke sollte griffbereit liegen.

Als sie in die Küche kam, stand Malte vor der Spüle, den rechten Fuß auf dem Spülbecken abgelegt und hielt immer wieder ein durchweichtes Stück Küchenrolle unter den Wasserhahn. Mit dem nassen Fetzen tupfte er ergebnislos auf dem verletzten Bein herum.

Nike blieb kurz im Türrahmen stehen und beobachtete ihren Sohn bei seinen hilflosen Bemühungen. Er war groß und schlaksig, sein dunkelblondes Haar fiel ihm locker ins Gesicht, am Kinn wuchsen helle Stoppeln aus der Haut. Wenn er Schmerzen hatte, so zeigte er sie nicht.

War es wirklich schon so lange her, dass der kleine Malte mit tränenverschmiertem Gesicht zu ihr kam und nach bunten Pflastern verlangte?

Ein leiser Seufzer entrang sich ihr. »Ich helfe dir.«

Sie benetzte einen Waschlappen und wusch ihrem Sohn vorsichtig Schmutz und Grasflecken vom Knie.

»Und du bist dir sicher, dass du auf dem Bolzplatz warst?«, fragte sie nach einem Blick auf seine geröteten Fingerknöchel. Sie meinte es eher im Scherz, doch Malte zog ruckartig die Hand nach hinten.

»Es war halt ein bisschen wilder als sonst«, antwortete er ausweichend. »Dafür haben wir aber gewonnen.«

Nike legte eine große sterile Kompresse auf das Knie und fixierte sie mit weißem Tape.

»Nicht schön, aber selten«, murmelte sie lachend, und Malte humpelte zum Esstisch. Er wirkte verlegen, als wäre es für einen Siebzehnjährigen nicht mehr zumutbar, sich von seiner Mutter verarzten zu lassen.

Nike schenkte ihm Wasser ein und brachte ihm das Glas.

»Soll ich dir noch beim Duschen helfen?«

Sie meinte es im Scherz, doch Malte riss die Augen auf. »Mama!«, rief er empört aus und merkte überhaupt nicht, dass sie ihn aufzog.

»Schon gut.« Sie winkte ab.

Doch der Gedanke, dass Malte sich geprügelt hatte, ließ sich nicht abschütteln.

31. JULI 1984

Auf dem Marktplatz war um diese Uhrzeit ganz schön viel los!

Vor den Ständen war ein richtiges Gedränge und überall standen Menschen und tratschten. Ich schätzte, dass es hauptsächlich darum ging, denn das Angebot an Kartoffeln, Möhren und Äpfeln war kleiner als bei uns in Leipzig. Dafür roch es vom Grillstand verführerisch nach Rostbratwurst und mein Magen knurrte heftig.

Aber ich hatte von Zuhause belegte Brote mitgenommen, die ich heimlich geschmiert und eben gegessen habe. Sie waren trocken und wölbten sich nach oben, aber ich wollte nicht unnötig viel Geld ausgeben. Wer weiß, wofür ich es noch brauche!

Jetzt stehe ich wie verabredet vor dem Stadtschloss und tue, als würde ich die umstehenden Gebäude betrachten und mir Notizen dazu machen. Eigentlich bin ich viel zu früh, aber ich traue mich auch nicht, wegzugehen. Nachher verpasse ich ihn!

Noch drei Minuten, dann ist es zehn Uhr.

Ich bin soo aufgeregt, das kann sich niemand vorstellen!

KAPITEL 12

»Hallo Jute! Störe ich?«

Nike hatte es sich mit einem Müsli und ihrem Smartphone auf der Terrasse gemütlich gemacht. Lukas war noch immer nicht zu Hause, Malte hatte sich in sein Zimmer verzogen. Für den Abend war Regen angekündigt – ein Versprechen, das im Siegerland fast immer eingehalten wurde. Daran war nicht zuletzt die Lage zwischen Rothaargebirge und Westerwald schuld, wo die Wolken sich gerne aufhielten und ausgiebig erleichterten. Doch jetzt war es trocken und Nike wollte die frische Luft genießen, ehe die Regengüsse kamen. Sie kannte es als gebürtige Siegerländerin nicht anders, aber Jute, der erst mit siebzehn Jahren nach Siegen kam, maulte gern über das Siegerländer Wetter.

»Nike! Was verschafft mir die Ehre? Gibt es irgendwelche Neuigkeiten über den Probenraum?«

»Nein, leider nicht. Ich melde mich heute mal ganz privat, ohne musikalischen Hintergrund.«

In der Zwischenzeit hatte sie die zusammengepuzzelten Seiten so kopiert, dass sie sich kaum von den unzerstörten Blättern unterschieden. Den Stapel beschwerte sie mit einem Stein, um ihn später durchzugehen.

»Erinnerst du dich noch an die Papierschnipsel, die wir beim Aufräumen im Probenraum gefunden haben?«

»Die Liebesbriefe? Klar! Was ist damit? Hat meine Lieblings-Psychologin eine unbekannte Störung entdeckt?«

Jute lachte und Nike schüttelte den Kopf, obwohl er die Bewegung gar nicht sehen konnte.

»Quatsch. Ich glaube, es ist eine Art Reisetagebuch. Und zwar von einer Frau, die aus der DDR in den Westen kam. Möglicherweise steckten politische Motive dahinter.

Jute atmete geräuschvoll aus.

»Und was genau erwartest du da von mir? Meine Eltern haben die DDR in dem Moment verlassen, als es ungefährlich war. Offiziell hatten wir natürlich nur Kontakt zu strammen Sozialisten. Wie das eben so war«, fügte er nach einer winzigen Pause hinzu. »Was für politische Motive meinst du?«

Nike zögerte. Mittlerweile kamen ihr ihre Gedanken absurd vor und sie fürchtete, sich zu blamieren.

»Agenten zum Beispiel.«

Jute schwieg am anderen Ende der Leitung und Nike fühlte sich in ihrer Befürchtung bestätigt. Es war eine Schwachsinnsidee.

»Vergiss es«, warf sie ein, ehe ihr Kumpel antworten konnte. »Was macht die Haussuche? Habt ihr mittlerweile etwas in der engeren Auswahl?«

»Wir haben uns am vergangenen Wochenende zwei Häuser angeschaut, aber bisher hat es einfach noch nicht Klick gemacht. So wie bei dir und Lukas. Am Samstag geht es weiter, da schauen wir uns ein Haus in Kreuztal an.«

»Dann drücke ich euch die Daumen, dass ihr endlich was findet. Ihr sucht ja schon lange genug.«

»Danke. Aber nochmal zu den Agenten: Was hast du da im Sinn? Kalter Krieg, Ost-West-Konflikte?«

»Hältst du das für möglich?«, fragte sie vorsichtig. Jute lachte.

»Rufst du mich deswegen an? Glaubst du, als Ossi kenne ich mich mit Spitzeln, Agenten und Kaltem Krieg aus?«

Nike schwieg.

»Ich war fünfzehn, als die DDR aufhörte zu existieren. Politik hat mich nicht interessiert. Ich war verliebt, in ein Mädchen aus meiner Klasse. Doch ihre Eltern haben »rübergemacht« und ich habe sie nie wieder gesehen. Unsere Schule wurde jeden Tag ein bisschen leerer, und ich habe so lange mit meinem Kumpel darüber gescherzt, bis ich selbst weg war.«

»Tut mir leid.«

Die Büsche an der Grundstücksgrenze wackelten und Chester schob seinen schweren Körper durch das Grün. Mit einem Satz landete er auf Nikes Schoß und drehte sich ein paar Mal im Kreis, ehe er eine gemütliche Position fand und sich schnurrend niederlegte.

»Es war wirklich eine komische Zeit damals. Aber eigentlich ging alles viel zu schnell. Wenn ich zurückdenke, kann ich die einzelnen Ereignisse gar nicht mehr richtig fassen.« Jute hielt einen Moment inne. »Ich glaube, wenn ich damals nicht schon Musik gemacht hätte, wäre ich verrückt geworden.«

Nikes eigene Erinnerungen an die Wendezeit waren nur bruchstückhaft. Beim Mauerfall war sie zwölf gewesen. Ihre Eltern hatten beim Abendessen oft darüber gesprochen, aber zu diesem Zeitpunkt hatte sie sich überhaupt nicht für Politik interessiert. Mit zwölf hatte sie unbedingt Kapitänin werden und über das Mittelmeer fahren wollen. Eine Idee, die ihr mittlerweile völlig abwegig erschien.

»Hast du noch Kontakt zu deinen Kumpels von früher?«

Ihr war klar, dass Jute ihr nicht würde helfen können.

Wahrscheinlich waren ihre Vorstellungen von einer Jugend in der DDR sowieso völlig falsch.

»Am Anfang habe ich mir noch mit Ricardo geschrieben, aber das wurde immer weniger und hörte dann irgendwann auf. Wie es halt so läuft.«

Ja, wie bei Tina und ihr. Seit ihre Schulfreundin im Allgäu lebte, war ihr Kontakt beinahe eingeschlafen. Neben Mann, Kindern, Hof und Tieren blieb Tina wenig Zeit und Energie für Freundschaften. Nike sollte sich unbedingt wieder bei ihr melden, damit der Kontakt nicht völlig einschlief. Chester schnurrte und sie strich ihm abwesend durchs Fell.

»Irgendwann habe ich Ricardo mal übers Internet gesucht, aber nach ein paar Mails ist es wieder verebbt. Wir haben uns irgendwie total unterschiedlich entwickelt, er ist so ein Marketing-Fuzzi geworden, damit kann ich gar nichts anfangen. Nun ja. So ist das eben«, sinnierte Jute.

»Hast du noch Verwandtschaft in Gera?«

Nike meinte fast, das Kopfschütteln zu hören. »Kann sein, dass mein Cousin noch dort lebt. Aber nachdem meine Großmutter gestorben war, sind wir eigentlich nicht mehr rüber gefahren.«

»Meine Mutter hat ebenfalls eine Cousine, ich glaube, in Eisenach«, erklärte Nike. »Ist es nicht seltsam, dass man sich trotz Internet und Allgegenwart der sozialen Medien nicht einmal mit seinen Angehörigen austauscht?«

Jute lachte.

»Du meinst sowas wie ›Blut ist dicker als Wasser‹?«

»Ich bin Psychologin«, erwiderte sie und lachte ebenfalls. »Ich weiß, was sich nahestehende Menschen antun können. Abhängigkeiten schaffen Verletzlichkeiten.«

»Ach, wem sagst du das«, sinnierte Jute.

Das Gespräch verebbte, die Wolken am Himmel zogen sich zu. Sie ließ ihn Grüße an Miriam ausrichten, als sie ein Ruf aufmerken ließ.

»Chester, hier steckst du!«

Ihr Nachbar Ralf zwängte sich durchs Gebüsch und sah Nike entschuldigend an. »Als ob er wüsste, dass er bald vom Thron gestoßen wird. Ksch, Chester, komm mit rüber!«

Ralf versuchte unbeholfen, das Tier zu locken, doch der Kater interessierte sich nicht für seine Befindlichkeiten. Nike winkte ab.

»Lass ihn hier. Er stört mich nicht.«

Sie verabschiedete sich von Jute, legte das Smartphone beiseite und wandte sich an ihren Nachbarn.

»Weißt du schon, wann der Hund bei dir einzieht?«

»Nächste Woche wird es soweit sein. Bis dahin genieße ich die Ruhe vor dem Sturm«, antwortete er mit einem Blick auf seinen roten Kater auf Nikes Schoß. »So ein großer Hund will schließlich bespaßt werden. Aber ein bisschen Bewegung hat noch niemandem geschadet!« Ralf lachte. »Mit Chester hatte ich ja bisher ein ziemlich ruhiges Leben.«

Er blickte auf seinen Kater, der sich gemütlich zusammengerollt hatte und sein Personal keines Blickes würdigte.

»Ich wollte dich nicht beim Telefonieren unterbrechen«, erklärte er zerknirscht, doch Nike hob nur die Schultern.

»Kein Problem, das Telefonat war ohnehin zu Ende. Ich habe mit Jute gesprochen, unserem Bassisten. Er ist in der DDR aufgewachsen, da hatte ich ein paar Fragen an ihn.«

Langsam entwickelte sich die Sache zu einer fixen Idee!

Ralf sah sie fragend an.

»Ach, ich hab da etwas herausgefunden.«

Doch bevor Nike mehr dazu sagen konnte, platschten auf einmal dicke Regentropfen vom Himmel. Zuerst nur einzelne, die sich jedoch innerhalb weniger Minuten zu einem Sturzregen vereinigten.

»Mist!«, fluchte Nike und schnappte sich den Stapel mit den kopierten Tagebucheinträgen, drückte ihn gegen ihren Oberkörper und eilte damit in die Küche.

Das oberste Blatt war schon aufgeweicht, die Schrift verschwamm zu schwarzen Schlieren und das Papier wölbte sich und wurde durchscheinend.

»Was für ein Wetter!«

Ralf folgte ihr und stellte ihre Tasse und das Schälchen mit dem Müsli auf den Tisch.

»Das dürfte jetzt ein bisschen wässrig schmecken.«

»Egal.«

Nike legte die obersten Seiten nebeneinander auf der Tischplatte aus, damit sie trocknen konnten. Doch sie fürchtete, nichts mehr davon lesen zu können.

»Zum Glück sind das nicht die Originale, sondern nur Kopien.« Sie strich das Papier glatt.

»Für die Arbeit?«, wollte Ralf wissen, während er Nikes Kaffeetasse in die Spüle stellte.

»Nein. Privat. Ich habe ein spannendes Tagebuch gefunden und möchte jetzt wissen, wem es gehört.«

»Du liest fremde Tagebücher?«, fragte Ralf erstaunt und sah sie mit gerunzelten Brauen an. »Das passt gar nicht zu dir.«

»Ach, so ist es ja auch gar nicht. Ich hab die Seiten in unserem alten Probenraum gefunden, sie waren hinter den

Eierkartons versteckt und lagen schon seit dreißig Jahren oder länger da. Soo geheim ist das nun auch wieder nicht.« Sie fühlte wieder diese fiesen Piekser ihres schlechten Gewissens.

Das hier war einfach nicht in Ordnung, selbst wenn sie es sich schönredete.

Ralf zwinkerte sie an. »Und was steht drin?«

»Na, das werde ich dir nicht unter die Nase reiben. Immerhin ist das ein fremdes Tagebuch!«

»Na gut.« Ralfs Grinsen geriet schief. »Wenn man nicht weiß, wer es geschrieben hat, ist es auch nur noch halb so interessant. Dann hat man ja nichts zum Tratschen.«

Nike begutachtete die nassen Seiten und nickte langsam.

»Ich muss wieder rüber!« Ralf schob die Terrassentür auf, und das Plätschern des Regens wurde lauter. »Vorhin hab' ich bei Frau Gehuchte den Wasserhahn repariert und ihr versprochen, noch einmal nach dem Rechten zu sehen.«

»Dann viel Vergnügen!«

Ralfs Elektronikgeschäft lief in den letzten Jahren nicht mehr besonders gut – seit es Kabel, Steckdosen und Verteilerkästen im Internet billiger gab und die Menschen Dinge lieber wegwarfen, statt sie zu reparieren. Deshalb besserte er sein Taschengeld mit kleinen Dienstleistungen in der Nachbarschaft auf. Viele der großen Villen am Westhang wurden von Witwen mit üppiger Rente bewohnt, die ihre Hauser nicht mehr selbst in Schuss halten konnten, sich aber nicht verkleinern wollten oder konnten. Da war ein Nachbar wie Ralf Gold wert.

Und dann nahm man auch in Kauf, dass er ein wenig neugierig war.

LEIPZIG, 31. JULI 1984

»Wo ist Michaela?«

Hanni Wolff riss die Tür des Mädchenzimmers auf. Annett blinzelte gegen die helle Lampe und hielt sich den Unterarm vor die Augen.

»Keine Ahnung«, maulte sie. »Was soll das? Ich habe Sommerferien, ich will schlafen!«

Das waren ihre ersten Ferien ohne Sommerlager und ohne die alljährliche Fahrt nach Ungarn an den Balaton. Da würde sie ja wohl ausschlafen können!

»Michaela ist nicht da.«

Ihre Mutter ging zu Michis Bett, hob die Decke an, dann das Kopfkissen.

»Sie liegt nicht da, das siehst du doch.« Annett setzte sich auf und rieb sich die Augen. »Wie spät ist es überhaupt?«

»Halb sieben.«

Hanni riss die Schranktür auf und knallte sie wieder zu. Annett ließ sich auf das Bett fallen und zog die dünne Bettdecke über ihren Kopf.

Hanni zog die Decke wieder weg.

»Weißt du, wo Michi ist?«

Ihre Stimme war schriller als normal. Annett lehnte sich gegen die Wand, die Arme um die Knie gelegt, als würde sie sonst umkippen.

»Vielleicht ist sie im Bad? Oder macht einen Dauerlauf?«

Hanni hielt in ihren ziellosen Bewegungen inne.

»Nein. Steh auf und komm' in die Küche.«

Sie ging voraus, bald darauf hörte Annett das Pfeifen des Wasserkochers und klapperndes Geschirr.

Annett schlüpfte in ihre Hose und wuschelte sich durch die schulterlangen Haare. Die Dauerwelle müsste sie mal auffrischen lassen. Vielleicht morgen? Sie hatte jedenfalls keine Lust, für Michis Vergehen mitbestraft zu werden. Schließlich hatte sie überhaupt nichts getan. Aber diesmal schien es um etwas Größeres zu gehen, denn so flatterig kannte sie Mutti gar nicht.

»Was ist denn überhaupt los? Musst du nicht zur Arbeit?«

Sie setzte sich und stellte einen Fuß auf die Sitzfläche, bis ihre Mutter sie mit einem strafenden Blick bedachte. Vati war vermutlich schon an der Universität, sonst würde er mit gerunzelten Brauen am Tisch sitzen und Mutti fragend beäugen.

»Hier!«

Ihre Mutter knallte einen Zettel auf den Tisch. Dann machte sie mit dem Frühstück weiter, als wäre es die wichtigste Tätigkeit der Welt. Gleichzeitig wirkten ihre Bewegungen fahrig, ihr rutschte die Butterdose aus der Hand und sie stieß sich an der Kante des Esstischs. Annett nahm den Papierbogen zur Hand.

Wenn ihr diesen Brief lest, bin ich nicht mehr da.

Irritiert starrte sie auf die Buchstaben. Es war Michaelas Handschrift, eindeutig. Aber das, was da stand, konnte sie unmöglich geschrieben haben. Nicht Michi!

Ich habe mich entschieden, ein neues Leben zu führen.

»Was hat das zu bedeuten?«, fragte sie leise.

Ihr Gehirn sperrte sich gegen das Offensichtliche, wollte das Gewicht des Geschriebenen nicht wahrhaben.

Sucht nicht nach mir, denn ihr werdet mich nicht finden.

Hanni stellte eine frische Milchtüte samt Haltebecher auf den Tisch und nahm dann endlich Platz.

»Michaela ist nicht da. Nur dieser Zettel.«

Mit dem Zeigefinger tippte sie darauf und strich über die Worte aus dunkelblauer Tinte. In der letzten Reihe waren Buchstaben verschmiert, aber das änderte nichts am Inhalt. Sie hob den Kopf und sah Annett ausdruckslos an.

Ich habe alle Spuren verwischt, um euch nicht mit unnötigem Wissen zu belasten.

»Sie hat rübergemacht. Unsere Michaela. Einfach so.« Die Worte kamen stockend aus ihrem Mund, ihr Finger strich im Takt über den Brief, als könnte sie das Geschriebene damit ungeschehen machen.

»*Rübergemacht.*« Annett ließ das Wort auf der Zunge liegen. »Warum?«

Hanni starrte sie fassungslos an. Ihr Mund ging auf und klappte wieder zu.

»Ich meine, sie hatte doch keine Probleme hier, oder?«

Ich weiß, dass meine Entscheidung Konsequenzen haben wird.

Im gleichen Moment, als sie die Worte aussprach, erkannte Annett die Wahrheit. Michi wirkte angepasst, hatte ein gutes Abitur abgelegt und würde im Herbst ihr Studium beginnen. Sie wollte Lehrerin werden, so wie ihr Vater, der mittlerweile an der Universität Leipzig lehrte. Aber das war nur die eine Seite. Die sichtbare. Die andere Michi blitzte nur im Verborgenen durch, abends, wenn sie in ihren Betten lagen und noch ein wenig redeten. Oder an Tagen wie beim Feeling B-Konzert. Wenn Michi Menschen grüßte, um die sie besser einen Bogen machte.

Doch ich kann nicht anders.

Hanni stand auf, ging zum Kühlschrank, öffnete ihn, schloss ihn wieder und ging zum Küchenschrank, um dort ziellos herumzukramen.

»Ich weiß nicht, was dieser Brief bedeuten soll. Ist das ein Scherz? Oder hat Michi irgendwas angestellt, ist sie mit dem Gesetz in Konflikt geraten?«

Leider kann ich euch keine Erklärung geben und hoffe auf euer Verständnis.

Ihre Mutter schüttelte den Kopf und setzte sich wieder.

»Wie will sie denn die Grenze überwinden? Zu Fuß? Mit einem Ballon? Hat sie einen Tunnel gegraben?«

Hannis Stimme war kalt, als hätte sie ihre Gefühle darin eingepackt und konserviert. Bilder fluteten Annett: Die spektakuläre Ballonflucht vor fünf Jahren, über die offiziell nicht gesprochen wurde, von der aber trotzdem jeder wusste. Oder die unzähligen Versuche, die Grenzbefestigungen mit Lastwagen zu durchbrechen oder unterirdisch durch Tunnel zu umgehen. Menschen mit Schlauchbooten auf der Ostsee oder eingepfercht in Transportern zwischen Schlachtvieh oder Pflastersteinen.

»Das passt nicht zu Michi«, erwiderte Annett langsam. »Aber wenn sie uns diesen Brief hinterlässt, wird es wohl so sein.«

Ich werde immer an euch denken.

Hanni ließ den Kopf in die geöffneten Hände sinken.

KAPITEL 13

Lukas war erst nach Hause gekommen, als Nike schon im Bett lag. Sie hatte ihn kaum wahrgenommen und war umgehend wieder eingeschlafen.

Als sie am nächsten Morgen aufstand, hämmerte ihr Schädel wie nach einer durchzechten Nacht. Der typische Stress-Kopfschmerz, der sie gelegentlich heimsuchte. Meist verschwand er nach einer gewissen Zeit von selbst.

Lukas saß frisch geduscht und mit einer Kaffeetasse in der Hand am Esstisch und las die Zeitung.

»Guten Morgen!«

Sie ging zu ihm und drückte ihm einen Kuss auf die Wange. Lukas lächelte sie an und wandte sich dann wieder seiner Zeitung zu. Der Regen hatte in der Nacht aufgehört, doch auf den Fensterscheiben saßen noch Tropfen, von den Terrassendielen stieg Wasserdampf in die Luft.

»Gibt es irgendwas Interessantes?«

Ohne seine Antwort abzuwarten, holte sie sich eine Tasse aus dem Schrank und schenkte sich Kaffee ein. Das würde hoffentlich gegen die Kopfschmerzen helfen.

»Das Übliche. Hier ein Einbruch, da eine Geschäftseröffnung, anderswo eine Schließung. Nichts Besonderes.«

Er faltete die Zeitung zusammen und legte sie neben sich. Dann zog er den Teller mit dem Obst zu sich, nahm die Bananen heraus und suchte sich diejenige mit den wenigsten braunen Flecken aus.

»Aber du bekommst ja sowieso mit, wenn was in der Stadt passiert. Außer den Geschäfts-Neueröffnungen natürlich«, schob sie grinsend hinterher.

Lukas seufzte.

»Manchmal wäre es schön, weniger zu wissen. Dann könnte man vielleicht noch an das Gute im Menschen glauben«, sinnierte er. »Aber das muss ich einer Psychologin wohl nicht erzählen.«

»Nein. Mir sind durchaus tiefe Abgründe bekannt. Die Petermann zum Beispiel.«

Lukas lachte.

»Gab es wieder Stress?«

»Nicht wirklich. Aber wir haben gestern das Wohnzimmer der Mädchen gereinigt und damit gegen die Putzpläne verstoßen. Wenn sie das herausfindet, wird sie kochen.«

»Oh, die heiligen Putzpläne!« Lukas hob in gespielter Ermahnung den Zeigefinger in die Luft. »Das war schon immer so, das darf nicht geändert werden!«

Seufzend nickte Nike. »Die Rente ist nah. Dann wird alles besser. Bestimmt.«

»Ich kann ja mal gucken, ob bei uns was frei wird«, entgegnete Lukas mit einem Zwinkern, während er die Banane schälte. Mit wenigen Bissen hatte er sie verspeist und legte die Schale vor sich auf dem Tisch ab.

»Warum nicht? Dann könnte ich ein bisschen Detektiv spielen. Das macht nämlich ganz schön viel Spaß.« Nike dachte an ihr Gespräch mit Nesrin und musste lachen. »Ein bisschen Sherlock Holmes, gemischt mit Miss Marple und James Bond. Dann hätte ich vielleicht auch Zugang zu euren Datenbanken.«

»Was willst du damit?«

Lukas sah sie fragend an.

»Es ist wegen des Tagebuchs aus dem Probenraum. Ich habe da ein paar Hinweise gefunden und suche nun die Verfasserin.«

»Hast du etwa die ganzen Blätter aufgehoben?«

Jetzt schaute er, als wäre sie nicht ganz dicht.

Nike hob unentschlossen die Schultern, ehe sie ihre Frage stellte.

»Jetzt ganz im Ernst: Könntest du in euren Datenbanken bitte etwas für mich nachschauen?«

Empört sah er sie mit gerunzelter Stirn an. »Wie bitte?«

»Na ja«, erklärte Nike vorsichtig, »vielleicht könnte ich in der Liste der Vermissten einen Hinweis finden. Oder, was natürlich blöd wäre, bei den unbekannten Toten«, fügte sie leise hinzu, obwohl sie diesen Gedanken am liebsten gar nicht weiter verfolgen würde. Aber er war da.

»Was treibst du da, Nike? Das gefällt mir nicht. Gibt es etwas, das ich wissen sollte?«

Er stützte sich mit den Händen auf dem Tisch ab, blieb aber sitzen.

»Falls du wissen möchtest, ob ich einen Hinweis auf ein Verbrechen habe: Nein. Das heißt, ich weiß es nicht.« Sie seufzte. »Ach, es ist kompliziert. Und eigentlich auch nur ein Bauchgefühl.«

»Sprich bitte Klartext, Nike. Ich habe keine Lust auf solche Spielchen.«

Er klang auf einmal müde, man merkte ihm die vielen Überstunden an.

»Ich weiß es wirklich nicht.«

Mit wenigen Worten fasste sie zusammen, was sie bisher über die Briefe herausgefunden hatte.

»Du glaubst also, dieses Tagebuch hätte eine Neunzehnjährige geschrieben, die entweder über die DDR-Grenze geflüchtet ist oder eine Ost-Agentin war. Und dann hat sie die Dokumente einfach so hinter die Eierpappen geklemmt, weil sie gerade nichts Besseres zu tun hatte.«

»Oder weil das eine geheime Übergabestelle war«, unterbrach sie ihn.

»In einem abgeschlossenen Bunker?« Lukas klang skeptisch. »Wann wurde das Tagebuch überhaupt dort versteckt?«

»Das weiß ich nicht.«

Mit gerümpfter Nase blickte Lukas an ihr vorbei ins Leere.

»Das klingt alles ein bisschen arg fantastisch, wie ein Film, findest du nicht? Als Drehbuchschreiber würde ich jedenfalls nicht Siegen dafür auswählen. Das passt überhaupt nicht hierher.« Er schüttelte zweifelnd den Kopf. »Zwischen hier und der ehemaligen Zonengrenze liegen bestimmt dreihundert Kilometer. Hier fuhren die Belgier mit fetten Panzern durch die Straßen und *Wetten dass...?* wurde gedreht. Klar, hier ist schon einiges passiert, aber Stasi-Spitzel und Geheimagenten sind wohl kaum das typische Klientel.«

»Warum nicht? Gerade das Unwahrscheinliche macht es doch wahrscheinlich«, erwiderte Nike, ging aber auf Rückzug. So wie Lukas es aussprach, klang es reichlich albern und alles andere als realistisch.

»Ich habe ehrlich gesagt immer noch nicht verstanden, was du bezweckst. Ja, es ist bestimmt interessant, der Verfasserin nach Jahrzehnten das Tagebuch wiederzugeben. Aber das ist ja wohl kaum Angelegenheit der Polizei oder gar ein Grund, sich Zugang zu unseren Datenbanken zu verschaffen.«

Er schüttelte den Kopf und stand auf, um sich aus dem Kühlschrank einen Joghurt zu holen.

»Beauftrage doch einen Privatdetektiv, wenn es dir so wichtig ist.«

Mit einem leisen Plopp öffnete er das Joghurtglas und begann, es auszulöffeln.

Lukas hatte offensichtlich überhaupt kein Verständnis für ihre Suche. Für einen kurzen Moment war sie versucht, ihm Recht zu geben und das Projekt einfach fallen zu lassen.

Doch dann siegte ihr Trotz.

Jetzt erst recht!

KAPITEL 14

Während der Dienstbesprechung im Mutter-Kind-Heim dachte Nike an das Gespräch mit Lukas zurück. Sie war noch immer in Kampfstimmung und hatte entsprechend wenig Geduld mit der Petermann und ihren Vorstellungen von einem sauberen und ordentlichen Zuhause.

Zum wiederholten Male lamentierte ihre Chefin über die Leistungsbereitschaft der Mädchen und redete sich in Rage.

»Das Herbstfest findet in sechs Wochen statt. Und der Bürgermeister kommt!« Die Stimme der Petermann wurde immer schriller und lauter. »Bis dahin müssen die Rabatten gesäubert, die Hecke geschnitten und der Pavillon neu gestrichen werden. Außerdem muss auch das Haus gründlich gereinigt werden. Und zwar das ganze Haus und nicht nur das Wohnzimmer!«

Nike ballte unter dem Tisch die Fäuste. *Ruhig bleiben*, dachte sie und schloss kurz die Augen, ehe sie sich an ihre Vorgesetzte wandte. Den Spruch, der ihr auf der Zunge lag, schluckte sie. Man musste nicht alles sagen, was man dachte.

»Die Mädchen befinden sich in besonderen Situationen. Sie haben eine Doppelbelastung zu stemmen und tragen schon in frühen Jahren eine Verantwortung, der selbst Erwachsene oft nicht gewachsen sind.«

Die Petermann spitzte ihre Lippen und reckte ihr Kinn, als würde sie damit größer, als sie war.

»Ich weiß ja nicht, was Sie so alles an der Universität gelernt haben. Aber in meiner Generation wusste man noch zu arbeiten. Da hatte man keine Zeit, sich zu schminken und den Männern hinterherzulaufen. Da gab es solche Problem nicht, wie wir sie heutzutage haben. Mittlerweile ist ja gar nichts mehr verbindlich, nicht mal Putzpläne!«

Katharina und Heike setzten zu einer Erwiderung an, doch Nike war schneller.

»Die Mädchen wissen sehr wohl, was Arbeit ist. Und in diese Situation sind sie nicht allein geraten, denn zu jedem Kind gehört auch ein Vater. Nur, dass diese speziellen Väter hier sich nicht um ihre Kinder kümmern und die ganze Last den jungen Mädchen aufbürden.«

Die Petermann neben ihr schnappte nach Luft.

»Selbstverständlich bekommen die Mädchen hier alle Unterstützung, die sie brauchen«, entgegnete sie eisig. »Das bedeutet aber nicht, dass sie sich nicht an ihre Aufgaben halten müssen.« Sie blickte in die Runde. »Oder sieht das hier jemand anders?«

»Wir könnten aber mal grundsätzlich über die einzelnen Dienste sprechen.«

Heike stellte die Tasse wieder ab und straffte ihre Schultern.

»Vielleicht ist es wirklich sinnvoll, wenn einmal im Monat jemand die Ecken putzt. Denn ich sehe, wie sehr manche Bewohnerinnen unter dem ganzen Druck leiden.«

»Dafür haben wir kein Geld«, triumphierte die Petermann. »Der Jugendhilfeträger stellt kein Budget für externe Putzkräfte zur Verfügung.«

Nike dachte an Debby und den kleinen Elyas, der ihr kaum Ruhe ermöglichte. Katharinas spontaner Putzeinsatz am Vortag war richtig gewesen, auch wenn die Petermann seitdem den Untergang des Abendlandes prophezeite.

»Wie wäre es denn, wenn wir alle morgen mit Putzeimern und Besen hier aufkreuzen, die Mädchen mit ihren Kindern in die Stadt schicken und einfach mal einen richtigen Herbstputz durchführen?«, fragte sie kämpferisch in die Runde. »Gestern haben wir zu dritt ordentlich was geschafft, dann machen wir morgen einfach weiter!«

»Ich bin dabei!«

Katharina reckte die Faust in die Luft. »Dann zeigen wir dem Bürgermeister mal, was hier für Powerfrauen arbeiten!«

Nike beugte sich zur Petermann und sah ihr ins Gesicht.

»Wann passt es Ihnen denn? Ist zehn Uhr in Ordnung? Dann können die Mädchen noch ein bisschen schlafen, sofern ihre Kinder sie lassen. Und wir werden sowohl dem Bürgermeister als auch den Vertretern des Trägers ein wunderbar geputztes Haus zeigen. Damit auch niemand denken muss, wir würden hier schlechte Arbeit leisten.«

Die Petermann stützte sich auf dem Tisch ab, als könnte sie nicht ohne Hilfe aufstehen. »So lasse ich nicht mit mir reden. Ich bin Ihre Vorgesetzte! Und über Ihre gestrige Putzaktion auch. Damit haben Sie die Hausregeln boykottiert und unterwandert!«

Sie strich ihre Bluse und den Rock glatt und klemmte sich ihren Block unter den Arm.

Bevor sie den Raum verließ, blickte sie sich in der Runde um und verharrte bei Nike.

»Das wird Folgen haben, da können Sie sicher sein. Wie Sie wissen, sind Herr Doktor Winnemuth und ich in langjähriger Freundschaft verbunden. Ich glaube nicht, dass er Ihnen mehr Glauben schenken wird als mir.«

Damit rauschte sie davon und knallte die Tür ihres Büros hinter sich zu.

Katharina rümpfte die Nase.

»Autsch. Das war dann doch zu viel«, bemerkte sie leise.

Doch Nike schüttelte kämpferisch den Kopf.

»Nein, war es nicht. Wir leben nicht mehr in den Siebzigern, die Gesellschaft hat sich verändert. Zum Glück. Und es ändert nichts daran, wenn so Ewiggestrige wie die Petermann sich dagegen wehren.«

Sie stand seufzend auf.

»Aber ich lasse es nicht zu, dass mir hier irgendjemand kündigt. Vorher gehe ich selbst.«

»Nike!«

Katharina sprang empört auf und hielt sie am Arm fest. »Mach das nicht! Das ist die Petermann nicht wert!«

»Mal abwarten«, entgegnete Nike, war sich aber sicher, dass es da nichts mehr abzuwarten gab. Die Rente der Petermann war noch zu fern, um die Zeit bis dahin abzusitzen. Erst recht nicht nach dieser Szene.

Doch das sagte sie ihren Kolleginnen nicht und lächelte ihnen aufmunternd zu.

»Falls sie nach mir fragt: Ich baue jetzt Überstunden ab und gehe ins Wochenende. Bis dann!«

Sie hob die Hand zum Abschied und verließ das Haus. Auf dem Parkplatz drehte sie sich um und sah die Petermann an ihrem Bürofenster stehen, den Telefonhörer in der Hand und ein selbstzufriedenes Grinsen im Gesicht.

LEIPZIG, 29. OKTOBER 1984

»Nimm es doch bitte nicht so schwer, Rainer.«

Er saß auf dem alten Küchenstuhl, den Kopf in die Hände gestützt. Alle Kraft schien aus ihm gewichen, er war das sprichwörtliche Häuflein Elend. Hanni strich ihm über die Schultern, aber es sah nicht aus, als würde er diese Geste überhaupt bemerken. Er war wie tot.

»Was soll er denn sonst machen?«, herrschte Annett ihre Mutter an. »Er wurde nun schon das dritte Mal bei einer Auslandskonferenz übergangen!«

Hanni drehte sich ruckartig zu ihr um und funkelte sie an.

»Was willst du damit sagen?«

Annett schnaubte verächtlich.

»Na, was will ich wohl sagen? Dass wir das hier alles eurer geliebten Michi zu verdanken haben! Die macht sich ein schönes Leben im Westen, und wir müssen es ausbaden. Glaubt bloß nicht, dass ich nicht weiß, warum die Stasi hier war! Und an meiner Nichtzulassung zur EOS ist sie auch schuld! Sie hat alles kaputtgemacht! Ich hasse sie!«

Die Ohrfeige kam so schnell, dass Annett überrascht aufschrie.

»Was soll das?«

Sie sprang vom Stuhl auf, Tränen schossen ihr in die Augen und sie hielt sich die Wange. Ihre Mutter hatte sie noch nie geschlagen!

»Seit Michi verschwunden ist, sind alle total verrückt geworden! Das lasse ich mir nicht länger bieten!«

Mit einem heftigen Schlag knallte sie die Tür ins Schloss und stapfte wutentbrannt in ihr Zimmer. Michis Bett stand an der gleichen Stelle wie immer, die Bettdecke akkurat glattgezogen, das Kopfkissen aufgeschüttelt. Als ob sie sich jetzt, wo sie im Westen lebte und alles schön hatte, für das olle Zeug in Leipzig interessierte!

Mit einer einzigen Bewegung zog Annett die Decke vom Bett, warf das Kissen hinterher und zerrte das weiße Bettlaken von der Matratze. Mit dem Kerzenständer, den Thomas Michi zum Geburtstag geschenkt hatte, schlug sie auf die Matratze ein. Erst zaghaft, dann fester. Und noch einmal. Als der Stoff riss und eine Sprungfeder zum Vorschein kam, stieß sie erneut zu. Wieder und wieder.

»So eine Scheiße!«

Sie ließ den Leuchter auf die Matratze sausen.

»Alles wegen dir!«

Der Riss wurde tiefer, ein Arm verhakte sich im Stoff und Annett zerrte, als hinge ihre Existenz daran.

»Du hast unser Leben kaputtgemacht! Bei uns geht alles den Bach runter, während du dir ein feines Leben machst! Du bist so egoistisch, so eine egozentrische, selbstsüchtige Kuh!«

Mit jedem Wort hieb sie auf die Matratze ein, der Stoff riss an mehreren Stellen, war mittlerweile völlig zerfetzt. Die Sprungfedern stachen heraus und wackelten hin und her. Erst die Blutspritzer an der weißen Wand brachten sie wieder zur Besinnung.

Irritiert sah Annett an sich herab und entdeckte einen tiefen Schnitt am rechten Unterarm.

»Jetzt blute ich auch noch, verdammte Scheiße!«, schrie sie die Matratze an und ließ den Arm mit dem Kerzenständer langsam sinken. Das Blut floss an ihrer Hand hinab, tropfte auf den alten Teppich, der zwischen den beiden Betten lag.

»Blödes Mistding«, beschimpfte sie den Vorleger, trat einmal gegen die Kante und ließ sich schluchzend auf den Boden sinken.

Die Verletzung brannte, vermutlich war der Schnitt tief. Vorsichtig tupfte sie mit dem Bündchen des linken Ärmels über die Wunde, doch die Blutung ließ sich nicht stoppen. Salzige Tränen rannen auf ihre Hände und Arme, vermischten sich mit dem Blut und ließen es nur schneller auf den Teppich tropfen.

»Annett!«

Plötzlich stand ihre Mutter in der Zimmertür. Entsetzt starrte sie auf das zerfetzte Bett, das blutbespritzte Bettzeug auf dem Boden, die roten Flecken an der Wand.

Annett senkte den Kopf. Ihre Wangen brannten. Sie wusste nicht, ob von der Ohrfeige, der Anstrengung oder weil sie sich so schämte.

Ihr Vater schob Hanni beiseite und kam auf Annett zu. In seinem Blick lag das ganze Elend ihrer momentanen Situation. Die Nichtzulassung zu den Konferenzen im Ausland, die neuen Aufgaben in der Verwaltung, die so viel Zeit in Anspruch nahmen, dass er von der Lehre an der Universität abgezogen wurde. Alles natürlich unter fadenscheinigen Begründungen, genau wie der Mist mit der EOS und der FDJ. Weil ihre Schwester sich klammheimlich in den Westen abgesetzt hatte, durfte sie keine Hochschulreife machen und wurde überall ausgegrenzt und ausgefragt.

Niemand konnte ungestraft aus der DDR flüchten. Zur Not ließ man eben die Angehörigen die Macht des Staates spüren. Es war so ungerecht, so schrecklich unfair!

»Ach, mein Mädchen.«

Er setzte sich zu ihr auf den Boden und drückte sie an sich. Vorsichtig strich er ihr über die braunen Locken, während Mutti das Bettzeug aufhob und auf die zerfetzte Matratze legte. Damit niemand sah, was Annett angerichtet hatte. Ja, das war wichtig: Keiner durfte sehen, wie es ihnen wirklich ging.

Rainer verarztete sie im Bad, wusch ihre Arme und legte Verbandszeug an. Niemand sprach ein Wort, in stiller Übereinkunft taten sie, als wäre Annett lediglich ungeschickt gestürzt und hätte sich dabei zufällig den Arm aufgeschnitten.

Am Abend baute Rainer Michaelas Bett ab und brachte die Einzelteile in den Keller. Der Teppich war an dieser Stelle heller, der Flor flauschiger als im Rest des Zimmers.

Eine riesige Wunde war in dem Mädchenzimmer aufgebrochen, die nie wieder heilen würde.

KAPITEL 15

Nike fuhr mit ihrem Mini auf den Besucherparkplatz der Polizeibehörde.

Zuerst hatte sie sich zu Hause hinlegen wollen, aber im Grunde war sie dafür zu unruhig. Die Runde im Schlosspark hatte immerhin die Kopfschmerzen verdrängt. Als die ersten Regentropfen fielen, war sie jedoch zurück zum Auto gegangen und losgefahren.

Der Streit mit der Petermann machte ihr mehr zu schaffen, als sie sich anfangs eingestand. So konnte es nicht weitergehen. Die Situation war so verfahren, das Verhältnis so zerrüttet, dass für sie im Moment an eine weitere Zusammenarbeit nicht zu denken war.

Da prallten zwei völlig verschiedene Weltanschauungen aufeinander. Es lag ihr fern, die Mädchen unnötig zu verwöhnen. Sie waren Mütter und mussten lernen, für sich und ihre Kinder zu sorgen. Gleichzeitig waren sie selbst noch Kinder, verlassen oder verstoßen von den eigenen Eltern. Teilweise hatten sie weder Zuverlässigkeit noch Schutz erfahren, waren sich selbst überlassen gewesen und hatten im Mutter-Kind-Heim erstmals ein verlässliches Zuhause, in dem sie in ihrer Persönlichkeit geachtet wurden.

Nein, es war nicht leicht. Die Mädchen brachten ihre eigenen Geschichten mit und einen Sack voll Ballast.

Nike ließ den Kopf auf das Lenkrad fallen. Wenn die Petermann nur nicht so furchtbar selbstgerecht wäre. Bloß, weil sie leichtere Bedingungen gehabt hatte, glaubte sie, alle Mütter wären ihrer Rolle so gut gewachsen wie sie selbst.

Wobei Nike manchmal auch daran zweifelte.

Der Regen prasselte ohne Unterlass aufs Autodach und der Himmel sah nicht aus, als würde es in den nächsten Minuten aufhören. Also zog Nike die Schultern zusammen, stieg aus und ging mit zügigen Schritten zum Eingang der Polizeibehörde.

Silvia saß in dem kleinen Raum an der Pforte und grüßte sie freundlich.

»Hallo Nike! Wir haben uns lange nicht gesehen! Was kann ich für dich tun?«

Nike fuhr sich über die nassen Haare. Regentropfen sprangen auf ihre Schultern und gegen die Scheibe vor Silvias Platz.

»Ich möchte Lukas sprechen. Ist er da?«

Silvia sah im Computer nach und wandte sich dann lächelnd an Nike.

»Er ist in seinem Büro. Ich melde dich an, okay?«

Die korpulente Blondine griff zum Hörer und lachte, dann wurde sie ernst. Nike verstand nicht, was sie sprach, aber das Surren des Türöffners erklang und Silvia gab ihr mit einem Nicken zu verstehen, dass sie durchgehen könne.

Der Wartebereich in der Polizeibehörde war hell und freundlich, Wände aus Glas gaben den Blick auf die Hauptstraße und die umliegenden Gebäude frei. Aus dem Trakt der Polizeiwache kamen zwei uniformierte Beamte, die Nike nicht kannte. Sie grüßten mit einem kurzen Nicken.

Auf den Wartebänken saßen zwei junge Mädchen, nicht älter als siebzehn oder achtzehn, und starrten gelangweilt auf ihre Smartphones.

Nike ging zum Treppenhaus und steuerte im zweiten Stock den Gang zu Lukas' Büro an.

»Nike!« Verwundert sprang Lukas von seinem Bürostuhl auf, um sie zu begrüßen. »Ist was passiert?«

Sie ließ sich auf den Besucherstuhl neben seinem großen Schreibtisch nieder und seufzte. Zuerst war ihr wichtig gewesen, herzukommen. Jetzt, wo sie da war, wollte sie umgehend wieder weg.

»Ich hatte mal wieder Ärger mit der Petermann. Am liebsten würde ich kündigen.«

Lukas sah sie mit großen Augen an. »Kündigen? Und dann?«

Sie hob unschlüssig die Schulter und ballte ihre Hände zu Fäusten.

»Es ist unfassbar, dass so eine Person dieses Heim leiten darf. Natürlich ist es wichtig, dass die Mädchen sich an Regeln halten und für sich und ihre Kinder einen geregelten Tagesablauf gestalten. Das müssen sie teilweise erst lernen, weil sie das von zu Hause nicht kennen. Und dann kommt diese olle Ziege und ist so unempathisch, wie es nur geht. Vor allem diese Putzpläne!« Sie spie das Wort regelrecht aus. »Putzen! Sowas Bescheuertes!«

»Ähm«, Lukas hob beschwichtigend seine Hand. »Du weißt schon, dass es nicht so schlimm ist, wie du es gerade machst, oder?«

»Wie bitte?«

Sie wollte gerade ihrer Wut noch mehr Luft verschaffen, als ihr Handy klingelte.

Nike fischte es aus der Hosentasche, um es abzuschalten. Sie hatte jetzt keine Lust zum Telefonieren! Doch der Anruf war von ihrer Schwester, also nahm sie ihn an.

»Vic, was gibt's?«

»Stell dir vor, Nike: Ich habe sie gefunden. Tante Hedwig!«

Nike setzte sich aufrecht.

»Wie hast du das denn angestellt? Hast du Kontakt zu ihr aufgenommen?«

Victoria lachte. »Ja, ich war gestern bei ihr.«

»Wie geht es ihr? Und wie hast du sie gefunden?«

Lukas sah sie fragend an, doch Nike winkte ab.

»Ich habe Brigitte gefragt. Sie hatte zwar keine Adresse, dafür aber immerhin den Namen. Und da Tante Hedwig noch in Eisenach lebt und ich gestern vor Ort war, war der Rest ein Kinderspiel.«

Nike lachte und Lukas blickte demonstrativ auf die Uhr.

»Vic, ich muss wieder auflegen. Aber ich freue mich, dass du Tante Hedwig gefunden hast! Du kannst mir ja ihre Nummer geben, dann melde ich mich demnächst bei ihr. Und vielen Dank für deinen Anruf!«

Sie war begeistert. Dass es so leicht war, hatte sie nicht erwartet. Vic hatte das einfach übernommen und saß nun bei Kaffee und Kuchen bei ihrer Großtante und frischte alte Familienerinnerungen auf. Oder war Tante Hedwig ihre Großcousine? Egal. Hauptsache, sie hatte eine Anlaufstelle!

»Stell dir vor«, wandte sie sich an Lukas, »Vic hat Brigittes Cousine in Eisenach ausfindig gemacht. Wir hatten jahrzehntelang keinen Kontakt mehr. Ich werde mich später bei ihr melden, um sie ein bisschen über die DDR auszufragen.«

Lukas schüttelte langsam den Kopf. »Nike, du steigerst dich da in irgendwas rein. Dieses Tagebuch ist dreißig Jahre alt und wurde auch nur durch einen Zufall gefunden. Was bezweckst du mit deiner Suche?«

»Dahinter steckt eine Geschichte, und die möchte ich gern aufdecken.«

»Aber warum? Ich verstehe dich nicht. Wirklich nicht.« Lukas klang gelangweilt, fast mitleidig. »Du kennst weder die Tagebuchschreiberin noch ihre Familie. Woher nimmst du überhaupt die Idee, du könntest da Menschen zusammenführen, die sich jahrzehntelang nicht gesehen haben? In Zeiten des Internets und der sozialen Medien ist es ein Leichtes, verschollene Angehörige ausfindig zu machen.«

Er schnaufte und lehnte sich in seinem Schreibtischstuhl zurück. »Vielleicht freuen sie sich, dass das Tagebuch wieder da ist. Ja, kann sein. Aber in erster Linie werden sie dich für total übergeschnappt halten, vielleicht sogar für eine Stalkerin.« Leiser fügte er hinzu: »Ist das wieder so ein Helferkomplex-Ding?«

Nike biss sich auf die Unterlippe. Wie sollte sie Lukas klarmachen, was in ihr vorging? Dass dieses Tagebuch etwas in ihrem Inneren zum Schwingen brachte, ihr Bauchgefühl ansprach und sie es sich nicht verzeihen könnte, wenn sie es nicht zumindest versuchte?

»Du kennst das doch auch, wenn dir dein Instinkt sagt, dass da irgendwas nicht stimmt und du dem nachgehen musst. So geht es mir eben mit diesen Tagebuchseiten. Dir nicht?«

Lukas schürzte die Lippen.

»Nein. Mein Instinkt sagt mir, dass du dich verrennst. Vielleicht geht dir der Ärger an der Arbeit zu nah, vielleicht ist auch irgendetwas anderes. Aber eine wundersame Geschichte wittere ich da nicht.«

Nike erhob sich von dem Besucherstuhl und nahm ihre Tasche. Sie versuchte, ihre Enttäuschung nicht zu zeigen, aber das gelang ihr Mal wieder nicht.

»Ich werde mich bei Tante Hedwig melden. Und es ist mir egal, was deine Kripobeamten-Intuition dazu sagt.«

Es klang trotziger, als sie es meinte.

»Nike! Jetzt wirst du aber wirklich albern!«

Lukas folgte ihr zur Tür, doch Nike winkte ab und verließ den Raum.

Ihre Intuition hatte sie noch nie getrogen.

Sie würde herausfinden, was sich hinter dem Tagebuch verbarg.

KAPITEL 16

Nike stand vor dem Wohnzimmerfenster und starrte auf die Straße.

Aus dem heftigen Regen war ein Schauer geworden, der die gesamte Stadt in grauen Dunst hüllte. Die Wolken hingen schwer über dem Tal und es sah nicht so aus, als würden sie in absehbarer Zeit abziehen.

Im Rinnstein vor dem Haus floss das Wasser talwärts und nahm Blätter, Ästchen und diversen Müll mit sich, um dann im nächsten Gully zu verschwinden. Auf der gegenüberliegenden Straßenseite sammelte sich das Regenwasser in einer großen Pfütze. Draußen sah es genauso aus, wie Nike sich fühlte.

Weder hatte sie mit Lukas streiten wollen, noch mit der Petermann. Die Anspannung der letzten Tage und der Kopfschmerz hatten sie reizbar gemacht. Zum Glück war endlich Wochenende und sie nahm sich fest vor, einfach nichts zu machen.

Doch kaum saß sie mit einem eisgekühlten Orangensaft auf dem Sofa, meldete ihr Smartphone den Eingang einer Nachricht.

Vic. Sie hatte in ihrer kurz angebundenen Art die Telefonnummer von Tante Hedwig geschickt. *Meld dich mal*, stand da. *Sie freut sich.*

Lächelnd speicherte sie die Nummer und drückte die Wähltaste, ehe sie es sich anders überlegte. Wenn sie jetzt nicht anrief, würde sie es vermutlich das ganze Wochenende vor sich herschieben.

Doch Tante Hedwig reagierte nicht. Nike versuchte es noch zwei Mal, doch jedes Mal ging die Mailbox an. Unentschlossen stellte sie das leere Glas auf den Tisch und sah sich um. Das Wohnzimmer war, wie die meisten Zimmer im Haus, klein. Durch das große Fenster und die hellen Möbel wirkte es jedoch größer und offener.

Doch heute war es ihr zu klein, zu eng, zu gewohnt. Sie brauchte frische Luft und Ablenkung, sonst würde sie vor lauter innerer Unruhe in der Nacht kein Auge zutun. Sport würde ihr guttun. Oder ein Städtetrip, vielleicht nach Köln. Da war sie schon lange nicht mehr gewesen. Sie könnte am Rhein entlanggehen, die Schiffe beobachten und anschließend in der Altstadt etwas essen.

Und plötzlich wusste Nike, was sie machen würde.

Sie holte den kleinen Koffer vom Kleiderschrank und warf die erstbesten Kleidungsstücke hinein: Unterwäsche, Socken, eine Jeans, drei T-Shirts, eine dunkle Sweatjacke. Die Handtücher lagen im Bad, ebenso wie ihre Waschutensilien.

In wenigen Minuten war ihr Koffer gepackt und Nike reisefertig. Lukas und Malte schickte sie eine kurze Notiz, dann nahm sie eine Flasche Wasser und zwei Bananen und überprüfte den Bargeldbestand. Fürs Erste würde es reichen. An den Tankstellen unterwegs konnte sie auch mit Karte zahlen.

Voller Vorfreude schloss sie die Tür hinter sich und hievte den Koffer in den Mini. Der Regen hatte zum Glück nachgelassen. Gerade, als sie ins Auto einsteigen wollte, kam Chester durchs Gebüsch auf sie zu.

Vic fiel ihr wieder ein, die auf diesem Trampelpfad auf die Terrasse und darüber sogar unbemerkt ins Haus gelangt war. Also ging sie noch einmal durch alle Zimmer, um die Fenster und Türen zu kontrollieren.

»Vielen Dank für die Erinnerung, Chester!«, rief sie dem Kater fröhlich zu, der sie nur kurz anschaute und dann unter das Vordach vor der Haustür eilte, um dem Regen zu entkommen.

»Ich werde einen Kurztrip unternehmen, du musst also mit Malte und Lukas vorlieb nehmen«, sagte sie mehr zu sich selbst als zu dem Kater, der sich ohnehin nicht für ihre Ausflüge interessierte.

Als sie den Hof verließ, drehte sie die Musik lauter und ließ sich von *»Where is my mind?«* von den *Pixies* davontragen.

Die Fahrt nach Eisenach dauerte drei Stunden.

In Gießen fuhr sie kurz von der Autobahn, um sich einen Kaffee zu holen, den sie dann im Auto trank. Am Hattenbacher Dreieck in Hessen geriet sie in einen Stau, weil der Feierabendverkehr sich an diesem Autobahnknotenpunkt ballte und sie nur langsam vorwärtskam. Kurz danach hielt sie auf einem Parkplatz an der A 4 bei Wildeck, um in Ruhe eine Banane zu essen.

Langsam kam sie zur Ruhe. Es war nicht mehr weit bis Eisenach, nur noch etwa eine halbe Stunde Fahrt. Wildeck war die letzte Gemeinde vor der ehemaligen Grenze. Es gab einen Grenzwanderweg und ein Grenzmuseum mit Relikten aus der Zeit des Kalten Krieges. Wenn sie auf ihrer Rückfahrt noch genug Zeit fand, würde sie einen Zwischenstopp einlegen und sich die ehemaligen Grenzbefestigungen und Anlagen anschauen.

Aber zuerst wollte sie nach Eisenach.

Sie hatte Tante Hedwig eine SMS geschickt mit dem Hinweis, dass sie auf dem Weg nach Eisenach sei und sich am Abend bei ihr melden würde. Eine Antwort hatte sie bisher nicht erhalten. Wie alt Tante Hedwig jetzt war? Siebzig? Oder älter? Jünger?

Und was würde sie sagen, wenn innerhalb von zwei Tagen nicht nur Victoria, sondern auch Nike ganz unerwartet bei ihr auftauchte? Immerhin hatten sie viele Jahre lang nichts voneinander gehört und keinen Kontakt gehabt, nicht einmal Postkarten aneinander verschickt.

Nike legte die leere Bananenschale auf den Beifahrersitz und scrollte sich durch die unterschiedlichen Hotelportale, bis sie ein kleines Hotel in der Innenstadt fand und direkt buchte. Anschließend fuhr sie weiter, zunehmend weniger von ihrer Mission überzeugt. Was glaubte sie, in Eisenach herauszufinden?

Der ehemalige Grenzübergang Wartha auf Thüringer Seite war mittlerweile eine Raststätte und Nike verließ die Autobahn. Die gesamte Anlage war heruntergekommen, die Gebäude unmodern, die Straße ein holpriger Flickenteppich aus Beton und Asphalt. Neben verschieden Türmen waren auch die großen Hauptgebäude erhalten geblieben, die vermutlich der Abfertigung und Kontrolle der Transitreisenden gedient hatten. Heute enthielten sie ein Schnellrestaurant, eine Raststätte und eine Tankstelle.

Nike fühlte sich bedrückt, Bilder von kilometerlangen Staus, ausgeräumten Autos und uniformierten Grenzbeamten gingen ihr durch den Kopf. Irgendwo, wenige Kilometer zuvor, hatte sie die Landesgrenze zwischen Hessen und Thüringen passiert und konnte trotz der vielen Hinweisschilder nicht einmal genau sagen, wo. Man konnte einfach von A nach B fahren, es gab keine Kontrollen, man konnte transportieren, was man wollte und es gab weder Zwangsumtausch noch Anträge. Vor dreißig Jahren war all das völlig unmöglich. Ob die Tagebuchschreiberin jemals an diesem Grenzübergang gewesen war? Hatte sie möglicherweise hier die Grenze übertreten? Legal? Oder illegal?

Für Nike war alles denkbar. Als sie langsam über das Gelände fuhr, ließ sie die eigentümliche Stimmung auf sich wirken, ehe sie die Musik lauter drehte und untermalt von *Portishead* die restlichen Kilometer bis nach Eisenach fuhr.

Das Hotel lag im historischen Zentrum der Wartburgstadt, ihr Zimmer war klein und funktional eingerichtet, aber sie wollte ja ohnehin keinen mehrtägigen Urlaub hier verbringen. Spätestens am Sonntag würde sie wieder zurück nach Siegen fahren, vielleicht sogar schon am Samstag. Je nachdem, wie sich der Besuch bei Tante Hedwig gestaltete.

Malte hatte ihr eine gute Reise gewünscht, Lukas ihr hingegen ein Emoji mit Fragezeichen geschickt, sonst nichts. Nike warf ihr Smartphone aufs Bett. Sie hatte jetzt keine Lust, sich mit Lukas zu streiten. Das würde sich schon wieder regeln.

Die Altstadt in Eisenach war geprägt von aufwändigem Fachwerk, Kopfsteinpflaster und Bürgerhäusern. Augenscheinlich waren viele Touristen in der Stadt und Nike fand erst nach langer Suche eine kleine Bar, in der sie draußen sitzen und eine Kleinigkeit essen konnte.

Der Burger war lecker, die Süßkartoffelpommes knusprig, und langsam kam Nike zur Ruhe. Als sie am Morgen aufstand, hatte sie einen stressigen, im Grunde aber normalen Freitag erwartet. Erst mit Lukas frühstücken, später im Mutter-Kind-Heim die Therapiegespräche führen, die jeden Freitag anstanden, und dann zu Hause noch ein wenig in Haus und Garten herumwerkeln.

Stattdessen saß sie hier in Eisenach, aß einen veganen Burger und würde sich am nächsten Tag mit Tante Hedwig treffen, die sie seit mehr als zwanzig Jahren nicht gesehen hatte.

LEIPZIG, 13. NOVEMBER 1989

»Jetzt setz dich doch endlich mal hin, Mutti!«

Annett klopfte auf den leeren Platz neben sich auf dem Sofa. »Du machst mich noch wahnsinnig mit dem Herumgelaufe!«

Es reichte schon, wenn in den letzten Tagen die halbe Welt verrückt geworden schien. Das Chaos da draußen hatte unweigerlich auch bei ihnen Einzug gehalten, obwohl sie sich die größte Mühe gab, so viel wie möglich von ihren Eltern fernzuhalten. Das Herz ihres Vaters war nicht mehr das stärkste, und sie hatte Angst, dass es eines Tages einfach aufhören würde zu schlagen. Weil es zu viel wurde für dieses fünfundvierzigjährige Herz, das schon so viel Kummer ertragen musste.

»Du machst Vati ganz nervös. Und wenn du hier wie ein Tiger im Käfig hin und herläufst, kannst du auch nichts erreichen. Im Gegenteil.«

»Ich bin nicht nervös«, warf Rainer ein. »Aber ihr seid nervös. Und hysterisch.«

Er erhob sich aus seinem Sessel, in dem er die meiste Zeit des Tages verbrachte. Nun ja, verbracht hatte. Denn seit dem Sturm auf die Prager Botschaft und dem überraschenden Ende der Grenzkontrollen in Berlin gab es beinahe stündlich neue Nachrichten, und das Unmögliche schien plötzlich denkbar: Ihr Staat war in Auflösung begriffen. Trotz der Feierlichkeiten zum vierzigsten Staatsjubiläum, und trotz all der Beteuerungen, dass der Arbeiter- und Bauernstaat glänzend dastehe. Es ließ sich nicht mehr verleugnen, und die Emotionen kochten über. Annett schwankte zwischen der Angst vor der Zukunft und der Freude auf etwas Neues, Besseres, und die Gefühle wechselten minütlich.

Doch ihre Mutter interessierte sich nicht für Politik und nicht für die Auflösung der DDR. Für sie waren die Umwälzungen vor allem eins: die Chance, ihre Tochter wiederzufinden.

Michi war seit fünf Jahren verschwunden. »*Rübergemacht*«, wie die Leute sagten; teils verächtlich, teils mit einem Hauch Bewunderung in der Stimme.

»Wenn nur diese verdammten Telefone funktionieren würden! Aber seit vorgestern komme ich beim Roten Kreuz einfach nicht mehr durch. Das kann doch alles nicht wahr sein!«

»Mutti, bitte. Es geht uns doch nicht anders. Wir wollen auch wissen, wo Michi ist. Ob es ihr gut geht, in welcher Stadt sie lebt, ob sie glücklich ist, ob sie verheiratet ist oder sogar ein Kind hat. Das will ich genau so sehr wissen wie du. Aber es bringt nichts, sich verrückt zu machen. Was glaubst du denn, wie vielen Familien es so geht wie uns? Die ihre Angehörigen suchen, die teilweise unter mysteriösen Umständen verschwunden sind. Es wird Michi gut gehen. Ganz bestimmt, Mutti. Das spüre ich.«

Sie strich über ihren Bauch, hielt die flache Hand gegen die leichte Wölbung in der Hoffnung, das Baby würde wieder strampeln. Vor drei Tagen hatte sie das erste Mal dieses kleine Leben in sich gespürt und seitdem lauschte sie noch intensiver in ihr Inneres. Doch das Blubbern war noch zu zart und zu leicht, als dass Karsten es mit seiner Hand fühlen konnte. Da musste er sich noch gedulden.

Ihr Vater hatte ihre Bewegung gesehen, ein leichtes Lächeln zog über sein Gesicht – nur, um nach wenigen Sekundenbruchteilen wieder zu diesem mürrischen Ausdruck zu werden, den er wie eine Maske aufgelegt hatte. Eine Schutzhülle, hinter der er seine Emotionen verbarg.

»Aber warum meldet sie sich nicht? Michi wird ja wohl mitbekommen haben, dass die Grenze durchlässig geworden ist. Sie könnte sich doch melden!«

»Wir sind umgezogen, Mutti. Woher soll sie unsere neue Adresse haben? Und überhaupt: Wir haben Montag! Jeder normale Mensch arbeitet heute. Und wenn sie in München, Köln oder Hamburg lebt, kann sie sich nicht einfach ins Auto setzen und mal eben nach Leipzig fahren. Das geht auch im Westen nicht ohne Weiteres!«

Annett erhob sich, um in der Küche neuen Tee zu kochen. Das war ja nicht zum Aushalten! Seit die Welt in Bewegung geraten war, gab es für Hanni nur ein Thema: Michi. Mal wieder. Aber eigentlich ging es seit Michis Weggang um nichts anderes mehr.

Mit dem Tag von Michis Verschwinden hatte auch Annett aufgehört, für ihre Eltern zu existieren. Es war ihnen scheinbar egal, was Michis Weggang für die jüngere Tochter bedeutet hatte. Sie war Köchin geworden, obwohl sie gern studiert hätte. Aber das war ja nach Michis egoistischer Flucht nicht mehr möglich gewesen. Auch Rainers beruflicher Abstieg ging auf die Kappe seiner ältesten Tochter. Aber das interessierte ihre Eltern nicht. Ihnen ging es nur um Michi und die Möglichkeiten, die sie im Westen hatte und um das Geld, das sie dort verdiente. D-Mark, eine Währung, die überall genommen wurde. Es ging um die Reisen, die sie machen konnte – denn das war immer Michis Herzenswunsch gewesen, und den hatte sie sich rücksichtslos und egoistisch erfüllt. Während sich Annett und Karsten wie Grillwürste mit unzähligen anderen braven Bürgern am Strand von Binz in der sozialistischen Sonne wälzten, konnte Michi nach Amerika reisen, die Alpen besteigen und am Sandstrand von Mallorca liegen und Sangria durch lange Strohhalme trinken.

Und sie hatte garantiert schon den Eiffelturm und Venedig besucht.

Annett seufzte und stellte den Wasserkessel auf den Herd.

Sie würde ihre Kinder jedenfalls nicht so ungleich behandeln. Ihr würden alle gleich lieb sein. Egal, wie viele sie einmal haben würde. Wieder strich sie über ihren kleinen Bauch und dachte an Karstens Reaktion, als sie ihm von der Schwangerschaft erzählt hatte.

»Es wird ein Junge. Das spüre ich. Und er wird deine blauen Augen haben.«

Dann hatte er sie um die Hüfte gefasst, sie emporgehoben und lachend ihren Bauch geküsst. Das war vor vier Monaten gewesen, als die gewohnte Welt noch existiert hatte und in einfache Kategorien einzuteilen war. West und Ost. Gut und Böse. Schwarz und Weiß.

In drei Wochen würden sie heiraten, drei Tage nach Nikolaus. Aber mittlerweile war alles so sehr in Unordnung geraten, dass sie sich gar nicht mehr richtig darauf freuen konnte. Zu groß wog die Angst, dass dann überhaupt nichts mehr war wie früher.

»Annett, kommst du? Gleich kommen die Nachrichten!«

»Ich mache nur noch den Tee fertig!«, antwortete sie und hoffte, Karsten würde endlich von der Arbeit kommen und sie aus dieser Endlosschleife befreien.

Jeden Tag berichteten die Nachrichten von weiteren Grenzöffnungen. Was in Berlin begann, zog sich alsbald auch an der Grenze zur Bundesrepublik durch. Die Bezirke Suhl, Erfurt, Magdeburg, Schwerin und Rostock zogen nach, von der Ostsee über den Harz und das Erzgebirge geriet der antikapitalistische Schutzwall ins Wanken, bekam täglich neue Löcher und die Meldungen über Invasionen aus dem Westen machten die Runde. Die einen fuhren mit ihren VW Golfs und Mercedes in den Osten, die anderen mit Trabanten oder Wartburgs in den Westen. Und jedes Mal kam jemand nicht wieder und ließ verwirrte und verzweifelte Angehörige, Nachbarn und Freunde zurück. Wenn das so weiterging, hatten Leipzig und Dresden bald nur noch halb so viele Einwohner wie bisher. Niemand schien den sozialistischen Errungenschaften nachzutrauern, alle wollten die kapitalistischen Verführungen.

Außer ihren Eltern.

»Ich gehe nachher noch zu Frau Rudelke. Vielleicht ist das Telefon ja endlich mal frei für ein Ferngespräch«, erklärte Hanni und setzte sich auf die senffarbene Couch.

»Heute Morgen hast du dich noch über die lange Schlange beschwert. Alle wollen in den Westen telefonieren, das ist doch kein Zustand!«, lamentierte Rainer. »Ich habe gehört, im Westen hätte fast jeder Haushalt einen eigenen Telefonanschluss. Und wir müssen uns hier mit den Nachbarn gutstellen und absprechen. Wie soll man denn da an wichtige Informationen kommen? Das ist doch ein Irrenhaus hier!«

Rainer sprang auf und schaltete den Fernseher aus. Wütend stapfte er aus dem Wohnzimmer und Annett hörte, wie er die Tür zum Badezimmer zuzog und den Schlüssel drehte.

»Rainer!«, rief Hanni ihm verzweifelt hinterher, doch Annett legte ihr beruhigend die Hand auf den Arm.

»Lass ihn. Er wird sich wieder abregen. Es ist ja auch eine schwierige Lage zurzeit.«

Hanni bedachte sie mit einem abschätzigen Blick und ging in die Küche, wo sie mit Geschirr und Besteck klapperte.

Annett blieb ratlos auf dem Sofa sitzen.

»Verrückt. Alle sind verrückt«, murmelte sie und lehnte sich im Polster zurück. Ihre Hand strich über ihren Bauch und für einen kurzen Moment glaubte sie, das Baby von außen spüren zu können.

»Willkommen in der Zukunft, mein Kleines.«

Salzige Tränen liefen ihr über die Wange und tropften vom Kinn auf den Rollkragenpullover, wo sie einen dunklen Fleck hinterließen.

KAPITEL 17

Tante Hedwig erwartete sie erst zum Mittagessen, also ging Nike zum Marktplatz, um in einem Café ein gemütliches Frühstück einzunehmen. Die Sonne beschien den Platz vor der Georgenkirche, in der einst Martin Luther predigte und Johann Sebastian Bach getauft wurde. An bunten Marktständen wurden Obst, Gemüse und Blumen angeboten, am mittelalterlichen Georgsbrunnen spielten Kinder und versuchten, sich gegenseitig nasszuspritzen. Nike hatte Glück gehabt, dass gerade zwei Frauen ihr Frühstück beendeten und somit ein sonniger Platz vor dem kleinen Café frei wurde.

»Einen schönen Tag wünschen wir Ihnen«, flötete eine der beiden mit unverkennbarem sächsischen Dialekt und hievte sich einen großen Wanderrucksack auf die Schultern. »Wir beginnen heute unsere Rennsteigwanderung!«

»Viel Vergnügen«, wünschte Nike lachend und durchforstete die Speisekarte nach dem Frühstücksangebot.

»Gut Runst!«, ertönte es hinter ihr, und sie sah die beiden Frauen fragend an.

»Das ist der Rennsteiggruß«, erläuterte die kleinere mit den Wanderstöcken und folgte ihrer Wanderfreundin in Richtung Bachhaus.

Mit knurrendem Magen wählte Nike ein üppiges Gourmet-Frühstück und nahm kurz darauf den gut gefüllten Teller von der Bedienung entgegen.

Wenig später bestellte sie einen zweiten Kaffee und rückte ihren Korbstuhl so zurecht, dass sie das Stadtschloss im Blick hatte. Das barocke mehrflügelige Gebäude konnte auf eine wechselvolle Geschichte zurückblicken, wie sich Nike grob an ihre Kurzrecherche über Eisenach erinnerte. Heute bildete es mit anderen historischen Gebäuden den Rahmen des Marktplatzes. Auch wenn sie eigentlich nicht zum Urlauben in Eisenach war, fühlte sie sich dennoch entspannt und erholt. Das machten wahrscheinlich die Sonne, das gepflegte historische Ambiente und der Abstand zu ihren Problemen zu Hause.

Sie dachte an den Marktplatz in Siegen. Klein und ungünstig auf dem Siegberg gelegen, war er dennoch ein wichtiger Ort in der Stadtgeschichte. Und wäre Siegen nicht in den letzten Kriegstagen im Dezember 1944 ausgebombt worden, läge er vielleicht immer noch umgeben von schiefergedeckten Fachwerkhäuschen, die für die seither nur noch kleine Altstadt mit ihren Gässchen so typisch waren.

Ob die Tagebuchschreiberin ebenfalls einen romantischen Blick auf den Markt gehabt hatte? Oder nahm man als Bewohnerin der Stadt dieses Kleinod nicht mehr als solches wahr? Wie oft sie über den Marktplatz geschlendert war oder ein Gebäck in diesem Café geholt hatte? Hatte sie als Kind ebenfalls an dem Brunnen mit der golden schimmernden Figur des Stadtheiligen Sankt Georg gespielt?

Nike seufzte und trank ihren Kaffee leer. Es war verlockend, diesen Tag mit Bummeln und dem Entdecken der vielen Sehenswürdigkeiten zu verbringen. Doch der eigentliche Grund für ihren Besuch war Tante Hedwig. Und die würde sie in einer Stunde erwarten.

»Nike! Wie schön, dass du mich besuchst!«

Tante Hedwig war völlig anders, als Nike sie in Erinnerung hatte. Sie war nicht mehr die hektische Brünette mit der lauten Stimme, sondern klein, drahtig und mit schlohweißem, langem Haar, das sie zu einem Zopf geflochten hatte, der ihr bis weit über die Schultern reichte.

»Wie lange haben wir uns nicht gesehen? Dreißig Jahre?«, fragte Nike und erwiderte die Umarmung.

»Dreiunddreißig, meine ich. Aber jetzt komm erstmal rein in die gute Stube!« Lachend trat sie zur Seite.

Tante Hedwigs gute Stube war hell und modern eingerichtet. Ein großer Flachbildfernseher hing an der einen Schmalseite, die andere wurde von orientalisch anmutenden Lampen, Decken und Kissen dominiert. Großformatige Gemälde hingen an den Wänden und an der Signatur erkannte Nike, dass sie von Tante Hedwig gemalt worden waren.

»Ich bin gern im Nahen Osten unterwegs«, erläuterte sie und wirbelte in die Küche. »Tee?«, rief sie in Nikes Richtung, wartete aber ihre Antwort erst gar nicht ab. »Setz dich doch schon mal!«

»Danke!«

Kaum zu glauben, dass diese lebhafte und weitgereiste Person mit ihrer Mutter verwandt war. Brigitte war das genaue Gegenteil: möglichst wenig Veränderungen und ein weitestgehend vorhersehbarer Alltag. Auch wenn sie mittlerweile ahnte, warum ihre Mutter so unflexibel war. Ob Tante Hedwig von Björn wusste?

»Ach, eines noch«, rief Tante Hedwig aus der Küche, wo sie offensichtlich mit Geschirr hantierte. »Das habe ich deiner Schwester gestern auch schon gesagt: Nenn mich bloß nicht Tante Hedwig. Eure Mutter wollte das so, aber ich habe es immer gehasst. Sag einfach Hedi zu mir. So wie alle.«

Sie kam zu Nike ins Wohnzimmer und stellte ein Tablett mit kleinen, schmalen Teegläsern auf den Tisch, dazu eine versilberte Teekanne, aus deren Schnabel Dampf aufzog.

»Ich nehme an, du bist nicht zufällig hier?«

Beim Lachen zogen sich feine Fältchen durch ihr Gesicht. Hedi schien oft zu lachen und war Nike auf Anhieb sympathisch.

»Nein. Vic hat mir deine Telefonnummer gegeben und ich hatte sowieso in der Nähe zu tun.«

Der schwarze Tee war noch heiß, also trank sie in kleinen Schlucken. Er schmeckte anders als Nesrins traditionell zubereiteter Tee, aber trotzdem gut.

»Victoria hat mir erzählt, dass du jemanden aus Eisenach suchst.«

»Ach, hat sie das?« Nike lachte. »Na gut. Sie hat Recht: Das ist der wirkliche Grund für meinen spontanen Besuch.«

Wie weit sollte sie Hedi ins Vertrauen ziehen? Bisher war sie bei der Schilderung der Geschichte nur auf wenig Verständnis gestoßen.

»Ich suche jemanden, der zur Zeit vor der Wende möglicherweise in Eisenach gelebt hat. Und mit den üblichen Methoden komme ich nicht weiter, deshalb dachte ich, vor Ort hätte ich vielleicht mehr Glück.«

»Eisenach hatte damals mehr als fünfzigtausend Einwohner. Welche Anhaltspunkte hast du für deine Suche?

Namen?«

Nike atmete aus. »Annett und Karsten.« Und nach einem Blick auf Hedis zweifelnde Miene fügte sie hinzu: »Ein bisschen dürftig, ich weiß.«

Hedi nickte. »Das sind Allerweltsnamen. Auch in der Kombination. Wohnen die beiden noch in Eisenach?«

Nike hob die Schultern. »Keine Ahnung. Ich weiß nicht einmal, ob sie überhaupt noch leben.«

Hedi sah sie mit einem Stirnrunzeln an. »Und woher weißt du von ihnen? Sind das Bekannte von dir? Oder Verwandte von Seiten deines Vaters?«

Nike schürzte die Lippen. Es war wohl besser, Hedi die ganze Geschichte zu erzählen. Also begann sie bei den Schnipselfunden im Probenraum und ihrer Suche nach der Tagebuchschreiberin, für die sie so wenig Verständnis bekam.

»Wie heißt denn die junge Frau? Wenn sie die Schwester dieser Annett ist, haben wir ja zumindest noch einen weiteren Namen. Allerdings hoffe ich, dass die Eltern in diesem Fall etwas kreativer bei der Namenssuche waren.«

»Sie erwähnt ihren Namen nirgends. Zumindest habe ich nichts dergleichen gefunden, was aber bei der Handschrift kein Wunder ist.«

Hedi zog die Nase kraus.

»Das ist zwar irgendwie logisch, aber wenig hilfreich. Welche weiteren Anhaltspunkte hast du noch? Wie alt sind sie?«

»Die Tagebuchschreiberin war damals neunzehn Jahre alt. Von ihrer Schwester weiß ich nur, dass sie jünger ist. Demnach müsste sie jetzt etwa fünfzig sein. Vielleicht ein bisschen älter, vielleicht ein bisschen jünger.«

»Eine fünfzigjährige Annett. Puh«, Hedi schnaubte. »Mir fallen auf Anhieb schon drei ein: meine Friseurin, die Schwiegertochter meiner Freundin und meine Yogalehrerin.«

»Du machst Yoga?«, entfuhr es Nike, doch sie sammelte sich sogleich wieder. Es passte zu ihrer Großtante.

Hedi grinste sie an und verbeugte sich kurz mit aneinandergelegten Handflächen.

»Ich kann die Drei mal fragen, ob sie eine ältere Schwester haben.« Sie hielt einen Moment inne. »Aber wenn ich mich richtig erinnere, ist die frisierende Annett nicht in Eisenach aufgewachsen. Dann kommt sie wohl nicht infrage.«

»Das wäre auch zu einfach«, erwiderte Nike lachend und nahm einen Schluck Schwarztee, der mittlerweile eine angenehme Trinktemperatur erreicht hatte. Hedi schenkte ihr ungefragt nach, sobald Nike das Glas wieder auf den Tisch stellte.

»Was weißt du denn sonst noch über Annett und Karsten? Den Beruf vielleicht?«

Nike schüttelte den Kopf.

»Darüber steht nichts in dem Tagebuch. Ich glaube, damals gingen beide noch zur Schule.«

»Und andere Namen? Die der Eltern?«

»Negativ. Da steht immer nur Mutti und Vati, ab und zu wird Annett erwähnt, die mit Karsten zusammen ist. Sonst nichts.«

»Moment«, unterbrach Hedi. »Annett war damals mit Karsten zusammen. Aber es ist nicht klar, dass sie es heute noch sind. Selbst wenn sie geheiratet haben, muss das nichts heißen. Mittlerweile wird mehr als jede dritte Ehe geschieden.« Sie lachte auf.

»Zum Glück habe ich nie geheiratet!«

Nike lehnte sich enttäuscht im Sessel zurück und starrte an die Decke.

»Du hast recht. Eigentlich weiß ich gar nichts, und es ist wirklich eine Schnapsidee, extra deswegen nach Eisenach zu fahren.«

Sie richtete sich auf und lachte Hedi an.

»Dafür habe ich aber meine Familie wieder um ein Mitglied erweitert.«

Der Gedanke an Björn kam plötzlich, doch sie schob ihn beiseite. Björn war tot, ihre Wege hätten sich niemals kreuzen können. Aber Hedi lebte.

»Wirklich schade, dass wir uns aus den Augen verloren haben. Ich glaube, dass ich mit dir und Victoria viel Spaß gehabt hätte.«

Nike fühlte einen Moment tiefer Verbundenheit, obwohl sie sich doch so wenig kannten. Sie dachte an Jutes Ausspruch, Blut sei dicker als Wasser. Vielleicht war ja doch was dran?

»Dafür können wir jetzt einen Neustart wagen. Komm uns doch mal in Siegen besuchen, Brigitte würde sich bestimmt freuen!«

Nach dem Essen führte Hedi sie durch die wunderschön restaurierte Altstadt, zeigte ihr das berühmte Bachhaus, die Denkmäler für Bach und Luther, das schmalste Fachwerkhaus Deutschlands und nahm ihr das Versprechen ab, am nächsten Tag nach ihrem Treffen unbedingt die Wartburg zu besuchen.

Der Nachmittag ging in den Abend über, und nach einem gutbürgerlichen Abendessen in einem Restaurant in einer Nebengasse ging Nike zu ihrem Hotel.

Obwohl sie noch ein paar Seiten in einem Roman lesen wollte, konnte sie sich nicht auf den Text konzentrieren. Ihre Gedanken schweiften immer wieder zur Tagebuchschreiberin.

Sie hatte das Gefühl, ihr so nahe zu sein wie nie zuvor.

31. JULI 1984

Er kam nicht.

Ich habe bis halb zwölf gewartet, bis die Marktbetreiber die Waren verpackten und ihre Stände schlossen.

Länger zu warten, habe ich mich nicht getraut. Die Frau vom Kartoffelstand hat mich ein paar Mal beobachtet, das wurde mir dann zu gefährlich. Wenn sie mich gefragt hätte, hätte ich ihr irgendwas von einem Kindergartenfreund erzählt, aber es ist natürlich besser, erst gar nicht gefragt zu werden.

Erstmal bin ich ziemlich konfus durch Eisenach gelaufen, ohne recht zu wissen, wohin. Ich kenne mich hier doch gar nicht aus!

Als meine Füße weh taten, ging ich zurück zum Marktplatz. Der war mittlerweile leer, auch die Kartoffelfrau war weg. Aber er war auch nicht da, obwohl ich das irgendwie gehofft hatte.

Jetzt stehe ich hier in Eisenach, zweihundert Kilometer entfernt von zu Hause, und weiß nicht, was ich machen soll. Wie soll es weitergehen?

Ich kann doch nicht einfach wieder zurück nach Hause und von meinem missglückten Fluchtversuch erzählen!

Oder?

KAPITEL 18

Auf dem Weg zu Hedi besorgte Nike am nächsten Morgen frische Brötchen und Hörnchen beim Bäcker. Als sie bei ihrer Großtante ankam, war der Tisch schon gedeckt, Kaffeeduft zog durch die Wohnung, Nikes Magen knurrte.

»Das ist ja eine freundliche Begrüßung!« Hedi lachte und nahm ihr die Bäckertüte ab. »Hast du gut geschlafen?«

»Wie ein Stein. Und jetzt kann ich einen Kaffee wirklich gut gebrauchen!«

Hedi schenkte Nike ein, setzte sich ihr gegenüber und schmierte sich Pflaumenmus auf die Brötchenhälfte.

»Mir sind noch ein paar Gedanken durch den Kopf gegangen«, erklärte sie und legte das Brötchen auf den Teller. Mit verschränkten Fingern sah sie Nike an.

»Ich lasse mir jetzt schon seit mehr als zehn Jahren die Haare von Annett machen.« In einer unbewussten Geste legte sie ihren langen, geflochtenen Zopf über die Schulter. »Ein bisschen Pflege braucht das Haar eben, gell?«

Nike wollte gerade in ihr Hörnchen beißen, hielt aber inne.

»Und jetzt ist dir eingefallen, dass deine Friseurin vielleicht doch meine Annett ist?«, fragte sie hoffnungsvoll, doch Hedi schüttelte den Kopf.

»Nein. Etwas anderes. Bevor Annett ins Friseurstudio kam, bin ich zu Erika gegangen. Die ist aber mittlerweile nach Jena gezogen. Und die Erika hat mir was erzählt, woran ich ganz oft denken musste. Von ihrem Sohn Uwe. Der hat nämlich Anfang der achtziger Jahre versucht, in die Bundesrepublik zu flüchten. Durch die Werra ist er geschwommen. Er hatte die beiden Grenzzäune überwunden, wie auch immer er das geschafft hat. Dann ging er in den Fluss, um auf der anderen Seite den Westen zu erreichen. Er hatte wohl die Gegend erkundet, aber das Sperrwerk falsch eingeschätzt.«

»Sperrwerk?«, fragte Nike und legte ihr Hörnchen beiseite. Ihr war nicht mehr nach Essen zumute.

»Das waren Gitter, die man unterhalb bestehender Brücken befestigt hat. Fast wie ein Kamm, in dem alles hängenbleibt, was eine bestimmte Größe überschreitet. Und natürlich war das Gitter zu eng für einen Menschen«, fügte Hedi hinzu und Nike sah sie fassungslos an.

»Ja, guck nicht so. So war das eben früher. Jedenfalls kam Uwe im Sperrwerk nicht weiter, er konnte nicht, wie erhofft, drunter durchtauchen. Und als er auftauchte, traf ihn ein Schuss direkt in die Stirn. Er war wohl sofort tot.«

Nike biss sich auf die Lippen.

»Wie schrecklich.«

»Pass auf, es kommt noch schlimmer«, fuhr Hedi fort. »Der Fall wurde nämlich vertuscht und kam erst viele Jahre später heraus. Für Erika war klar, dass Uwe die Flucht gelungen ist. Aber erst als die Grenze offen war, kam die Wahrheit ans Licht. Es gab nämlich keinen Uwe im Westen, der Erikas Sohn hätte sein können. Die Leiche haben sie übrigens verschwinden lassen, die ist nie wieder aufgetaucht.«

»Oh Gott, wie furchtbar.«

Nike fehlten die Worte.

Auch Hedi schien nicht mehr nach einem lockeren Gespräch zumute.

»Jetzt erzähl doch mal, wie es deinem Mann und deinem Sohn geht. Freuen sie sich auf ein sturmfreies Wochenende?«, fragte Hedi nach einer mehrminütigen Pause, in der jede ihren eigenen Gedanken nachgehangen hatte.

»Malte ist in letzter Zeit viel in Sachen Fußball unterwegs«, erklärte sie, froh um den Themenwechsel. »Und Lukas ist bei der Kripo und hat einen entsprechend stressigen Job. Magst du mal Bilder sehen?«

»Gerne!«

Nike holte ihr Smartphone hervor und zeigte Bilder von Hajos Geburtstag. Darauf waren nicht nur Malte und Lukas zu sehen, sondern auch Brigitte, Hajo und Vic.

»Hübsche Kerle hast du da«, antwortete Hedi lachend. »Du solltest die beiden in die Arme schließen, wenn du wieder zu Hause bist. Dieses Glück ist kostbar.«

Sie plauderten noch ein wenig, bis Nike aufbrach.

»Wenn ich vor der Heimfahrt noch auf die Wartburg möchte, sollte ich mich auf den Weg machen.«

»Auf jeden Fall. Und wenn es mal wieder passt, komme ich zu euch nach Siegen. Ich war wirklich schon lange nicht mehr da«, erklärte Hedi. »Ich hätte Brigitte und Hajo kaum wiedererkannt!«

Die beiden umarmten sich herzlich, ehe sich Nike auf den Weg zur legendären Wartburg, dem Welterbe, machte.

Es gab drei Möglichkeiten, die Wartburg zu erreichen: zu Fuß, mit dem Auto oder Bus oder, als Touristenattraktion für Kinder, mit Eseln.

Nike entschied sich für den Fußweg. Die steile Passage durch den Wald war anstrengender als erwartet. Dafür wurde sie mit einem schönen Blick auf Eisenach und den Thüringer Wald belohnt, als sie endlich keuchend und schwitzend die Burg erreichte.

Hedi hatte ihr zwar zusätzlich den Weg durch die Drachenschlucht empfohlen, aber auf eine dreistündige Wanderung hatte Nike keine Lust gehabt. Zum Glück, wie sie jetzt dachte.

Zum Sortieren ihrer Gedanken hatte der Weg von ihrem Hotel in der Innenstadt bis hier oben ausgereicht. Das Eingeständnis fiel ihr nicht leicht, aber Lukas hatte Recht gehabt. Ihre Suche nach der Tagebuchschreiberin war eine fixe Idee. Zeitverschwendung. Sie war einer Toten hinterhergerannt, von der es nach so vielen Jahren womöglich nicht mal mehr ein Grab gab. Vielleicht war es ihr ergangen wie Uwe, der einfach aus den Akten der DDR getilgt worden war.

Sie lehnte sich gegen einen Baumstamm und ließ ihren Blick über die Stadt schweifen, genoss den Ausblick, die frische Luft und das Zwitschern der Vögel.

Die Energie, die sie auf die Suche nach der Tagebuchschreiberin aufgewendet hatte, war in einer beruflichen Umorientierung besser aufgehoben. Der räumliche Abstand half, die Dinge klarer zu sehen. Im Grunde gab es nur zwei Möglichkeiten: Entweder arrangierte sie sich bis zu Petermanns Rente mit ihrer Chefin, oder sie suchte sich eine neue Stelle.

Eine junge Familie kämpfte sich den breiten Wanderweg nach oben. Der Vater trug ein kleines Mädchen im Tragetuch auf dem Rücken, die Mutter hielt einen etwa vierjährigen Jungen an der Hand. Er hatte sich scheinbar mehrmals losgerissen, denn die Mutter hielt seine Hand fest umklammert, sein Gesicht sah verheult aus und er zog einen Flunsch.

Der Anblick versetzte Nike einen Stich, gleichzeitig war die Erkenntnis befreiend. Sie würde bald ihren vierzigsten Geburtstag feiern. Würde sie jetzt noch einmal schwanger, wäre sie beinahe im Rentenalter, wenn das Kind Abitur machte oder eine Ausbildung beendete. Außerdem waren diese Gedanken müßig, denn wenn sie noch ein Kind hätten haben können, wäre es passiert. Es war eben, wie es war.

Lächelnd sah sie der Familie hinterher und schloss sich ihr mit einiger Entfernung an, als sie die Brücke zum Burgtor überquerte. Wer wusste schon, wann sie das nächste Mal nach Eisenach kam, und ein Besuch der geschichtsträchtigen Wartburg war einfach ein Muss.

»Und hier ist das Lutherzimmer mit dem sagenumwobenen Tintenfleck«, erklärte die Museumsführerin mit einem Augenzwinkern, und einige der Umstehenden begannen zu murmeln. Nike schmunzelte und wollte gerade der Gruppe durch den Gang folgen, als ihr Handy klingelte. Es war Hedi.

Nike blieb stehen.

»Hallo Nike! Ich hoffe, ich störe dich nicht. Hast du schon Luthers Tintenfleck an der Wand bewundert?« Sie lachte. »Weshalb ich anrufe: Ich glaube, ich habe eine Lösung für dein Problem gefunden!«

Nike war für einen kurzen Moment verwirrt. »Was meinst du?«

»Na, deine Suche nach dieser Annett und Karsten!«

»Hast du sie gefunden?«, fragte Nike erwartungsvoll.

»Nicht direkt. Also, eigentlich überhaupt nicht. Aber mir ist jemand eingefallen, der dir vielleicht weiterhelfen kann.«

»Aber das Projekt ist gestorben, Hedi. Es hat keinen Zweck, denn es ist äußerst unwahrscheinlich, dass die Frau noch lebt.«

»Und was ist mit den Hinterbliebenen? Vielleicht kannst du ihnen helfen? Vielleicht freuen sie sich über eine Nachricht von der Schwester?«

Nike seufzte.

»Okay. Ich werde das Tagebuch für den Fall der Fälle aufheben. Ich habe mich in ein aussichtsloses Projekt gestürzt und dafür sogar Ärger mit meinem Mann und meiner Chefin riskiert.«

»Aber willst du denn gar nicht wissen, was ich herausgefunden habe?«

Hedi klang enttäuscht. Nikes Museumsführungsgruppe polterte eine Treppe empor, die Stimmen wurden leiser. Wenn sie mehr von der Wartburg sehen wollte, musste sie sich beeilen.

»Doch, erzähl. Aber ich habe nicht viel Zeit, sonst findet die Museumsführung ohne mich statt.«

Sie ging den dunklen, vertäfelten Gang entlang und suchte die Treppe.

»Jost ist ein guter Freund von mir. Er wohnte lange im Nachbarhaus, lebt aber schon seit einigen Jahren mit seiner Familie in Leipzig.«

Endlich fand Nike die Treppe und stieg die knarzenden Stufen empor.

»Sein Hobby ist die Geschichte der Deutschen Demokratischen Republik. Er hat eine riesige Sammlung von Alltagsgegenständen, die er in einem kleinen Museum ausstellt. Es geht ihm nicht um Geld; wahrscheinlich läuft das Museum nicht einmal kostendeckend. Er will die Geschichte vor dem Vergessen bewahren und konservieren, für nachfolgende Generationen, wie er sagt.«

»Ostalgie?«, fragte Nike und blickte aus dem kleinen Fenster mit Butzenscheiben. Im Hintergrund konnte sie den Thüringer Wald ausmachen und auf die Dächer Eisenachs blicken.

All das war deutlich älter als die Trennung Deutschlands in Ost und West.

»Jost hat auch eine Internetseite. Da können sich Menschen treffen, die sich durch die Teilung verloren haben. Und sie ist eine Anlaufstelle für Menschen, die in der DDR zwangsadoptiert wurden, um ihre leiblichen Familien zu finden. Also, falls das so geht, ich kenn' mich mit dem Internet ja nicht so aus«, erklärte Hedi, und augenblicklich war Nike wieder hellwach.

»Und?«

Irgendwo vor sich hörte sie die junge Museumsführerin etwas erzählen, was bei den Teilnehmern Gelächter auslöste.

»Ich habe ihn einfach angerufen und gefragt, ob er Annett und Karsten aus Eisenach kennt. Fehlanzeige.«

»Ist ja irgendwie klar«, unterbrach Nike ihre Tante. »Es gibt und gab sicher unzählige Suchportale, allen voran die großen vom Deutschen Roten Kreuz, der Diakonie oder anderen Einrichtungen. Es würde schon an ein Wunder grenzen, wenn sich nun ausgerechnet unsere Annett mit ihrem Karsten bei deinem Bekannten melden würden, meinst du nicht?«

Hedi gluckste. »Ich glaube an Wunder. Also: Ja, warum nicht?«

Nike schüttelte den Kopf, auch wenn Hedi die Geste gar nicht sehen konnte.

»So funktioniert das nicht im Internet. Außerdem: Das Ganze ist jetzt fünfunddreißig oder mehr Jahre her, damals gab es noch gar kein Internet, da musste man noch telefonieren und Briefe schreiben.«

»Das musst du mir nicht erklären, Liebchen!« Hedi lachte. »Trotzdem habe ich Jost gefragt. Wo du doch schon mal hier bist.«

»Danke, Hedi. Das war wirklich lieb von dir. Ich muss jetzt aber langsam mal meine Gruppe suchen, sonst verpasse ich die Führung durch die Wartburg komplett und finde womöglich nicht mal mehr hier raus.«

Sie lachten und verabschiedeten sich herzlich voneinander, ehe Nike den Anschluss an ihre Gruppe suchte.

KAPITEL 19

Im Gegensatz zur Hinfahrt regnete es diesmal nicht. Nike fuhr entspannt auf der Autobahn und nahm mehr von der Gegend auf. Den Besuch im Grenzmuseum verschob sie auf einen ungewissen Zeitpunkt in der Zukunft, denn das Thema reizte sie mittlerweile nicht mehr. Sie könnte zusammen mit Lukas und Malte herkommen, es schadete nie, sich mit der Vergangenheit auseinanderzusetzen.

Etwa auf der Höhe von Alsfeld im Vogelsberg klingelte ihr Smartphone. Mist! Sie hatte vergessen, die Freisprechanlage anzuschalten. Schnell nahm sie das Telefon vom Beifahrersitz und warf einen Blick auf die Anzeige. Unbekannte Nummer.

Sie drückte den Anrufer weg und warf das Handy wieder auf den Sitz. Wenn es wichtig war, würde sich die Person wieder melden.

Als sie eine Anhöhe mit einem großen Windpark erreichte, klingelte es erneut. Wieder die unbekannte Nummer. Sie ignorierte den Anruf, fuhr aber an der nächsten Ausfahrt ab. Im Burger King würde sie sich einen Kaffee holen und zurückrufen.

Der Cappuccino war noch viel zu heiß zum Trinken, also stellte Nike den Becher auf dem Autodach ab und wählte die unbekannte Nummer. Sie musste nicht lange warten, bis jemand abhob.

»Hier ist Nike Klafeld. Sie hatten bei mir angerufen?«

Schweigen und Rauschen empfing sie, sodass sie beinahe aufgelegt hätte. Doch dann vernahm sie eine zurückhaltende Stimme.

»Jost Wagner. Spreche ich mit der Nichte von Hedi Bruckmann?«

»Ja, die bin ich. Wie kann ich Ihnen helfen?«

»Ich bin ein Freund von Hedi. Sie hat mir Ihre Nummer gegeben für den Fall, dass ich noch etwas über Annett und Karsten in Erfahrung bringen kann.«

Nike richtete sich auf. Kam jetzt doch etwas in Gang?

»Und? Haben Sie etwas herausgefunden?«, fragte sie ungeduldig.

»Ich kenne ein Paar auf das Ihre Suche zutreffen könnte. Annett und Karsten Koschwitz, allerdings sind die beiden aus Leipzig und nicht aus Eisenach.«

Nikes Gedanken rasten. Leipzig? War das möglich?

»Sie sind beide gebürtig aus Leipzig und haben meines Wissens keinen Bezug zu Eisenach. Aber vom Alter her passen sie.«

»Vermissen die beiden denn jemanden?«

Nike klopfte nervös mit den Fingerknöcheln gegen das Wagendach. Die Anspannung war kaum auszuhalten, aber sie wollte nicht unhöflich sein und Wagner drängen.

»Vermissen nicht direkt«, erklärte er langsam. »Annett hatte eine Schwester, die Mitte der Achtzigerjahre verschwand, aber wohl längst verstorben ist. Sie hieß Michaela Wolff.«

»Michaela? Hmm, der Name sagt mir nichts.«

In Gedanken ging sie die Tagebuchseiten durch. Hatte sie einen Namen übersehen? Wenn die Handschrift doch nur leserlicher wäre! Aber möglich war es.

»Ich wollte Ihnen nur Bescheid geben. Karsten Koschwitz ist der Arbeitskollege meines Schwagers. Aber vermutlich hat all das gar nichts mit Ihrer Suche zu tun, denn Michaela ist ja schon lange tot.«

»Ja«, seufzte Nike und starrte auf die vorbeirauschenden Autos auf der Autobahn. »Es ist zumindest ein Anhaltspunkt. Vielen Dank für Ihre Hilfe!«

Der Cappuccino war mittlerweile wohltemperiert, und Nike lehnte sich beim Trinken an ihren Mini. Sie schloss die Augen gegen die blendende Sonne und ließ das Rauschen der Autos an sich vorüberziehen.

Wenn es sich wirklich um diese Michaela Wolff handelte, wäre die Suche hiermit beendet. Dann würde sie bei Karsten Koschwitz anrufen, nach der Adresse fragen und das Tagebuch hinschicken. Vielleicht halfen die Tagebuch-Reste der Familie, mit dem Tod ihrer Schwester und Schwägerin abzuschließen.

Lächelnd stellte sie den Kaffeebecher in die Mittelkonsole, stieg ein und ließ den Motor an. Dann sollte Lukas eben lästern – sie hatte etwas Gutes getan, und das fühlte sich toll an. Sie stellte *Alanis Morissette* an und fuhr gemütlich auf der rechten Spur. Sollten die Wochenendpendler, die in Richtung Frankfurt unterwegs waren, ruhig an ihr vorbeirasen. Sie hatte Zeit und wollte stressfrei zu Hause ankommen.

In Gedanken ließ sie die vergangenen Tage Revue passieren. Viel war passiert, seit sie am Freitag vor einer Woche die Tagebuchschnipsel im Probenraum gefunden hatten. Sie hatte einen Bruder bekommen und im gleichen Augenblick verloren, dafür entstand wieder mehr Nähe zwischen Zwillingsschwester Vic und ihr. Lukas hingegen hatte wenig Verständnis für sie, dafür aber ihre Großtante Hedi umso mehr.

Niemand kann dir die Brücke bauen, auf der du über den Fluss des Lebens schreiten musst, niemand außer dir allein.

War das nicht von Nietzsche?

Einer ihrer ersten Klienten hatte ihr die Postkarte mit diesem Spruch geschenkt, die an der Wand neben dem schmalen Fenster ihres Therapieraums im Mutter-Kind-Heim hing. Die Karte sah reichlich mitgenommen aus, die Ecken waren verknickt und ausgefranst, Klebestreifen und Reißzwecken hatten ihre Spuren hinterlassen.

Aber warum fiel ihr ausgerechnet jetzt das Zitat ein?

Weil für sie trotz allem mehr hinter den Tagebuchseiten steckte. Sie hatte in dieser Woche einiges über sich selbst gelernt, hatte Selbstverständlichkeiten hinterfragt und war mit unbequemen Wahrheiten konfrontiert worden. Es ging nicht allein um Annett, Karsten und die verschwundene Schwester. Es ging auch um sie selbst. Um ihre Geschwister und ihre Eltern, im Grunde sogar um *Pigs and Pearls*. Jute, Rob und Pit waren nicht nur gute Freunde, sondern auch so etwas wie eine Familie, selbst wenn sie sich zur Zeit nur selten sahen.

Vier Jahre lang hatten sie in einem Raum geprobt, der so ein großes Geheimnis in sich trug – und nichts geahnt.

Nike atmete tief durch.

Sie musste zum Bunker fahren.

Der Bunker befand sich unweit von Nikes Zuhause, was sich manches Mal als praktisch erwiesen hatte. Doch als sie vor dem wuchtigen Gebäude stand, fiel ihr ein, dass sie gar keinen Schlüssel mehr hatte.

»Mist!«

Sie trat ein paar Schritte zurück. Mit in den Kopf gelegtem Nacken sah sie an der gelblich-weißen Fassade empor. Auch nach all den Jahren wirkte der Klotz aus Stahlbeton bedrohlich. Fensterlaibungen gab es nur wenige, die noch dazu vermauert waren. Doch diese winzigen, an Schießscharten erinnernden Öffnungen hatten ohnehin nie Licht oder Sauerstoff gespendet. Dafür waren sie ursprünglich sowieso nicht gebaut worden.

Die kolossartigen Bauten im Stadtgebiet sollten der Bevölkerung Schutz vor Bombenangriffen bieten und waren nicht für längere Aufenthalte gedacht. Das merkte man den Gebäuden auch von innen an. Kleine, fensterlose Räume mit Metalltüren, Leuchtmarkierungen auf dem Boden und an den Wänden, nach Geschlechtern getrennte Toiletten. In den achtziger Jahren war dieser Bunker gegen atomare Angriffe umgebaut worden. Davon zeugte noch das Sandgranulat, das die Räume im Erdgeschoss blockierte. Es war für die handbetriebene Lüftungsanlage gedacht, die im Notfall gebraucht worden wäre. Doch der Kalte Krieg und die atomare Bedrohung waren zum Glück ein Teil der Geschichte und würden sich hoffentlich nicht wiederholen.

Nike ging zu dem Gitter, das die schwere Luftschutztür verschloss. Wenn sie beim Verwalter nachfragte, würde sie eventuell einen Schlüssel ausgehändigt bekommen. Aber am Sonntag?

Ein Quietschen ließ sie aufschrecken. Jemand öffnete von innen die Tür und starrte Nike an.

»Hallo!« Nike lächelte die junge schwarzhaarige Frau an. Die schulterte eine Fototasche und nahm das dreibeinige Stativ wieder auf, das sie an die Wand gelehnt hatte.

»Wir haben letzte Woche unseren Proberaum aufgegeben und unseren Schlüssel schon abgegeben. Aber ich hab was drin vergessen!«

Sie hoffte, mit der Erwähnung des Probenraums an ihr Gemeinschaftsgefühl zu appellieren.

»Puh, ich weiß nicht.« Die Frau zupfte an ihrem roten Haarband. »Ich hab mir den Schlüssel auch nur ausgeliehen und soll gut drauf aufpassen. Da ist jetzt auch keiner mehr drin«, erwiderte sie unsicher.

Nike lächelte weiter und fürchtete fast, dass es unecht wirkte. »Es reicht, wenn du mich einfach reinlässt. Raus komme ich von selbst! Warst du in dem Fotostudio in der zweiten Etage?«, fragte sie aufs Geratewohl. Dass in den Bunkern auch Fotografen arbeiteten, hatte sie bisher nicht gewusst.

»Nee, im Erdgeschoss. Gleiche vorne rechts, bei Tobi.«

»Ach stimmt, von dem Studio habe ich schon gehört!«

Nikes Notlüge schien zu wirken, denn die Schwarzhaarige kramte in ihrer riesigen Tasche, um den Schlüssel hervorzuholen. Umständlich schloss sie das schmiedeeiserne Tor und die schwere Metalltür dahinter erneut auf.

»Soll ich hier warten?«

»Nein, das passt schon. Ich sage dem Verwalter Bescheid, dass ich da war.«

Als die junge Frau noch immer unschlüssig vor ihr stand, drückte Nike einfach die Tür auf und verabschiedete sich mit einem kumpelhaften Lächeln.

»Danke schön! Ich wünsche dir noch einen schönen Sonntag!«

Schwere Dunkelheit umfing sie, als die Tür mit einem lauten Knall ins Schloss fiel.

Es dauerte ein paar Sekunden, bis sich ihre Augen an die Schwärze gewöhnten. Die Pfeile und Streifen aus fluoreszierendem Material an den Wänden leuchteten grün und wiesen ihr den Weg. Sie war diesen Weg schon so oft gegangen, sie würde ihn auch blind finden.

Ihre Hand suchte den Lichtschalter, doch als ihre Fingerspitzen den Kunststoffkasten berührten, hielt sie inne. Was hatte die Fotografin gesagt? Es wäre niemand mehr im Bunker?

Nike trat zwei Schritte nach vorn und lauschte. Nichts. Es war mucksmäuschenstill. Ihre Augen hatten sich mittlerweile so gut an die graugrüne Dunkelheit gewöhnt, dass sie das Licht nicht mehr brauchte. Nach drei weiteren Schritten war sie am unteren Treppenabsatz. Hier war es kühler als im Eingangsbereich, das leise Surren der Lüftungsanlage drang an ihr Ohr, im Hintergrund ertönte ein dumpfes, rhythmisches Klopfen. Ihr Herzschlag beschleunigte sich, die Schultermuskulatur verkrampfte. Obwohl sie das Gebäude so gut kannte, war es jetzt, ohne Licht und allein, ein unheimlicher Ort.

Sie bräuchte nur ein paar Meter zurückzugehen, ihre Hand auf den Schalter zu legen, und das betongraue Treppenhaus würde von mehreren Leuchtstoffröhren hell erleuchtet. Das Licht würde die Schatten verjagen, die Geräusche dämpfen, die Einsamkeit vertreiben. Doch mit der Dunkelheit würde auch die Bedrohlichkeit des Gebäudes verschwinden und ihre Sinne würden abstumpfen, weil ihr Verstand dem Sichtbaren viel mehr Raum geben würde.

Nein, ihre Mission brauchte das Dunkel.

Die fluoreszierenden Markierungen an Wänden und Treppenstufen wiesen ihr den Weg nach oben, ihr Körpergedächtnis trug sie in den zweiten Stock. Doch das Gefühl des Vertrauten kam nicht auf. Dafür war der vor ihr liegende Gang zu eng, zu lang, zu dunkel.

Zu still.

Die morbide Neugier auf einen Abenteuergang durch den dunklen Bunker war echter Beklemmung gewichen. Beinahe meinte sie, die Stimmen unsichtbarer Menschen zu hören, weinende Kinder, beruhigende Mütter, stöhnende Verletzte und das Wimmern der Verzweifelten, über allem das enervierende Heulen des Fliegeralarms. Für wie viele Personen war so ein Bunker ausgelegt? Sie wusste es nicht. Aber sie ahnte, dass er nur für einen Bruchteil der Bevölkerung ausgereicht hatte.

Im unteren Stockwerk war ein schabendes Geräusch zu hören. Nike zuckte zusammen und drehte sich um.

»Hallo? Ist da jemand?«, rief sie in die Dunkelheit.

Der Widerhall war kaum zu hören, erst recht nicht außerhalb des Gebäudes. Die Geräuschdämmung nach außen war absolut kein Segen mehr, wenn man gehört werden wollte!

Niemand antwortete, auch das Schaben war verstummt. Mit klopfendem Herzen hielt sie sich an der Wand fest, als könne sie jederzeit vornüber kippen. Plötzlich vernahm sie noch mehr Geräusche: das Tropfen eines Wasserhahns im Stockwerk über ihr, ein leises Knacken, das sie nicht orten konnte.

Unter welchen Bedingungen war Michaela in diesem Bunker gewesen? Hatte auch sie das Knacken, Knarzen und Tropfen gehört?

Nike ging ein Stück nach vorn. Hier oben war der Lichtschalter ebenfalls mit Leuchtfarbe gekennzeichnet, nur wenige Zentimeter von ihrer Position entfernt. Sie müsste nur einen oder zwei Schritte nach vorn gehen, die Hand ausstrecken, und der Spuk hätte ein Ende.

Falls sie wirklich allein im Bunker war.

01. AUGUST 1984

Wie soll es weitergehen?

Ich habe die Nacht in einem Wartehäuschen am Busbahnhof verbracht, und es war furchtbar kalt ohne Decke oder Schlafsack. Eigentlich habe ich kaum ein Auge zugetan, aber wie kann ich in dieser Situation auch schlafen? Ich bin zweihundert Kilometer von zu Hause entfernt, hier ist niemand, zu dem ich gehen kann. Was soll ich jetzt machen? Zu Fuß bis zur Grenze gehen? Und dann? Wie komme ich unbemerkt rüber? Ich kann ja kaum den Grenzschützern ein paar Mark in die Hand drücken und rübergehen!

Es ist zum Verrücktwerden! So lange habe ich jeden Pfennig und jede Mark gespart, habe gearbeitet, war fleißig und folgsam, damit niemand einen Verdacht schöpft. Und jetzt ist ein Teil meines Geldes weg – und wofür? Für eine durchheulte Nacht an einem blöden Busbahnhof!

Noch habe ich genug Geld für die Rückfahrt nach Leipzig. Aber wie soll ich meinen Eltern unter die Augen treten? Mutti wird gestern meinen Abschiedsbrief gefunden haben. Ob sie die Polizei informiert hat? Aber ich bin volljährig und kann gehen, wohin ich will (oder eben nicht, haha). Und was passiert, wenn die Polizei mich findet? Darüber will ich nicht nachdenken. Ich habe so schreckliche Geschichten gehört, Frauen, die nach Hoheneck kamen und … Nein! Nicht mit mir! Ich gehe nicht nach Hoheneck! Nie!

Ich habe noch eine letzte, winzige Chance, und die werde ich nutzen.

Dafür würde ich sogar beten.

KAPITEL 20

Nike lauschte in die Dunkelheit.

Doch außer dem steten Tropfen und dem rhythmischen Klopfen vernahm sie keine weiteren Geräusche. *Es muss irgendwas mit der Technik zu tun haben*, versuchte sie, sich zu beruhigen.

Sie betrat den langen Gang, der von der Treppe abging. Von den Toiletten zog strenger Geruch ins Treppenhaus. Die neuen Besitzer würden hoffentlich Türen vor den Kabinen anbringen, denn die Vorhänge waren definitiv keine gute Lösung. Nike hatte sich nach Möglichkeit den Toilettenbesuch verkniffen, wenn sie hier geprobt hatten.

Und was war mit der unbekannten Frau?

Dieser Gedanke kam so abrupt, dass sie stehen blieb. Er war so naheliegend und doch so fern und offenbarte gleichzeitig, dass sie die ganze Zeit eine Erkenntnis verdrängt hatte: Das hier war kein Übergabeort für geheime Agenteninfos. Kaum etwas war auffälliger und unpraktischer als dieser Ort. Da war ein präparierter Baumstumpf im Wald wahrscheinlicher als ein Raum in einem alten Weltkriegsbunker aus Stahlbeton. Hier kam niemand rein, der nicht dazu berechtigt war.

Nike schluckte, doch der Kloß in ihrem Hals ließ sich nicht schlucken.

Wenn hier, in ihrem ehemaligen Probenraum, keine geheimen Dokumente ausgetauscht oder konspirative Treffen durchgeführt wurden, gab es nur eine Erklärung für die

Tagebuchseiten hinter den Eierpappen: Sie waren ein Hilferuf. Die junge Frau hatte versucht, auf sich aufmerksam zu machen.

Sie ließ sich auf dem grauen Betonboden nieder, lehnte den Kopf gegen die Wand und starrte an die Decke. Die Leuchtstoffröhren hingen schief in ihren Verankerungen, aber sie taten ihren Dienst. Wie lange schon? Hingen sie schon hier, als die junge Frau in ihrem Probenraum gewesen war? Und was war dort geschehen?

Sie sprang auf, schlug mit der Hand gegen den Lichtschalter, die Röhren begannen zu knistern und zu flackern und tauchten den langen Gang in ein unechtes, viel zu helles Licht. Jetzt erst wurde ihr die Enge des Gebäudes bewusst, die vielen Türen, die von dem Flur abgingen, die Markierungen am Türsturz, damit sich niemand daran den Kopf anschlug.

Alles war grau und kahl, schmutzig, kalt und still. Schallgedämpft. Es gab nirgends ein Fenster und keine Möglichkeit, auf sich aufmerksam zu machen. Die Vorstellung, dass in ihrem ehemaligen Probenraum eine junge Frau eingesperrt gewesen war, verursachte ihr Schwindel und Übelkeit.

Wie benommen ging sie nach unten, zog die schwere Außentür auf und löschte das Licht erst, als Sonne in den Bunker strömte.

Bevor sie ins Auto stieg, um nach Hause zu fahren, ging Nike zwei Runden um den Block. Sie war zu aufgewühlt, um sich auf den Straßenverkehr konzentrieren zu können. Ihre Gedanken gingen immer wieder zum Bunker, zu der kalten Dunkelheit zwischen den dicken Betonwänden. Sie dachte an die Rufe, die niemand hörte und die Geräusche, die sie nicht orten konnte. Ein Gefängnis ohne Wärter.

Sie schüttelte sich und rieb sich die Augen, ehe sie den Mini startete.

Wenig später fuhr sie auf den Hof, der Bulli parkte ebenfalls in der Einfahrt. Wenigstens am Sonntag war Lukas zu Hause!

»Lukas? Malte?«

Sie nahm den schmalen Trampelpfad, der von der Haustür direkt zu den Ligusterbüschen neben der Terrasse führte. Vic hatte recht, der Pfad war viel zu auffällig. Sie sollten sich angewöhnen, den Weg durchs Haus zu nehmen. Oder zumindest einen der Büsche entfernen und einen richtigen Weg anlegen, der weniger Neugier weckte.

»Wo seid ihr?«

Sie drückte die Büsche auseinander und schob sich an den Ästen vorbei. Vereinzelte weiße Blüten verströmten einen Rest des wunderbaren Dufts der Pflanzen und erinnerten an das Heer aus Schmetterlingen, das die Sträucher im Frühsommer bevölkert hatte.

»Hey, Lukas!«

Er saß mit dem Rücken zu ihr auf der Terrasse und spielte mit seinem Handy, drehte sich aber erschrocken um, als sie ihn rief. »Nike!«

Lukas legte sein Smartphone beiseite und kam auf sie zu. Ihr Lächeln erstarb, als sie seinen ernsten Gesichtsausdruck sah.

»Was ist? Bist du sauer?« Sie ging sofort in die Defensive, gab ihrem schlechten Gewissen nach. Die Ligustersträucher hinter ihr schnellten wieder zusammen und sie machte einen Schritt nach vorn.

Lukas verschränkte die Arme vor dem Körper und schüttelte den Kopf.

»Na, hattest du eine schöne Zeit in Eisenach?«

Sie sah ihn stirnrunzelnd an. »Ja, hatte ich. Seit wann sind solche kurzen Reisen ein Problem? Du wusstest doch, wo ich bin, und hättest jederzeit anrufen können.«

Kopfschüttelnd wollte sie an ihm vorbei zur Terrassentür gehen. So hatte sie sich das Wiedersehen nicht vorgestellt. Überhaupt benahm er sich in letzter Zeit ihr gegenüber immer komischer. Es wurde Zeit, darüber zu reden.

»Ich habe mich nicht gemeldet, um dich nicht zu beunruhigen. Du warst weg, Malte war bei Jan, ich hab Überstunden geschoben. Und in der Zwischenzeit wurde hier eingebrochen.«

Nikes Kopf schnellte herum, sie starrte Lukas erschrocken an. »Wie bitte?«

Suchend blickte sie sich um. War eine Scheibe eingeschlagen? Hatte jemand die Tür aufgehebelt? War ein Fremder durch die Terrassentür ins Haus eingedrungen? Dabei hatte sie vor der Abfahrt extra eine Runde durch die Wohnung gedreht und alle Fenster kontrolliert!

»Was ist passiert?«

Ihr Herz schlug bis zum Hals, in ihrem Kopf drehte sich alles. Ein Einbruch!

»Die Balkontür wurde aufgehebelt.«

Nike schloss die Augen und schluckte. Vic hatte sie gewarnt, und sie hatte es auf die leichte Schulter genommen und Lukas nicht informiert.

»Wurde etwas geklaut? Wo ist Malte?«

Ihr Kopf schnellte hin und her, suchte Veränderungen im Garten oder am Haus und fand nichts. Alles sah aus wie immer. Nein, der Griff an der Terrassentür war neu, das erkannte sie jetzt. Sie eilte ins Haus, blieb in der Küche stehen und drehte sich einmal im Kreis.

»Fehlt irgendwas?«

Lukas war ihr ins Haus gefolgt und schloss die Terrassentür hinter sich.

»Malte ist mit Jan auf dem Bolzplatz. Ihm ist nichts passiert, er war ja auch nicht zu Hause, als es geschah. Niemand war hier, zum Glück.«

Erleichtert ließ sie sich auf einem Küchenstuhl nieder, sprang aber sogleich wieder auf. »Wisst ihr, wer es war? Und was hat er gestohlen?«

»Das ist ja das Merkwürdige«, erklärte Lukas. »Es gibt deutliche Einbruchspuren, aber keine Hinweise darauf, ob etwas fehlt. Ich hab überall nachgeschaut, aber mir ist nichts aufgefallen.«

»Hast du deine Kollegen informiert?«

Sie stellte ihren Trolley ab und ging ins Wohnzimmer.

»Natürlich. Aber außer der kaputten Terrassentür konnten sie auch nicht viel finden. Sie haben sogar Fingerabdrücke genommen: ergebnislos. Es gibt keine Übereinstimmung in den Datenbanken.«

Der Ton in seiner Stimme war eine Mischung aus Verärgerung und Irritation.

»Vielleicht war es gar kein Einbruch? Gibt es denn eine andere Erklärung? Ein Tier vielleicht?«

Ein lahmer Versuch, das Problem abzuschwächen.

Wieder schnaubte Lukas.

»Nein, es war ganz eindeutig ein Einbruch. Als ich nach Hause kam, stand die Terrassentür offen, das Schloss war herausgebrochen und auf dem Boden lagen zwei abgebrochene Schrauben. Das schafft weder der Wind noch eine neugierige Katze.«

Nike ließ sich auf einen der Küchenstühle fallen.

»Dann war es ja ganz gut, dass niemand da war. Wer weiß, was dann passiert wäre.« Sie hielt einen Moment inne, starrte auf ihre Hände, dann durch die Glastür auf die Terrasse. »Vielleicht sollten wir uns auch wieder einen Hund zulegen. So wie Ralf.«

»Ja«, seufzte Lukas. »Das wäre eine Möglichkeit.«

»Und es wurde definitiv nichts gestohlen?«

Lukas schüttelte den Kopf. »Das verwirrt mich am meisten. Wenn jemand den Fernseher oder deinen Laptop gestohlen hätte, wüsste ich wenigstens, was derjenige wollte. Aber so?«

»Du hättest mich doch anrufen können!«

»Und dann?«, fragte er. »Wärst du beunruhigt nach Hause gekommen und hättest dein Wochenende abgebrochen. Damit wäre niemandem geholfen. Du hättest sowieso nichts ändern können.«

»Das stimmt«, erwiderte sie leise. Sie spürte, wie sich die Unruhe in ihr wandelte. Das Hektische, Erschreckte war einem tieferen Gefühl gewichen: Angst. Jemand war in ihr Allerheiligstes eingebrochen, hatte ihre Schutzzone zerstört und sie damit auf eine völlig unbekannte Art verletzbar gemacht. Nicht nur sie, sondern auch Lukas und Malte.

»Und was machen wir jetzt?«

Nike stand auf und lief unruhig durch die Küche. Ihre Gedanken wirbelten durcheinander, ließen sich kaum greifen. »Gibt es noch mehr Einbrüche hier in der Gegend? Und wie schätzt du die Situation ein: Müssen wir spezielle Vorsichtsmaßnahmen ergreifen?«

Sie holte ein Glas aus dem Schrank, um sich Wasser einzugießen. Das Zischen beim Öffnen der Flasche ließ sie aufschrecken.

»Kann das wieder passieren? Auch wenn wir daheim sind? Wenn wir nachts im Bett liegen und schlafen, oder wenn ich unten im Arbeitszimmer sitze?«

Sie kniff die Lippen zusammen und schaute Lukas an. Der versuchte sich an einem tröstenden Lächeln, was ihm aber gründlich misslang.

»Ich weiß es nicht. Wir wissen ja noch nicht einmal, was genau passiert ist: Hat jemand etwas Bestimmtes gesucht, oder wurde er gestört und ist dann geflüchtet? Und wie viele Einbrecher es waren, wissen wir auch nicht.«

Nike ging auf ihn zu, schlang ihre Arme um seinen Hals und schmiegte sich an ihn. Lukas drückte sie an sich und gab ihr einen Kuss aufs Haar.

»Mach dir keine Sorgen. In den meisten Fällen versuchen es die Täter kein zweites Mal.«

»Und wenn doch?«, fragte sie zaghaft. Sie spürte, wie sich sein Körper kurz anspannte, dann begann er, über ihren Rücken zu streichen.

»Hier in der Straße gibt es genug Häuser, die vielversprechender aussehen als ausgerechnet unser kleines Häuschen. Außerdem dürfte wohl kaum jemand so blöd sein, zwei Mal bei einem Polizisten einzubrechen, oder?«

Er lachte auf und löste sich aus der Umarmung.

»Mach dir keine Sorgen, Nike. Uns passiert hier nichts, wir sind sicher.«

In seinen Worten lag mehr Zuversicht, als sein Gesicht ausstrahlte.

LEIPZIG, 09. DEZEMBER 1989

Schneeflocken segelten sachte vom Himmel und deckten langsam die Dächer des Standesamts und der umgebenden Gebäude zu. Vereinzelte Fußspuren ließen das Kopfsteinpflaster durchschimmern und Annett fragte sich, wer sie wohl in den frischen Schnee gesetzt hatte.

»Ein Hoch auf das Brautpaar!«, rief Annetts Schulfreundin Sabine, die anderen klatschten und stimmten mit ein.

»Meine Herzensdame«, flüsterte ihr Karsten ins Ohr und umarmte sie. Sein Kuss war drängend, und die anwesenden Freunde und Verwandten lachten. Sabine stimmte ein rhythmisches Klatschen an, und alle fielen ein. Annett umfasste seinen Nacken und bog sich theatralisch nach hinten, bis er sie an sich drückte, damit sie nicht von den Stufen stürzte.

»Nicht so stürmisch!« Karsten lachte und strich über ihr helles Kleid, als wollte er Fusseln und Staub entfernen. »Du trägst wertvolles Gepäck, das muss unversehrt bleiben!«

Die anderen lachten. Als sie die Treppe nach unten stiegen, empfingen die Hochzeitsgäste das Brautpaar mit Seifenblasen und herzlichen Gratulationen.

Karstens Brigade aus den Leuna-Werken stand in blauen Kitteln und mit gelben Schutzhelmen Spalier und ließ die Brautleute ebenfalls hochleben.

»Ihr seid so süß zusammen«, flüsterte ihr Sabine ins Ohr und drückte Annett an sich. »Ich wünsche euch alles Glück der Welt. Und einen properen Stammhalter!«

Dabei strich sie über Annetts Bauch, der nun im sechsten Monat schon deutlich zu sehen war.

»Danke. Ich bin jetzt schon glücklich und kann es kaum erwarten, demnächst mit Frau Koschwitz angesprochen zu werden!«

Die beiden Freundinnen lachten einander zu. Annett genoss es, an diesem Tag im Mittelpunkt zu stehen und von allen Anwesenden für ihr Kleid, ihre Frisur, den schmucken Bräutigam und den kleinen Kugelbauch bewundert zu werden. Heute ging es ausnahmsweise mal nur um sie.

Nach der Trauung fuhr die Hochzeitsgesellschaft zu einem kleinen Lokal in Grünau, um bei Kaffee und Kuchen gemeinsam zu feiern. Als Besonderheit des Tages hatten Annetts Tanten eingefrorenen Spargel und Pilze besorgt und zum Lokal gebracht.

»Wir hatten an unserer Hochzeit keinen Spargel, nicht wahr, Rainer?« Hanni Wolf tippte ihren Mann an, doch Annetts Vater verzog nur schmerzverzerrt das Gesicht.

»Was ist los? Ist alles in Ordnung mit dir?«

In ihre Stimme hatte sich Sorge geschlichen, und Annett beobachtete die Szene aus den Augenwinkeln. Ihr Vater hatte sich schon den ganzen Tag auf ungewöhnliche Weise zurückgezogen. Annett hatte im Laufe der Jahre gelernt, auf die kleinsten Anzeichen einer Gemütsregung bei ihm zu achten und beugte sich zu ihren Eltern hinüber.

»Vati, ist dir nicht gut? Du wirkst schon den ganzen Tag irgendwie angeschlagen. Bekommt dir die Hochzeit deiner Tochter nicht?«

Sie wollte einen Scherz machen, doch statt des erwarteten Lächelns legte sich ein dunkler Schatten auf den Blick ihrer Mutter. Annett zuckte unwillkürlich zusammen und legte instinktiv die rechte Hand auf ihren Bauch.

Sie kannte diesen Blick zur Genüge. Seit fünf Jahren.

»Das wird schon wieder!«, wandte sie sich ab und stand ruckartig auf.

»Ich muss mal frische Luft schnappen«, erklärte sie ihrem Bräutigam. Karsten unterbrach sein Gespräch mit seinem Vater, um ihr ein strahlendes Lächeln zu schenken.

Wenigstens eine Familie, die sich freut, dachte sie mit einem Blick auf ihre Schwiegereltern, die lachend und strahlend am Brauttisch saßen und sichtlich stolz waren, ihren Zweitgeborenen unter die Haube gebracht zu haben.

Annett holte ihren Mantel von der Garderobe und warf ihn sich über die Schultern. In Verbindung mit dem weißen Hochzeitskleid sah er zwar furchtbar aus, aber das war ihr im Moment egal. Hauptsache, es war warm.

Es hatte aufgehört zu schneien, doch über allem lag eine dünne, weiße Schicht Schnee. Die Büsche und Bäume, aber auch die zwischen den Wiesen führenden Wege waren bedeckt. Als hätte ein Zeichner das wunderschöne Bild unberührter Natur extra für sie gemalt, damit sie diesen besonderen Moment für immer in ihrem Inneren konservieren konnte.

Mit flachen Händen umfasste sie ihren Babybauch und streichelte versonnen über die Wölbung unter dem weißen Taft.

Als Kind hätte sie niemals gedacht, dass ihre Hochzeit einmal die einzige sein würde, die sie in der Familie feiern würden. Wie selbstverständlich waren sie alle davon ausgegangen, dass Michi auch beim Thema Heiraten vorangehen würde. Sie war doch die Ältere, hatte alle schönen

Erlebnisse und alle Konflikte schon vor ihr erlebt. Hatte mit den Eltern für ein bisschen Freiheit gekämpft, gegen die Erziehung, das Regime, ja, gegen das Leben an sich rebelliert und damit gleichzeitig den Weg für ihre jüngere Schwester bereitet.

Und jetzt war Annett diejenige, die ihren Vater nachher, wenn Kaffee und Kuchen verzehrt und der enge Tanzboden eröffnet wären, zum Brauttanz auffordern würde.

Seit fast vier Wochen waren die Grenzen offen, und noch immer gab es keine Spur zu Michaela. Sie war wie vom Erdboden verschluckt. Dabei hatte Annett sich trotz allem auf ein Wiedersehen mit ihrer großen Schwester gefreut, wollte ihr verzeihen. Bis zum Ende hatte sie ihr einen Platz am Brauttisch freigehalten. Und den daneben gleich mit, für ihren Mann. Dabei wusste sie noch nicht einmal, ob Michi überhaupt verheiratet war. Oder ob sie Kinder hatte. Nichts wussten sie, gar nichts!

Annett schluckte, um den würgenden Knoten in ihrem Hals loszuwerden. Doch es half nicht. Nichts konnte die Unruhe, dieses nagende Gefühl, abschütteln. Seit vier Wochen waren die Grenzen offen, die Bilder von den Menschen, die ausgelassen auf der Berliner Mauer tanzten, waren um die Welt gegangen. Das musste Michi doch mitbekommen haben! Selbst wenn sie im Himalaya oder in der Antarktis unterwegs war, würde sie doch nach einem Monat von dem grandiosen Ereignis gehört haben!

Mit dem Aufschlag ihrer Jackenärmel tupfte Annett die einzelne Träne ab, die an ihrer Wange herunterlief. Hoffentlich war ihre Schminke noch in Ordnung. Sie wollte sich nicht mit verheultem Gesicht auf ihren Hochzeitsfotos verewigen.

Nein, das hier war ihr Tag! Und sie würde ihre Hochzeit feiern, und zwar richtig und mit allem, was dazugehörte, mit Brautstraußwerfen, Tanzmusik und Spielen!

Sie drehte sich um und ging auf dem schmalen Plattenweg zwischen Buchsbäumen zum Eingang des Lokals zurück, ihr Atem bildete kleine Wölkchen vor ihrem Gesicht.

Beinahe trotzig riss sie die doppelflügelige Tür auf und setzte ein Lächeln auf. Mittlerweile war vermutlich der Tisch schon abgedeckt, die ersten Verdauungsliköre getrunken, die Stimmung gelöster. Und es würde nicht mehr lange dauern, bis die ersten Spiele angekündigt wurden. Sabine hatte irgendetwas mit einem zur Hose genähten Putzlappen geplant, das hatte sie vorhin zufällig auf der Toilette mitbekommen. Und wie wohl die Hochzeitszeitung aussehen würde? Sabine hatte unauffällig versucht, an ihr Einschulungsfoto mit der großen Zuckertüte zu gelangen, aber natürlich hatte Annett den Braten sofort gerochen. Dennoch hatte sie ahnungslos getan und ihrer Freundin das Schwarz-Weiß-Foto mit dem kleinen, pummeligen Mädchen in Dirndl und mit Zöpfen gezeigt. Und sie hatte auch so getan, als hätte sie nicht bemerkt, wie Sabine sie beim Verstauen des Fotoalbums beobachtete. Ganz bestimmt hatte Sabine das Einschulungsfoto für die Hochzeitszeitung vorübergehend »ausgeliehen«. Ob sie bei Karsten ebenso erfolgreich gewesen war?

Annett hängte den Mantel zurück an die Garderobe und strich das weiße Hochzeitskleid glatt. Ein Blick in den Spiegel verriet ihr, dass die Schminke noch saß und auch die Wimperntusche nicht verlaufen war. Alles bestens.

Sie wollte gerade die Tür zum Saal öffnen, als sie von innen aufgestoßen wurde und Nadja, ihre Cousine, in den

Vorraum stürmte. Als sie Annett erblickte, stockte sie kurz, dann vergewisserte sie sich, dass die Tür auch wirklich geschlossen war und nahm Annett beinahe schmerzhaft am Arm. Aha, die Spiele begannen!

Annett konnte sich ein Grinsen nicht verkneifen, obwohl der Druck auf den Arm schmerzte.

»Komm mit, Liebes, wir gehen zur Toilette«, erklärte Nadja mit übertrieben sanfter, beinahe mitleidig klingender Stimme. Annetts jahrelang auf sensiblen Empfang stehenden Sinnen entging die ungewohnte Stimmlage nicht, und sie blieb abrupt stehen.

»Was ist los?«

»Ach, komm einfach mit«, antwortete Nadja, legte den Kopf leicht schräg und lächelte sie dabei an. Trotzdem zog sie sie unerbittlich in Richtung Damentoilette, sodass Annett beinahe ins Stolpern geriet.

Da ging hinter ihr die Tür des Saales auf und Werner, ihr Schwiegervater, stürmte nach draußen, gefolgt von Sabine.

»Wir brauchen einen Arzt, schnell!«

Sabine rannte zur Küche, stieß gegen die Bedienung und rief erneut: »Einen Arzt oder Rettungssanitäter, schnell!«

»Komm mit, Annett!«

Nadja stellte sich vor sie, wollte ihren Blick auf den Saal abschirmen, doch Annett stieß sie zur Seite.

»Was ist da los?« Sie eilte zurück zum Saal. Durch die geöffnete Tür sah sie zuerst nur einzelne Personen, die entsetzt zur Fensterfront blickten, die Annett nicht einsehen konnte.

»Karsten!« Ihr Blick irrte durch den Raum, während sich die langen Ärmel ihres Kleides fast im Türgriff verfingen.

Karsten kniete am Boden, ihre Mutter stand neben ihm, die Fäuste auf den Mund gedrückt, von Hiltrud Koschwitz hilflos umarmt. Karsten beugte sich über Rainer, der seltsam leblos auf dem Boden lag, die Füße nach außen geklappt, die Hände ohne Spannung neben den Hüften liegend. Ein Zucken ging durch den Körper, jedes Mal, wenn Karsten mit festem Druck auf den Brustkorb drückte.

Wie in Zeitlupe ging Annett auf ihre Familie zu, diese kleiner werdende Keimzelle allen Lebens. Es waren nur wenige Schritte, und doch zogen sie sich unendlich in die Länge. Als wate sie durch ein tiefschwarzes Moor aus Angst.

»Vati«, murmelte sie, und eine warme Hand legte sich auf ihre Schulter, zog sie an sich.

»Der Arzt ist unterwegs.«

Sabines Stimme drang an ihr Ohr, aber die Worte wirkten seltsam verschwommen. »Wie gut, dass Karsten so schnell reagiert hat. Er kennt sich aus, er hat die Anzeichen des Schlaganfalls schnell erkannt.«

»Schlaganfall?«

Annett starrte auf ihren frischgebackenen Ehemann, der kraftvoll und rhythmisch auf den Brustkorb ihres Vaters drückte. Vermutlich würde er ihm eine Rippe brechen, aber das war das geringste der Probleme, die ihr Vater hinterher haben würde. Bei Herzdruckmassagen kam es beinahe zwangsläufig zu Rippenbrüchen, auch bei Profis. Karsten hatte ihr davon erzählt.

Komisch, was ihr für Gedanken durch den Kopf gingen.

»Jetzt mach doch was!«, schrie ihre Mutter plötzlich schrill in die Stille hinein, und als hätte sie damit einen Startschuss gegeben, wurde auf einmal die gesamte Hochzeitsgesellschaft unruhig.

»Rainer!«

Hanni riss sich aus den Armen von Hiltrud und warf sich neben ihren Mann und ihren Schwiegersohn auf den Boden. Hilflos rüttelte sie an den leblosen Armen, während Hiltrud sie wieder nach oben ziehen wollte.

»Komm, Hanni. Das bringt nichts. Die mobile Ambulanz muss jeden Moment da sein.«

Tante Lisbeth und Karstens Arbeitskollege fassten ihr unter die Achseln und zogen sie nach oben, doch Hanni versuchte, sich des Zugriffs zu erwehren. Verzweifelt wand sie sich in seinen Armen, doch sie ließen nicht locker.

»Das ist mein Mann! Mein Mann stirbt! Rainer, hör auf damit, mach doch die Augen auf! Du kannst nicht gehen. Nicht jetzt! Lass mich nicht allein! Wir wollen doch Michi suchen, sie wird bald kommen, du wirst schon sehen!«

Karstens Bewegungen wurden hektischer, sein Gesicht war vor Anstrengung gerötet und schweißnass. Drücken. Drücken. Drücken. Wieder und wieder und wieder.

»Rainer!«

Hannis Stimme wurde immer schriller, und Martin war es mittlerweile gelungen, sie auf einen Stuhl zu setzen und ihr ein Glas Mineralwasser anzubieten.

»Setz dich bitte auch hin.«

Annett hörte kaum, was Sabine sagte und ließ sich bereitwillig neben der Kaffeetafel nieder. Ihre Freundin goss ihr einen Kaffee ein und hielt ihr die goldgeränderte Tasse entgegen.

»Ein Kirschlikör oder ein Weinbrand wäre besser, aber das geht ja nun nicht«, erklärte sie mit einem Blick auf Annetts Bauch. »Also trinkst du jetzt einen schwarzen Kaffee. Espresso aus Italien haben wir ja keinen.«

Annett nahm die Tasse entgegen und verbrühte sich prompt die Finger an dem heißen Getränk. Der Kaffee brannte auf der Zunge und hinterließ ein pelziges Gefühl, aber es half. Sie fühlte sich endlich wieder Herrin ihrer Sinne, anwesend im Raum. Und erfasste das Geschehen auf nüchterne und brutale Weise.

»Hier entlang!«

Nadja und Tante Lisbeth, ihre Mutter, dirigierten den eingetroffenen Notarzt zu Rainer und Karsten, der wie aus einer Trance erwacht schien. Sein Blick glitt fragend und hilflos durch den Raum, erfasste Rainer vor sich auf dem Boden, den Notarzt in der neonfarbenen Weste, der ihn schon längst untersuchte, assistiert von einem blonden, pickligen Jüngling, der unerwartet routiniert reagierte.

Karsten stand auf und kam auf sie zu, vor Erschöpfung wankend und mit vor Schweiß feuchten Haaren.

»Annett«, murmelte er, Tränen füllten seine geröteten Augen, und er ließ sich auf den Boden vor ihr fallen. Kniend umfasste er ihre Oberschenkel und drückte den Kopf gegen ihren Bauch. Vorsichtig und gleichzeitig verzweifelt.

»Es tut mir leid. Es tut mir so leid«, schluchzte er und Annett spürte, wie ihr Kleid feucht wurde. Ob von seinen Tränen oder dem Schweiß, konnte sie nicht erkennen. Als sie ihre Arme um seinen Kopf schlang, tropften ihre Tränen auf ihre Hände. Tränen, die sie gar nicht gespürt hatte.

Nur wenige Minuten später trugen die Fahrer der schnellen medizinischen Hilfe den leblosen Körper ihres Vaters in den Krankenwagen und fuhren ihn mit Blaulicht ins Krankenhaus. Sein Kollaps und Karstens Rettungsversuche hatten nur wenige Minuten gedauert, aber Annett waren die Ereignisse vorgekommen wie eine halbe Stunde oder länger.

Hanni hatte eine Beruhigungsspritze bekommen, und sie selbst sollte wegen ihres schwangeren Zustandes ebenfalls ins Krankenhaus fahren, doch sie hatte abgewiegelt und war auf der Feier geblieben.

»Es geht mir gut. Das Baby ist munter und strampelt, ich spüre es«, hatte sie lapidar mitgeteilt und dabei beschützend ihren Bauch umfasst. »Außerdem ist das hier meine Hochzeit.«

Als ob das irgendwas erklären würde. An eine ausgelassene Feier war jedenfalls nicht mehr zu denken.

Das Personal des Lokals hatte mit Nadja Rücksprache gehalten, und nun standen die Kuchen auf einer Art Büffet-Tisch. Zwei Kellnerinnen in schwarz-weißer Kleidung teilten die Kuchenstücke auf die Teller aus und boten den geschockten Anwesenden eine gehörige Portion Zucker und Kohlenhydrate an. Den meisten Gästen war der Appetit vergangen, aber die Kuchenteller in den Händen gaben Halt, und nach und nach kam wieder vorsichtiges Leben in die Hochzeitsgesellschaft.

Nur die Hochzeitstorte blieb unangetastet.

»Es tut mir so leid, Liebes. So etwas sollte keine Braut an ihrem besonderen Tag erleben müssen.«

Tante Lisbeth, resolut wie immer, hatte ihr einen Teller mit Bienenstich in die Hand gedrückt.

»Meinst du, er wird es überleben?«

Die Frage hatte schon die ganze Zeit auf ihrer Zunge gelegen, aber sie hatte sich bisher nicht getraut, sie zu stellen. Als könnte sie das Unaussprechliche verhindern, wenn sie nicht darüber sprach.

Lisbeth kniff kurz die Lippen zusammen, für den Bruchteil einer Sekunde nur, dann fasste sie sich wieder und schenkte ihrer Nichte ein mühsames Lächeln.

»Mein Bruder ist ein Kämpfer. Das war er schon immer. Erinnerst du dich noch an seinen Autounfall? Die Ärzte hatten ihm gesagt, dass er nie wieder ohne Probleme würde laufen können. Und was machte Rainer? Pfiff auf den Rat der Ärzte und lief einfach los. Er schafft das, Liebes. Mach dir keine Sorgen.«

»Mein Vater kämpft nicht mehr. Seit Michi weg ist. Sie hat ihm das Herz gebrochen und es ist nie wieder geheilt. Er verbringt Tag für Tag damit, auf sie zu warten. Michi war immer sein Liebling.«

Der Bienenstich war weich und pappig, aber die Süße tat ihr gut.

»Ich glaube, dass es ihm schon den ganzen Tag nicht gut ging. Aber immer, wenn ich ihn darauf angesprochen habe, ist er ausgewichen und hat sein unechtes Lächeln aufgelegt. Als ob ich das nicht schon vor Jahren durchschaut hätte.«

»Ach, Annett«, warf Tante Lisbeth ein, doch sie sprach nicht weiter. Was hätte sie auch erwidern sollen?

»Ich glaube, dass er immer davon geträumt hat, Michi als stolzer Brautvater zum Standesamt zu führen und bei ihrem Ja-Wort dabei zu sein. Und jetzt ist sie nicht einmal zu meiner Hochzeit gekommen.«

Sie stopfte sich das nächste Stück Bienenstich in den Mund, um die Worte zu stoppen, die da so unkontrolliert aus ihr hervorbrachen. Doch sie ließen sich nicht aufhalten. Die Schleusen waren geöffnet, und so ein dickes Stück Kuchen war kaum in der Lage, sie wieder zu schließen.

»Wir haben eine Anzeige in der Zeitung geschaltet, in der Hoffnung, dass Michi sie liest. Oder irgendjemand, der ihr nahesteht. Selbst heute Morgen hat Mutti noch einmal beim Roten Kreuz angerufen, ob sie etwas von Michi wüssten. Nichts. Sie meldet sich einfach nicht. Weißt du eigentlich, wie sehr es meine Eltern schmerzt, dass Michi nicht aufzufinden ist? Alle Welt redet von der Wiedervereinigung, von einem gemeinsamen Deutschland, von Reisefreiheit, Devisen und der D-Mark, von offenen Märkten und dem Wunsch, einmal die Alpen zu sehen oder einen BMW zu fahren. Und meine Eltern? Haben nichts anders im Kopf als Michi!«

Sie klammerte die Kuchengabel so fest, dass es schmerzte. Das Baby in ihrem Bauch trat ihr gegen die Rippen, doch dafür hatte sie gerade keinen Sinn.

»ICH heirate heute! Ich war die ganze Zeit da, ich habe ihnen nie Ärger gemacht, ich habe es klaglos akzeptiert, dass ich nicht studieren durfte. Ich habe mich unsichtbar gemacht, um sie nicht auch noch zu belasten. Aber hat es sich gelohnt? Nein!«

Tante Lisbeth legte ihr besänftigend die Hand auf den Unterarm, doch Annett schüttelte sie ab.

»Als ich ihnen von meiner Schwangerschaft erzählte, fragte sich Mutti sofort, ob Michi wohl auch schon Kinder hätte. Und sogar heute, an meiner Hochzeit, dreht es sich wieder nur um sie. Es geht immer nur um sie! Und während Michi mir meine Hochzeit inmitten von Schnee und Eis verdirbt, liegt sie vermutlich irgendwo in der Karibik und lässt sich mit Palmwedeln Luft zufächeln. Ich hasse sie!«

Annett knallte den Teller auf den Büffet-Tisch, raffte ihr langes weißes Kleid und rannte nach draußen. Sie hörte, wie Karsten hinter ihr hereilen wollte, doch Lisbeth hielt ihn zurück.

»Lass sie«, hörte sie ihre Tante sagen. »Die frische Luft tut ihr gut.«

Nach dem Kaffeetrinken ging die Feier langsam zu Ende. Niemand hatte unter den gegebenen Umständen Lust auf Musik und Tanz. Hanni war mit ihrer Schwägerin Lisbeth ins Krankenhaus gefahren und Karsten hatte sich alle Mühe gegeben, den Schock mit reichlich Bier zu überwinden.

Annett war mit Sabine nach Hause gefahren. Zuerst half sie ihr aus dem geliehenen Kleid, später saß sie mit ihr auf dem Sofa und vertilgte die pastellfarbene Zucker-Dekoration der Hochzeitstorte. Nadja hatte für Karsten ein Taxi gerufen und den Fahrer gebeten, ihm für ein ordentliches Trinkgeld ins Haus zu helfen.

Auch wenn es in ihrer Gegenwart niemand aussprechen wollte: Vati würde nicht mehr aufwachen. Die Aufregungen der Hochzeitsvorbereitungen hatten sein schwaches Herz extrem belastet, und die Erkenntnis, dass seine geliebte Tochter Michaela an diesem besonderen Tag nicht bei ihnen sein würde, war zuviel gewesen.

KAPITEL 21

»Frau Klafeld!«

Kaum hatte Nike das Mutter-Kind Heim betreten, erklang auch schon die Stimme ihrer Chefin. Nach einem Stoßseufzer betrat sie das Büro der Petermann.

»Guten Morgen, Frau Petermann«, grüßte sie so neutral wie möglich. Aber das süffisante Grinsen sprach Bände.

»Wird das jetzt öfter vorkommen, dass Sie ungefragt Urlaub nehmen?«

Die Petermann erhob sich nicht einmal von ihrem Bürostuhl, sondern tat, als würde Nike sie bei einer überaus wichtigen Arbeit stören.

»Ein privater Notfall machte es nötig, ein paar Überstunden abzubauen.«

Nike lehnte sich mit verschränkten Armen gegen den Türrahmen. Sie hoffte, damit souveräner zu wirken, als sie sich fühlte. Sie war hier, um mit den Mädchen und deren Kindern zu arbeiten. Allein das war schon aufreibend genug, darüber hinaus brauchte sie nicht noch Stress mit ihrer Chefin.

Als sie sah, wie die Petermann nach Luft schnappen wollte, fügte sie hinzu: »Ich habe vorher sichergestellt, dass jemand im Haus war. Zu keiner Zeit bestand hier irgendeine Gefahr.«

»Trotzdem«, begann die Leiterin, doch Nike zuckte nur mit den Schultern.

»Schreiben Sie ruhig einen Vermerk, wenn es Ihnen danach besser geht.«

Beim Verlassen des Büros ballte Nike ihre Hände zu Fäusten. Sie sollte sich von der Petermann nicht so provozieren lassen. Gleichzeitig merkte sie, wie unwohl sie sich hier fühlte. Die Arbeit mit den Bewohnerinnen machte ihr Spaß, sie wusste, dass sie hier etwas Gutes tat. Dass sie eine wichtige Funktion für die Mädchen hatte und ihnen helfen konnte, ein selbstbestimmtes Leben zu führen.

Der gestrige Besuch auf der Wartburg hatte eine Gedankenkaskade ausgelöst, die ihr das Arbeiten hier im Heim immer unmöglicher machte. Je länger sie darüber nachdachte, desto klarer wurde die Entscheidung: Sie würde gehen.

Am liebsten würde sie der Petermann direkt ihre Kündigung auf den Schreibtisch klatschen, aber sie nahm sich zurück. Das war unsouverän, und den Triumph wollte sie ihrer Chefin nicht gönnen. Dann lieber ein wohlüberlegtes Schreiben, in dem sie ihre Gründe darlegte. Schließlich würde auch Herr Doktor Winnemuth die Kündigung lesen, und der durfte gerne mal an seiner langjährigen Duzfreundin zweifeln.

Am liebsten würde sie sich erneut einen halben Tag Urlaub nehmen, aber das ging natürlich nicht. Immer wieder dachte sie an ihren Besuch bei Hedi. Besonders die Geschichte von Uwe ging ihr nah. Wie verzweifelt musste ein Mensch sein, der in die kalten Fluten sprang und seinen Tod riskierte, um einer ausweglosen Situation zu entfliehen? Das überstieg ihr Vorstellungsvermögen.

Auch an Annett und Karsten dachte sie. Vielleicht war es ihnen ähnlich ergangen wie Erika, Hedis Friseurin. Jahrelang hatte sie geglaubt, ihrem Sohn wäre die Flucht geglückt. Dabei hatten Grenzsoldaten seine Leiche irgendwo verscharrt oder anderweitig unauffindbar gemacht.

Sie holte ihr Handy aus der Tasche und wählte die Nummer, die sie von Jost Wagner erhalten hatte.

LEIPZIG, 26. AUGUST 2019

Das Telefon klingelte.

»Kathleen, geh mal bitte dran!«

Annett rieb die Hände aneinander, um den klebrigen Hefeteig zu entfernen.

Doch Kathleen schien weder sie noch das Telefon zu hören, also nahm Annett ein altes Küchentuch und wischte ihre Hände daran ab. Leise Verwünschungen vor sich her murmelnd ging sie in den Flur und nahm das Telefonat entgegen.

»Ja, Koschwitz.«

Der Teig blieb am Hörer kleben und Annett ärgerte sich mal wieder über ihre Tochter. Wahrscheinlich saß ihre Jüngste mit ihrem Handy auf dem Bett und hatte die Ohrstöpsel eingesteckt. Kein Wunder, dass sie das Telefon nicht hörte.

»Guten Tag, Frau Koschwitz. Hier ist Nike Klafeld aus Siegen. Darf ich Sie für einen kurzen Moment stören?«

»Wenn Sie mir ein Abo verkaufen wollen: Nein. Ich kaufe grundsätzlich nichts am Telefon.«

Annett wollte schon auflegen, doch die Frau am anderen Ende sprach einfach weiter.

»Ich rufe wegen Michaela an.«

Annett erstarrte. Hatte sie das jetzt wirklich gehört, oder spielten ihre Sinne ihr einen Streich?

»Frau Koschwitz? Sind Sie noch da?«

Annett nickte. Der Hefeteig an ihren Händen hatte kleine Röllchen gebildet, die sie zwischen ihren Fingern hin und her schob.

»Ja«, murmelte sie. »Ja, ich bin noch dran.«

Annett umklammerte schmerzhaft den Telefonhörer.

»Rufen Sie wegen meiner Schwester an?« Sie hörte die Frau am anderen Ende ausatmen und redete schnell weiter. »Kennen Sie Michi? Sind Sie mit ihr befreundet?«

Konnte es tatsächlich wahr sein? Gab es endlich eine Spur zu Michi? Lebte sie? Nach all der Zeit?

Ein völlig neuer Gedanke kam ihr.

»Wir haben seit Jahren nichts mehr von ihr gehört. Ist sie krank? Meldet sie sich deswegen nicht bei uns? Weil sie gar nicht kann?«

Wäre nicht dieses Knacken im Hörer, sie würde glauben, die Frau hätte aufgelegt.

»Würden Sie mir über ihre Schwester erzählen?«, erklang die vorsichtige Stimme.

Annett schluckte.

»Sie wissen gar nichts über Michi?«

Die Frau am anderen Ende blieb still. Als müsste sie erst überlegen, was sie sagen sollte. Annetts Sinne, jahrelang geschult, um Unvorhergesehenes rechtzeitig ahnen zu können, schlugen Alarm. Eine Freundin von Michaela könnte ihr eine Antwort geben und müsste nicht um Worte ringen. Schließlich hatte sie doch bei ihr angerufen.

»Leider nicht.«

Annett fühlte sich mit einem Mal kraftlos. Als hätte die Frau mit ihrem Anruf in einen Luftballon gestochen, aus dem jetzt langsam die Luft entwich. Ihre Beine wurden schwach, Annett setzte sich auf den Fußboden. Mitten zwischen die Hefekrümel. Doch sie merkte es kaum.

»Ich habe die Seiten eines alten Tagebuchs gefunden und mich auf die Suche nach der Verfasserin gemacht. So bin ich über verschiedene Umwege an Ihre Telefonnummer gekommen.«

Wäre ihre Hand nicht so klebrig vom Teig, hätte sie das Telefon fallen lassen. Das war ja wohl ein schlechter Scherz! Von wegen, altes Tagebuch! Wahrscheinlich war sie nur eine von diesen Pressefuzzis, die eine tolle Story zum Verwursten suchen. Nee, nicht mit ihr!

»Und das soll ich Ihnen glauben?«

»Mutti, was ist los?«

Kathleen stand plötzlich im Flur, die dicken Kopfhörer um den Nacken gehängt und mit vor Entsetzen aufgerissenen Augen.

»Nichts. Du kannst wieder in dein Zimmer gehen.«

Annett wollte aufstehen, doch ihre Hände zitterten so stark, dass sie sich nicht darauf abstützen konnte.

»Entschuldigen Sie bitte, falls ich Sie verletzt habe. Das war nicht meine Absicht.«

Die Stimme der Frau klang leicht zerknirscht. Als meinte sie ernst, was sie sagte.

»Wie heißen Sie noch gleich? Und woher kommen Sie?«

Sie wollte sich nicht in die Ecke drängen lassen, wollte die Kontrolle über das Gespräch erlangen.

»Mein Name ist Nike Klafeld. Ich rufe aus Siegen in Nordrhein-Westfalen an. Das Tagebuch steckte in einem alten Bunker, in dem alten Probenraum meiner Band. Wir haben es bei unserer Abriss-Party gefunden.«

Worte und Ton wirkten echt, nicht gespielt. Gab es also wirklich eine Spur zu Michi?

»Ich hoffe sehr, dass Sie keine Scherze mit mir machen.« Ein leichtes Zittern schlich sich in ihre Stimme. »Wir haben seit fast fünfundreißig Jahren nichts mehr von meiner Schwester gehört. Was glauben Sie wohl, wie viele Tränen wir für sie schon vergossen haben? Wie viel Schmerz uns der Verlust schon verursacht hat?«

Das Zittern wurde stärker, griff auf ihren Körper über. »Mein Vater ist am Kummer gestorben!«, schrie sie ins Telefon. Der Hörer in ihrer Hand zitterte, ihr ganzer Leib bebte, in ihrem Hals hatte sich ein Kloß festgesetzt. Sie musste ihre Stimme an diesem Klumpen vorbeipressen, damit sie ihr nicht komplett versagte. »Ich komme klar. Sagen Sie mir einfach die Wahrheit. Ich kann es ertragen. Wenn Michi tot ist, dann haben wir zumindest endlich Gewissheit. Sie können sich überhaupt nicht vorstellen, was wir seit Michis Verschwinden durchgemacht haben. Was es für uns als Familie bedeutet hat, die Tochter und Schwester zu verlieren. Sagen Sie es einfach.«

»Mutti?« Kathleen stand erneut vor ihr und starrte sie an. »Kann ich dir irgendwie helfen? Soll ich Vati auf dem Handy anrufen?«

Annett schüttelte den Kopf und schob ihre Tochter ins Wohnzimmer. Mit dem Zeigefinger wies sie auf das Sofa und gab Kathleen zu verstehen, dass sie sich setzen und den Mund halten sollte.

Sie ging zurück in den Flur.

»Ich kann Ihnen leider nichts zum Verbleib Ihrer Schwester sagen«, hörte sie die sanfte Stimme.

»Vielleicht können wir gemeinsam eine Lösung finden?«

»Von wann ist das Tagebuch?«

»Vermutlich aus den Achtziger Jahren.«

Annett spürte, wie ihr Gesicht kalt wurde und an Spannkraft verlor.

»So alt?«, murmelte sie. »Michi verschwand 1984. Sie hat uns einen Brief hinterlassen, in dem sie bat, dass wir sie vergessen sollten. Danach haben wir nie wieder etwas von ihr gehört.«

Tränen stiegen ihr in die Augen, doch sie wischte sie unwirsch weg.

»Haben Sie mit Michi gesprochen? Oder sie zumindest gesehen?«

Annetts Stimme entglitt ihr, wurde hoch und schrill. Es fiel ihr auf, aber sie konnte es nicht ändern. Als wäre ihr Mund plötzlich autonom und nicht mit dem Rest des Körpers verbunden.

»Leider nein«, kam es aus dem Hörer. »Ich habe nur das Tagebuch.«

Annett hatte das Gefühl, völlig neben sich zu stehen und sich wie in einem Film beim Telefonieren zu beobachten. Das konnte doch alles gar nicht wahr sein!

»Meine Schwester ist aus der DDR geflüchtet, wir haben jede Spur zu ihr verloren. Nach der Grenzöffnung haben wir sie wie besessen gesucht, haben alles Mögliche veranlasst, aber sie blieb verschwunden. Dafür gab es im Grunde nur zwei Erklärungen: Entweder wollte sie keinen Kontakt zu uns aufnehmen, oder sie konnte nicht.«

Sie versuchte, den Kloß in ihrem Hals zu ignorieren, um nicht an der Erinnerung zu ersticken.

»Von der Polizei erhielten wir übrigens keine Hilfe. Weder von der Vopo noch von der West-Polizei. Bei den einen mussten wir aufpassen, nicht zur Zielscheibe von Repressalien zu werden, bei den anderen waren wir nur arme, verblendete Ossis.«

Annett dachte an die abschätzigen Blicke der Nachbarn, die Fragen der Lehrer, die Verhöre.

»Wir haben in den ersten Jahren versucht, so unauffällig wie möglich zu leben. Aber das ging einfach nicht. Es ging nicht! Michi wurde natürlich vermisst, sie hat ja studiert, hatte Freunde, Kommilitonen und Professoren, die nach ihr gefragt haben. Es war teilweise ein Spießrutenlauf, das können Sie sich nicht vorstellen!«

Sie schloss kurz die Augen, schob die aufkommenden Bilder aber wieder beiseite. Das war vorbei!

»Klar, die Zahlen der Ausreisewilligen waren in den Achtziger Jahren stark angestiegen, es wollten immer mehr Leute rüber. Aber Michi war ja nicht ausgereist, sie war eine Republikflüchtige und hatte damit eine Straftat begangen. Darauf stand Gefängnis«, fügte sie mit bitterer Stimme hinzu. »Wir wurden teilweise wie Aussätzige behandelt, andere haben uns hinter vorgehaltener Hand dafür verantwortlich gemacht und der Mitwisserschaft beschuldigt. Wir waren die Familie einer Republikflüchtigen, und dass wir nichts wussten, hat uns kaum jemand geglaubt.«

»Es muss furchtbar für Sie gewesen sein«, erklang die mitfühlende Stimme. »Und nach der Wende? Haben Sie da nach Ihrer Schwester gesucht?«

»Natürlich.« Annett lachte auf. »Nur deshalb haben Sie uns ja in diesem Suchregister finden können. Ich wusste ehrlich gesagt gar nicht mehr, dass das Register noch aktiv ist.«

Die ersten Monate waren noch voller Hoffnung gewesen. Vielleicht war Michi im Ausland, vielleicht wusste sie nichts vom Wegzug ihrer Familie aus Grünau, vielleicht hatte sie auch persönliche Gründe, sich nicht zu melden. Es gab tausend Möglichkeiten, die Wahrheit zu ignorieren. Doch irgendwann war ihnen klargeworden, dass Michi sich gemeldet hätte, wenn sie könnte. Selbst bei ihrem Freiheitsdrang und möglicher Angst vor Repressalien durch den Staat hätte sie ihnen irgendeine Nachricht zukommen lassen. Schließlich waren sie im Guten auseinandergegangen. Michi hatte sie verlassen, um in einem anderen Land in Freiheit leben zu können.

Daran hatte Annett sich zumindest immer festgehalten.

Irgendwann hatte es für sie nur noch eine Gewissheit gegeben: Michi war tot. Annett hatte geglaubt, damit abgeschlossen zu haben. Doch dieser Anruf brachte jetzt alles durcheinander.

»Und niemand hat Ihnen helfen können? Keine Institution, keine private oder öffentliche Stelle? Das stelle ich mir furchtbar vor.«

Annett schluckte.

»Wissen Sie, es wäre leichter gewesen, wenn es wenigstens eine Leiche gäbe. Dann hätten wir Gewissheit und ein Grab gehabt und damit eine Stelle, wo wir Michi besuchen können. Vor allem für meine Eltern wäre das wichtig gewesen. Aber bis heute gibt es keine Leiche. Niemand konnte uns helfen, auch die Polizei nicht.«

»Ihre Schwester wurde nie gefunden?«, fragte die Anruferin vorsichtig.

»Nein. Gegen den Willen meiner Mutter habe ich mich an die Polizei gewandt. Die haben ein Register mit unbekannten und nicht identifizierten Leichen gehabt. Sie sind auch der einen oder anderen Sache nachgegangen, doch nichts wies auf Michi hin. Gar nichts. Als wäre sie vom Erdboden verschluckt.«

Sie hatte ihrer Mutter nichts davon erzählt, aber auf einer Familienfeier war es ihr herausgerutscht. In der Folge hatte sich die Hoffnung ihrer Mutter auf ein Wiedersehen verstärkt und eine Auseinandersetzung mit dem Unvermeidlichen erschwert, wenn nicht gar verhindert.

Jetzt gab es nach fünfunddreißig Jahren endlich eine Spur zu Michaela – und gleichzeitig keine.

»Wie kommt ihr Tagebuch nach Siegen? Ich habe vorher noch nie von dem Ort gehört, auch Michi hat meines Wissens nie darüber gesprochen.«

»Wir könnten es gemeinsam herausfinden«, bot Nike Klafeld an.

»Sie möchten mir helfen? Warum?«

Die Anruferin erzählte etwas von verstorbenen Geschwistern und Zusammenhalt, aber es erreichte sie kaum.

»Ich überlege es mir. Zuerst möchte ich das Tagebuch gern selber lesen. Würden Sie es mir bitte schicken?«

»Selbstverständlich.«

Sie gab der Frau ihre Adresse und legte auf.

Nach dem Telefonat schlurfte Annett in die Küche.

Stand nicht irgendwo noch eine Flasche Sanddornlikör herum? Ein Mitbringsel ihrer Freundin Sabine vom letzten Urlaub auf Rügen.

Obwohl sie genau wusste, dass Annett gar keinen Alkohol trank.

»Vielleicht findest du mal eine Gelegenheit zum Genießen«, hatte sie lachend gesagt und Annett die Flasche in die Hand gedrückt.

Mit Genuss hatte das hier allerdings wenig zu tun. Annett öffnete den Verschluss und goss sich einen ordentlichen Schluck in ein Wasserglas. Ohne abzusetzen, trank sie den orangefarbenen Likör und bekam einen Hustenanfall. Vornübergebeugt stützte sie sich auf dem Küchentisch ab und hustete, bis es schmerzte. Tränen rannen ihre Wangen hinab, kraftlos ließ sie sich auf die Eckbank plumpsen. Der ungewohnte Alkohol brannte im Mund und im Magen und löste Brechreiz aus. Außerdem wurden ihre Wangen heiß, die Finger begannen zu kribbeln.

»Mutti! Jetzt reicht es aber mal!« Kathleen stand in der Küchentür, die Fäuste in die Hüfte gestemmt, und sah sie mit einer Mischung aus Sorge und Unverständnis an. »Ist irgendwas mit Vati? Du musst es mir sagen!«

»Mit Karsten ist alles in Ordnung.« Ihre Stimme klang abgehackt und verwaschen zugleich. Als würde ihre Zunge ihr nicht mehr gehorchen. »Es geht um meine Schwester. Um Michaela.«

»Was ist mit ihr? Hast du etwas von ihr gehört?«

Kathleen setzte sich zu ihr auf die Küchenbank und nahm Annetts Hand in ihre. Diese kleine Geste ließ alle Dämme brechen. Annett heulte Rotz und Wasser. Das anfängliche Schluchzen ging in ein lautes Heulen über, ihr Zwerchfell schnappte über, der Körper zitterte unkontrolliert. Ihre Tochter strich ihr zuerst hilflos über die Hand, dann legte sie ihren Arm um Annetts Schultern.

Annett heulte und heulte. Fünfunddreißig Jahre Trauer, Angst, Verzweiflung und Wut brachen aus ihr heraus. Sie wusste nicht, wie lange sie so auf der Küchenbank gesessen hatten. Erst als Kathleen aufstand und ein Glas Wasser vor ihr auf den Tisch stellte, kam Annett wieder im Hier und Heute an.

»Danke«, schluchzte sie und trank einen Schluck. »Tut mir leid. Ich hätte mich nicht so gehen lassen sollen.«

»Nein«, antwortete ihre Tochter und sah sie lächelnd an. »Du hättest schon viel früher weinen sollen. Weinen befreit.«

Beinahe hätte sie schon wieder losgeheult. Wie recht Kathleen doch hatte!

»Du hast dich fast ein ganzes Leben lang damit gequält. Magst du mir erzählen, was das für ein Anruf war?«

Annett trank einen Schluck Wasser. Ihr war leicht schwindelig, sie hätte den Likör vorsichtiger trinken sollen.

»Jemand aus dem Westen hat angerufen. Aus Nordrhein-Westfalen. Den Namen habe ich vergessen. Jedenfalls sagte die Frau, sie habe ein Tagebuch gefunden, das wahrscheinlich Michaela gehört.«

Kathleen zog die Brauen hoch. »Wirklich? Nach so langer Zeit?«

Annett nickte.

»Woher hat sie es?«

»Das weiß ich nicht. Ich habe nicht danach gefragt. Ich war so durcheinander, mir sind nicht mal die einfachsten Fragen eingefallen.«

Annett seufzte und ließ sich nach hinten fallen. Sie lehnte den Kopf gegen die Wand und starrte zur Decke.

Eine Fliege krabbelte über die Tapete, als wäre nichts geschehen. Als wäre dies hier ein Tag wie jeder andere. Dabei würde nichts mehr so sein, wie es vorher war. Eine neue Zeitrechnung hatte begonnen: Ab jetzt würden sie alle Ereignisse nur in vor dem Anruf und nach dem Anruf einteilen. So wie es ein *vor Michis Verschwinden* und *nach Michis Verschwinden* gab.

»Was wirst du mit dem Tagebuch machen? Lesen?«

Kathleens Frage war so naheliegend, trotzdem hatte Annett noch nicht darüber nachgedacht. Würde sie Michis Tagebuch lesen? Was, wenn darin Intimes stand oder geheime Gedanken?

Sie zuckte ratlos mit den Schultern.

»Ich habe keine Ahnung. Vielleicht lege ich es einfach in die Kiste auf dem Dachboden, in der auch die anderen Sachen von Michi liegen. Denn der Inhalt ist ja nicht für mich bestimmt.«

»Aber die Anruferin wird es doch auch gelesen haben. Sonst wüsste sie ja nichts von dir.«

»Du hast recht.« Sie sah Kathleen an, ohne sie wirklich wahrzunehmen. »Vielleicht erfahre ich ja sogar etwas über ihren Verbleib.«

Kathleen nickte, das Kinn in die Hände gestützt. »Wenn das Tagebuch die Jahrzehnte überdauert hat, ist es doch quasi ein Wink des Schicksals, das es dir nun in die Hände spielt. Oder hast du Angst, etwas zu lesen, das du gar nicht wissen möchtest?«

»Ach, weißt du was?« Annett sah ihre Tochter an und lächelte. »Ich werde es lesen. Und zwar so schnell wie möglich. Ich werde Karsten anrufen, mir für morgen einen Tag Urlaub nehmen und nach Siegen fahren. Ich will nicht einfach nur das Tagebuch haben, ich will wissen, wo Michi da war. Wer weiß, was die Frau mir noch alles verraten kann.«

Sie fühlte sich plötzlich so voller Energie, so stark und beinahe euphorisch, dass sie regelrecht tänzelte.

»Das ist eine gute Idee«, antwortete Kathleen nach einigem Zögern. »Es ist wichtig für dich.«

»Ja! Und deshalb werde ich nach Siegen fahren!«

Mit schweißnassen Händen nahm sie den Telefonhörer und suchte in der Anruferliste die Siegener Nummer. Nach wenigen Sekunden wurde am anderen Ende abgehoben und Annett kündigte ihren Besuch an.

KAPITEL 22

»Du hast wirklich die Schwester der Tagebuchschreiberin ausfindig gemacht?«

Lukas hob anerkennend die Augenbraue und räumte die Kleidung in den Schrank, aus dessen oberster Schublade Nike ein helles Trägerkleid holte.

»Das ist letztendlich das Ergebnis meines Besuchs bei Hedi in Eisenach. Ohne sie und ihren ehemaligen Nachbarn hätte ich sie vermutlich nie gefunden.«

Lukas drehte sich zu ihr um, wollte etwas sagen, doch Nike hob abwehrend die Hände.

»Das ist keine Rechtfertigung. Mag sein, dass bei uns nicht eingebrochen worden wäre, wenn jemand zu Hause gewesen wäre. Dennoch weiß ich, dass diese Fahrt der richtige Schritt war. Und wenn das Ganze nur dazu dient, der Familie ein letztes Lebenszeichen ihrer vermissten Tochter und Schwester zu überreichen.«

Der Einbruch hing wie Nebel über ihren Köpfen. Immer war er da, tauchte alles in ein graues Licht, aber trotzdem sprachen sie kaum darüber. Dabei war das so wichtig, dafür musste man keine diplomierte Psychologin sein.

»Was ist denn nun mit der Schwester?«, fragte Lukas, ohne auf das Thema einzugehen. Das hatte er wahrlich oft genug angesprochen. »Weißt du jetzt mehr über sie?«

Nike zog T-Shirt und Jeans aus und schlüpfte in das knielange Kleid. Lukas' Blick musterte sie kurz, dann widmete er sich wieder dem Wäschekorb.

»Michaela Wolff ist 1984 verschwunden, vermutlich in den Westen geflüchtet. Danach verliert sich jede Spur. Es gibt nicht einmal eine Leiche, und es besteht tatsächlich die Möglichkeit, dass das Tagebuch, oder zumindest die Schnipsel davon, das letzte Lebenszeichen von ihr sind.«

»Okay«, Lukas stellte den halbvollen Korb aufs Bett. »Jetzt hast du mich. Was sagt die Polizei dazu?«

»Soweit ich weiß, nichts. Abgleiche mit irgendwelchen Registern haben laut Annett Koschwitz nichts gebracht.«

»Es kommt selten vor, dass jemand spurlos verschwindet, dass sich auch nach Jahrzehnten keine Lösung findet. Entweder liegt ein Verbrechen vor, oder die Person ist untergetaucht - im Ausland oder mit einer neuen Identität. Immerhin ist es möglich, dass Michaela Wolff einen bestimmten Grund hatte, die DDR zu verlassen.«

»Ich habe mit Nesrin darüber gesprochen, wir haben ein bisschen herumgesponnen. Wir haben sogar überlegt, dass sie eine Agentin oder ein Spitzel gewesen sein könnte. Aber nach allem, was ich bisher weiß, ist sie mit unbekanntem Ziel geflüchtet.«

Lukas zuckte mit den Schultern. »Sie wird Helfer gehabt haben, das kann man ja kaum alleine bewältigen.«

»Das habe ich mir auch gedacht. Aber ich habe keinen Hinweis darauf gefunden, auch ihre Schwester hat keine Idee. Möglich, dass sie mit einer neuen Identität in den Westen gebracht wurde – aber ist das realistisch? Dafür müsste sie doch irgendwas gemacht haben! Das kann ich mir irgendwie kaum vorstellen.«

»Und sie hätte sich in all den Jahren heimlich bei ihrer Familie, zumindest aber ihrer Schwester, melden können«, fügte Lukas hinzu.

»Verstehst du jetzt, dass mich das Thema so verfolgt?«

Nike ging ins Wohnzimmer, um für den anstehenden Besuch ein wenig Ordnung zu schaffen. Lukas folgte ihr und blieb im Türrahmen stehen.

»Ich ging davon aus, dass es sich bei dem Tagebuch um die Verliebtheiten eines Teenagers handelt. Von einem Verbrechen oder einer politisch motivierten Straftat hast du nie gesprochen.«

»Das war aus den Textschnipseln auch nicht ersichtlich. Erst der Anruf bei ihrer Schwester hat das gesamte Ereignis in ein anderes Licht gerückt.«

»Na ja, die Kollegen sind dem Ganzen ja sicherlich nachgegangen. Gibt es eine Todeserklärung?«

Nike schob sich an ihm vorbei, um die Kaffee- und Teevorräte zu überprüfen. Gut möglich, dass sie viel davon brauchen würden.

»Das weiß ich nicht.«

Sie holte zwei Packungen Kekse aus dem Vorratsschrank und richtete sie auf einem Teller her.

»Sie kommt in etwa einer Stunde. Dann kannst du sie fragen.«

Lukas blickte auf die Uhr.

»Schade, dann muss ich längst im Büro sein. Ruckersfeld hat mal wieder eine seiner Sitzungen einberufen.«

Er verdrehte die Augen und gab Nike einen kurzen Kuss.

»Aber ich wünsche euch beiden trotzdem einen erfolgreichen Nachmittag. Da gibt es sicher viel zu erzählen.«

Mit diesen Worten verabschiedete er sich und Nike hörte, wie er die Garage öffnete, um sein neues E-Bike zu holen und in die Dienststelle zu fahren, die nur drei Kilometer entfernt lag.

LEIPZIG, 27. AUGUST 2019

Der Koffer war schnell gepackt. Annett wollte nur eine Nacht in Siegen bleiben, mehr Urlaub hatte sie so spontan ohnehin nicht bekommen.

Doch bevor sie losfuhr, musste sie noch etwas erledigen, das sie schon seit Jahrzehnten vor sich herschob: Michis Kiste auf dem Dachboden.

Sie stand hinten in der Ecke, weit weg von der Tür, aber frei zugänglich. Als ihre Mutter vor zwanzig Jahren in die neue Wohnung zog und den alten Hausstand auflöste, hatte Annett den großen Karton an sich genommen. Sie versprach, darauf aufzupassen, hatte aber nie reingeguckt. Doch in all den Jahren hatte sie die Kiste nie verstellt, sie war immer frei zugänglich gewesen. Ganz so, als könnte Michi jederzeit spontan vorbeikommen und ihre Sachen abholen.

Mit heftigem Herzklopfen saß Annett vor dem braunen Umzugskarton, das Klebeband war längst vertrocknet, die Deckelklappen standen ab. Sie musste ihre Hände regelrecht zwingen, den Deckel zu öffnen.

Sie zog die Pappe mit beiden Händen auseinander, ungewiss, was sie in der Kiste vorfinden würde – und plötzlich starrte ihr Michi entgegen.

Im ersten Moment wirkte das Foto so echt, als wäre es erst gestern gemacht worden. Michi lachte, die blonden Haare hatte sie zu einem lockeren Pferdeschwanz zusammengebunden, der Pony hing fransig über ihren Augen. An ihren Ohren baumelten rote Kunststoffsterne, die Schminke war für heutige Verhältnisse zu stark aufgetragen und zu bunt. Darüber konnte auch das vergilbte Fotopapier nicht hinwegtäuschen. Annetts Finger krampften sich um das Bild, verknickten es beinahe, und erst als eine Träne auf das Foto tropfte, merkte Annett, dass sie weinte.

Erinnerungen fluteten sie - an ihre gemeinsame Zeit, an ihre Kindheit in Grünau, an Vati und an eine Welt, in der noch alles in Ordnung war. Doch nichts davon war mehr da. Michi war seit Jahrzehnten verschollen, Vati tot, die Erinnerungen verblasst. Nicht einmal der Staat, in dem sie damals lebten, existierte heute noch.

Und jetzt lachte ihr Michi entgegen. Das Foto war auf einem Schulfest entstanden, im Hintergrund erkannte man das Gebäude und Grüppchen von Jugendlichen. Es musste um 1983 herum entstanden sein, als Michi etwa achtzehn gewesen war. Nur ein Jahr älter als Kathleen jetzt. Ob sie damals schon geahnt hatte, dass ihr Leben anders verlaufen würde als das ihrer Freundinnen?

Vorsichtig legte sie das Bild beiseite und nahm die anderen Dinge aus der Kiste: Babysöckchen von Michi, Postkarten vom Balaton und aus der Tschechoslowakei, eine Kette mit einem kleinen Herzen und ein paar Babyfotos. Sie waren schwarz-weiß, Michi ein pummeliger Säugling und ihre Eltern mit der typischen Kleidung der sechziger Jahre. Auf dem Boden der Kiste lag ein Buch. Annett musste es erst gar nicht öffnen, um es als Tagebuch zu erkennen. Schon das zweite, auf das sie heute stieß.

Bis auf Foto und Tagebuch legte sie alle Sachen zurück in die Kiste, verschloss sie und schob sie wieder in ihre

Ecke. Ob ihre Mutter jemals das Tagebuch gelesen hatte? Sie öffnete es, um das Bild hinein zu legen. Es tat weh, Michi so fröhlich und strahlend zu sehen. Das Grauen, das sie die ersten Jahre lang verspürt hatte, drohte wieder aufzutauchen. Aber sie hielt sich an der Hoffnung fest, ihre große Schwester doch noch einmal wiederzusehen. So unwahrscheinlich das auch sein mochte.

Obwohl es erst fünf Uhr morgens war, war die Autobahn vollgestopft mit Lkws. Die rechte Fahrspur war nicht zu benutzen, so hielt sich Annett links und ließ sich vom Radio bedudeln. Die Landschaft rauschte an ihr vorbei, und sie bemerkte ihr Vorwärtskommen nur dann, wenn sie den Radiosender wechseln musste. Sie ließ Naumburg, Jena, Erfurt und Eisenach hinter sich und hielt erstmals bei Kirchheim in Hessen an. Doch nach einem schlechten Frühstück in einem Schnellimbiss und einem lauwarmen Kaffee wurde sie wieder unruhig und fuhr weiter. Die Aussicht, im Laufe des Tages etwas Neues über Michi zu erfahren, trieb sie vorwärts.

Kurz nach zehn erreichte sie Siegen.

Die Stadt lag tief unter der Autobahn in einem lang gezogenen Tal, umgeben von dicht bewachsenen grünen Hügeln. So, als wollte sie sich dazwischen verstecken. Annetts Herz schlug so heftig, dass ihre Hände zitterten und sie kaum das Lenkrad kontrollieren konnte. Die Anspannung, die sie seit gestern empfand und die schlaflose Nacht machten sich bemerkbar. Gleichzeitig fühlte sie sich wie unter einer Überdosis Koffein.

»Fast fünfunddreißig Jahre«, murmelte sie und verließ die Autobahn. Im Radio lief *»Neverending Story«*, ein uralter

Song von *Limahl*, und eine sonderbare Euphorie machte sich in ihr breit. Michi wäre jetzt dreiundfünfzig Jahre alt, hätte in wenigen Tagen Geburtstag. Was sie in der Zwischenzeit alles erlebt hatte? Damals, in der DDR, wollte sie reisen, egal wohin. Der sozialistische Staat mit seinen engen Grenzen war definitiv nichts für sie gewesen. Michi brauchte ihre Freiheit.

Was Freiheit wirklich bedeutete, welch kostbares Gut sie war, hatte sie selbst erst nach Öffnung der Grenzen begriffen. Als sie endlich reisen konnte, wohin sie wollte. Sie konnte Karsten und die Kinder einfach ins Auto packen und in die Alpen fahren oder nach Holland ans Meer. Ihre drei Kinder hatten ganz anders aufwachsen können als sie selbst und Michi. Ihre eigene Jugend hatte in Grenzen, Vorgaben und Produktionszielen festgesteckt. Die Bahnen, in denen sich ihr Leben bewegen würde, standen von Anfang an fest, und sie hatte nie hinterfragt, ob all das zu ihr passte. Im Gegensatz zu Michi.

Ihre große Schwester war immer unangepasst gewesen und gleichzeitig ihr Vorbild. Und nebenbei hatte Michi auf diese Weise auch die Rollen festgeschrieben. Michi war die Große, die Aufmüpfige, die Freiheitsliebende. Und sie, Annett, war die kleine Schwester, die ihren Eltern niemals Ärger bereitete. Erst recht nicht, nachdem Michi verschwand. Sie hatte sich hinter der Rolle der braven jüngeren Tochter versteckt und versucht, ihren Eltern nicht noch mehr Kummer zu bereiten. Dass ihre eigene Entwicklung darunter gelitten haben könnte, diese Erkenntnis war ihr erst vor etwa zehn Jahren gekommen.

Um sich mit Nike Klafeld zu treffen, musste sie sich in Richtung Universität orientieren. Sie hatte sie zu sich nach

Hause eingeladen und ihr sogar ein Bett angeboten, aber Annett hatte sich in einem Hotel eingebucht. Falls sie Abstand brauchte, würde sie einfach gehen können, ohne sich rechtfertigen zu müssen.

Den Gedanken, dass sie Michi gar nicht finden würden, schob sie beiseite.

KAPITEL 23

Nike hörte ein Auto, das erst langsam bergauf fuhr und dann von oberhalb ihres Hauses wieder nach unten. Vor ihrem Haus hielt es an, eine Tür schlug zu, kurz darauf klingelte es an der Haustür.

»Hallo, Frau Koschwitz!«

Annett Koschwitz war mit etwa einem Meter fünfundsechzig deutlich kleiner als Nike, hatte leichtes Übergewicht und unauffälliges, hellbraunes, kurzes Haar. Sie schob nervös ihre Brille zurecht, ehe sie Nike mit einem Lächeln die Hand reichte. Man konnte ihr die Aufregung und Unsicherheit deutlich ansehen.

»Herzlich willkommen in Siegen. Ich hoffe, Sie hatten eine gute Fahrt!«

»Ja, danke«, erwiderte Annett Koschwitz und sah sich um. Sie musterte den kleinen Hof vor dem Haus, den wilden Wein, der die Pergola neben dem Eingang überwucherte und die Rosen, die trotz Nikes halbherziger Zuwendung rot blühten.

»Sie haben es sehr hübsch hier.«

»Danke. Aber kommen Sie erst mal herein.«

Während Annett Koschwitz ihre Tasche abstellte und die Jacke auszog, musterte Nike sie unauffällig. Ob sich die beiden Schwestern ähnlich sahen?

Sie nahmen im Wohnzimmer Platz und Nike schenkte ein Glas Wasser ein.

Annett Koschwitz kam ohne Umschweife auf ihr Anliegen zu sprechen.

»Das Tagebuch. Zeigen Sie es mir bitte?«

»Selbstverständlich.«

Nike stand auf und holte die Blätter vom Fernsehtisch. Annett Koschwitz' Hände zitterten, als sie die wenigen, teilweise zusammengeklebten Seiten entgegennahm. Enttäuschung breitete sich auf ihrem Gesicht aus.

»Mehr ist es nicht? Irgendwie habe ich etwas anderes erwartet.«

Sie schluckte. Bevor sie die Blätter durchsah, biss sie sich auf die Unterlippe.

Nike stand auf, um ihre Besucherin alleine zu lassen. Sie wollte sie nicht durch ihre Anwesenheit unter Druck setzen. Dennoch blieb sie in Rufweite in der Küche und wusch das Gemüse für den Salat. Im Wohnzimmer war es still, nur das gelegentliche Rascheln des Papiers war zu hören.

Es fühlte sich unwirklich an, plötzlich eine reale Person vor sich zu haben. Eine, die mit der Geschichte auf den Seiten verwoben war und dennoch nicht in ihrem Mittelpunkt stand.

Die Dielen im Wohnzimmer knackten, als Annett Koschwitz in die Küche kam.

»Danke, Nike. Es ist doch okay, wenn wir uns duzen? Immerhin sind wir in gewisser Weise durch meine Schwester verbunden.«

»Klar!« Nike legte das Gemüse beiseite und trocknete ihre Hände ab.

»Ich wusste nicht genau, was ich mir wünschen sollte«, begann Annett. »Da war einerseits die Hoffnung, mehr von Michi zu erfahren, so irrational sie auch sein mochte. Andererseits eine Art Gewissheit dass das Tagebuch gar nicht Michi gehörte. Wir hatten so lange nichts von ihr gehört, dass ich mich damit abgefunden hatte, dass sie nicht mehr lebt. Wieso sollte dann plötzlich ein Tagebuch von ihr auftauchen?«

Sie hatte die Brille abgezogen und wischte sich mit dem Handrücken über die Augen, doch Nike entdeckte keine Tränen.

»Und als dann dein Anruf gestern kam, schöpfte ich auf einmal wieder Hoffnung. Vielleicht gab es doch eine Erklärung für alles.« Sie seufzte und zog die Brille wieder auf. »Ein klein wenig hoffte ich auch, dass diese Seiten gar nicht von Michi stammten. Dass es irgendein Zufall war. Doch du hast recht. Ich erkenne Michis Handschrift und auch ihre Art zu schreiben. Sie klang immer ein bisschen altklug, fast intellektuell. Aber das war sie überhaupt nicht. Michi war sehr lebensfroh, aber auch nachdenklich.«

Annett hielt einen Moment inne, ehe sie weitersprach.

»Ihr fiel die Anpassung an das System nicht besonders leicht, aber das hängte sie nicht an die große Glocke. Sie kritisierte selten und nur dezent, aber abends beim Einschlafen sprach sie manchmal klare Worte. Leise nur, und ich verstand damals auch nicht alles. Aber ich habe nie daran gezweifelt, dass sie freiwillig das Land verlassen hatte.«

Annett fuhr sich durch das Haar und nahm erneut ihre Brille ab, nur um sie direkt wieder aufzusetzen.

»Aber im Grunde verstand ich sie nicht wirklich. Ich war Fünfzehn, als sie verschwand. In politischen Themen indoktriniert und unreif, viel mehr mit mir selbst beschäftigt als mit meiner Umwelt. Natürlich sah ich, dass es Ungerechtigkeiten gab, aber sie betrafen mich nicht. Das größte

Unrecht gab es schließlich im Kapitalismus, so hatte ich es von klein auf gelernt.«

Sie lachte hart auf und schüttelte den Kopf.

»Wie dumm ich doch damals war!«

»Du wusstest es nicht besser«, entgegnete Nike. Annett hob hilflos die Schultern, schwieg aber.

Nike füllte den Kaffee nach und ging mit dem Keksteller zurück ins Wohnzimmer.

»Es tut mir wirklich leid, dass ich dir nicht weiterhelfen kann. Die Seiten steckten hinter der Wandverkleidung in unserem Probenraum. Wir haben sie nur zufällig entdeckt, es wäre gut möglich gewesen, dass sie dort noch weitere Jahrzehnte gelegen hätten. Ich habe sie dann an mich genommen, zusammengeklebt und sortiert.«

Annett folgte ihr und setzte sich.

»Diese Seiten sind das erste Lebenszeichen von Michi seit ihrem Abschiedsbrief.« Ihre Hand zitterte, als sie die Blätter vom Tisch nahm. »Endlich haben wir etwas, das wir der Polizei geben können. Aber was auch immer geschehen ist, Michi ist die Flucht in den Westen gelungen.«

Leichter Stolz schwang in ihrer Stimme mit. Sie holte ihre Handtasche aus dem Flur und nahm ein kleines, in eine Plastiktüte verpacktes Päckchen hervor.

»Hier ist ein weiteres Tagebuch von ihr. Es lag Ewigkeiten auf dem Dachboden in einem Karton mit Michis Sachen. Ich habe es nie angerührt, erst nach deinem Anruf habe ich es hervorgeholt.«

In der Tüte steckten drei Fotos.

»Darf ich?«

Nike ging mit den Bildern ans Fenster, um sie im Licht besser betrachten zu können. Die Schwarz-Weiß-Aufnahmen waren tadellos erhalten, das feste Papier wies weder Knicke noch andere Beschädigungen auf. Als wären sie besonders geschützt oder, was Nike für wahrscheinlicher hielt, seit Ewigkeiten nicht betrachtet worden.

Man brauchte nicht viel Fantasie, um die Ähnlichkeit der beiden Schwestern zu erkennen. Auf den Bildern war Michaela schlanker als Annett heute, aber das konnte dem Alter und den unterschiedlichen Lebensgewohnheiten geschuldet sein. Annetts Haar war etwas dunkler als Michaelas Weizenblond, außerdem waren ihre Haare kürzer und leicht gewellt. Doch das Grübchen in der linken Wange hatte sie an der gleichen Stelle wie ihre Schwester und auch das Grün der Augen leuchtete bei beiden stark.

»Dieses Foto hier war von ihrer Abiturfeier.« Annett wies auf das mittlere Bild. »Hier bin ich, rechts von Michi stehen Mutti und Vati.«

»Ihr seht euch aber wirklich ähnlich!«, entfuhr es Nike. »Nur, dass Michaela ein bisschen größer war als du.«

Die beiden Mädchen auf dem Foto waren einander ähnlicher, als sie und Vic sich jemals gesehen hatten. Annett lachte.

»Darauf wurden wir oft angesprochen.«

Ihr Lachen verstummte.

»Dieses Foto ist beim Baden am Kulkwitzer See entstanden, das andere auf dem sechzigsten Geburtstag unserer Großmutter. Michi war damals sechzehn.« Seufzend blickte sie auf die Fotos und schob sie dann zusammen. »Ich weiß nicht, was in ihrem Tagebuch steht. Aber bevor wir zur Polizei gehen, werde ich einen Blick hineinwerfen.«

»Mein Mann ist Polizist«, erwiderte Nike. Annett sah sie mit großen Augen an.

»Dann gibt es also schon Ermittlungen?«, fragte sie mit einem seltsamen Klang in der Stimme.

»Es gab ja erst mal keinen Hinweis darauf, dass dem Ganzen ein Verbrechen zu Grunde liegt«, erklärte Nike. »Letztlich wissen wir das immer noch nicht«, fügte sie hinzu. »Aber wenn du möchtest, werde ich ihn anrufen.«

Annett zögerte, dann gab sie sich einen Ruck.

»Mach ruhig. Ich werde in der Zeit das Tagebuch durchblättern.«

Nike nestelte ihr Handy aus der Hosentasche, schloss die Wohnzimmertür hinter sich und ging in die Küche, um Lukas anzurufen.

»Annett Koschwitz wird heute oder morgen bei euch vorbeikommen, um eine Anzeige aufzugeben. Die Seiten aus unserem Proberaum sind nach fünfunddreißig Jahren der erste und einzige Beweis dafür, dass Michaela Wolff überhaupt im Westen ankam. Sie hat außerdem ein zweites Tagebuch mitgebracht, das zuvor noch niemand gelesen hat. Wir wissen immer noch nicht, was damals passiert ist, wie sie die Grenze überwinden konnte und warum, aber ich denke, das ist ein Fall für euch.«

Lukas schnaufte vernehmlich in den Hörer.

»Wir hätten die Papierschnipsel damals in den Müll werfen sollen«, antwortete er halb im Scherz.

Durch den Hörer vernahm sie ein Rascheln.

»Okay, ihr könnt direkt zu mir kommen, dann nehme ich die Daten auf. Es wäre doch gelacht, wenn wir bei der Polizei nicht mehr herausfinden würden als du mit deinem Alleingang«, fügte er lachend hinzu. Nike konnte sich ein Schmunzeln nicht verkneifen. Sie hatte gewusst, dass mehr hinter diesem Tagebuch steckte!

Während Annett im Wohnzimmer in dem Tagebuch las, bearbeitete Nike das Gemüse für den Salat. Fast war es, als wäre sie allein in der Wohnung.

Es klopfte an der offenen Terrassentür. Ralf stand unschlüssig auf der Terrasse und sah sich suchend um.

»Komm doch rein!« Nike trocknete ihre Hände ab und füllte Wasser in den Wasserkocher. Ihr Nachbar lächelte sie an, doch er wirkte nervös.

»Ich suche Chester. Ist er bei euch?«

Er trat in die Küche, bückte sich und sah unter den Tisch. »Bist du alleine? Ich dachte, ich hätte noch eine zweite Stimme gehört.«

»Nein, ich habe Besuch«, erklärte Nike. Sie blickte auf den Korbsessel im Eingang. Es war einer von Chesters Lieblingsplätzen, wenn nicht gerade ihre Handtasche oder eine Jacke darauf lag. Doch seit dem Einbruch war der Sessel stets leer geblieben. »Eine Bekannte. Aber sie sitzt gerade im Wohnzimmer und ich möchte sie nicht stören.«

Unschlüssig starrte sie auf die Kaffeekanne auf der Spüle.

»Magst du einen Kaffee haben? Ich wollte ohnehin gerade welchen machen. Oder willst du lieber weiter nach Chester suchen?«

»Ach, einen Kaffee nehme ich doch gerne! Chester wird schon irgendwo stecken.«

Ralf schloss die Terrassentür hinter sich und nahm auf einem der Stühle Platz. Nike mahlte die Kaffeebohnen, schüttete sie in die French press und goss das heiße Wasser auf.

»Wann kommt denn dein Hund zu dir?«

Doch ehe Ralf antworten konnte, kam Annett aufgeregt aus dem Wohnzimmer.

»Ich habe was gefunden!«

Sie wedelte mit dem Tagebuch, doch als sie Ralf entdeckte, verharrte sie in der Bewegung und ließ das Buch wieder sinken. Verlegen räusperte sie sich.

»Entschuldigung, ich möchte nicht stören.«

Nike wies mit der Hand auf Ralf.

»Kein Ding. Das ist Ralf Lorey, mein Nachbar. Sein Kater ist mal wieder ausgebüxt.«

»Oh«, erwiderte Annett und sah unschlüssig auf die drei leeren Tassen auf dem Tisch vor Nike. Sie suchte offensichtlich das Gespräch. Nike war kurz versucht, Ralf wieder nach drüben zu schicken. Da er aber wie selbstverständlich am Küchentisch Platz genommen hatte, würde sie ihn eben nach dem Kaffee hinauskomplimentieren. Für Annett blieb noch ausreichend Zeit, da sie erst am nächsten Tag wieder nach Hause fahren wollte.

»Sie sind nicht aus Siegen, oder? Ich habe Sie zumindest noch nie hier gesehen.«

Ralfs Stimme klang unsicher und seine Hände zitterten, als er zuerst Annett und dann Nike Kaffee einschenkte.

»Ich komme aus Leipzig«, erwiderte sie knapp und lächelte nervös. Man sah ihr an, dass ihr etwas unter den Nägeln brannte.

»Wir können gleich nach dem Kaffee noch weiter sprechen.« Nike machte deutlich, dass Ralf nicht mitgemeint war. Er würde die Anspielung schon verstehen.

»Leipzig?«, wandte er sich stattdessen an Annett und faltete seine Hände über dem Tisch. Trotzdem bemerkte Nike das leichte Zittern.

»*Mein Leipzig lob ich mir! Es ist ein Klein-Paris und bildet seine Leute!*«, hob Annett an und fügte lachend hinzu:

»Frei nach Goethe.«

Ralfs Lachen klang aufgesetzt, anders als sonst. Plötzlich verstand Nike: Er flirtete! In all den Jahren ihrer Nachbarschaft hatten sie nicht erfahren können, ob es in Ralfs Leben irgendwann mal eine Frau gegeben hatte. Er war der Prototyp des ewigen Junggesellen, ging aber ganz in der Nachbarschaftshilfe auf. Das schien ihm Geselligkeit genug zu sein. Auch wenn er beim Flirten ein wenig aus der Übung war, so war eindeutig zu erkennen, dass Annett etwas in ihm auslöste.

Nike unterdrückte ein Grinsen und hielt sich schnell die Tasse vor den Mund, damit es nicht auffiel. Doch Ralf achtete überhaupt nicht auf sie, und auch Annett war mit ihren eigenen Gedanken beschäftigt. Sie trug keinen Ring. War sie noch mit Karsten verheiratet? Auf der anderen Seite musste das nichts bedeuten. Nicht alle Verheirateten trugen einen Ehering.

Nike stand kommentarlos auf, um zur Toilette zu gehen. Sie wollte dem kleinen Flirt nicht im Wege stehen. Falls es für Annett doch unangenehm werden sollte, konnte sie ja jederzeit intervenieren.

Als sie zurückkam, saßen die beiden mit den Fotos am Küchentisch. Annett musste sie aus dem Wohnzimmer geholt haben, während Nike sich im Badezimmer Zeit gelassen hatte.

»Sie haben sich kaum verändert«, sagte Ralf und betrachtete die Bilder. Annett sah ihn nicht an. »Das ist meine Schwester«, flüsterte sie. »Doch sie ist vor langer Zeit gestorben.«

»Das tut mir leid«, erwiderte Ralf. Vorsichtig strich er mit dem Finger über eines der Bilder.

Annett kniff die Lippen zusammen, sah ihn nicht an. »Sie können ja nichts dafür.«

Ralfs Lächeln geriet beinahe liebevoll. Annett drückte den Stempel der Cafetiere nach unten und schenkte ihnen Kaffee ein.

»Entschuldigung, aber ich brauche dringend einen Wachmacher«, erklärte sie und schob Nike und Ralf die vollen Tassen zu.

Nike nahm einen Schluck und schenkte sich Milch nach, weil er ihr zu stark geraten war. Sie hätte ihn nicht so lange ziehen lassen sollen.

Ralf geriet ins Plaudern und Nike wünschte sich, er möge endlich gehen und sie mit Annett allein lassen. Aber sie war mittlerweile zu müde, um ihm dies mitzuteilen. Sie saß einfach nur da und hoffte, dass bald Ruhe herrschte und sie sich hinlegen könnte. Ob es unfreundlich war, wenn sie sich aufs Sofa legte? Immerhin war Ralf da und könnte Annett unterhalten. Andererseits war allein der Gedanke, jetzt aufzustehen und ins Wohnzimmer zu gehen, zu viel. Vielleicht reichte es ja, nur kurz den Kopf auf den Tisch zu legen? Danach wäre sie bestimmt wieder fit.

Irgendwo im Hintergrund glaubte sie, ihr Handy klingeln zu hören. Doch ehe sie sich entscheiden konnte, den Anruf anzunehmen, fielen ihr die Augen zu.

KAPITEL 24

Zuerst spürte Nike die Übelkeit.

Ächzend wollte sie sich auf die Seite drehen, doch sie konnte sich kaum bewegen. Der Schmerz im Kopf war schier unerträglich. Heiße Blitze malträtierten ihr Gehirn, sodass sie zu langsam begriff, was hier los war.

Ralf und Annett hatten mit ihr in der Küche am Tisch gesessen und Kaffee getrunken.

Sie erinnerte sich kaum an die Gespräche, sondern nur an die unendliche Müdigkeit, die sie gepackt hatte. Und daran, dass sie nur kurz die Augen schließen wollte.

Jetzt lag sie im Dunkeln, hatte einen ekligen Lappen zwischen den Zähnen, der ihren Mund völlig austrocknete und die Mundwinkel einriss. Ihre Zunge wurde nach unten gedrückt, sprechen war damit unmöglich. Nur grunzende Laute entrangen sich ihrer Kehle. Was war bloß geschehen?

Ihre Hände waren hinter dem Rücken zusammengebunden. Beim Versuch, sie zu bewegen, zog sich ein dünnes Seil oder etwas Ähnliches schmerzhaft über ihren Handgelenken zusammen. Auch die Füße waren an den Knöcheln vermutlich mit einem Kabelbinder verbunden.

Trotz der Sommerhitze war es kühl und roch muffig, sie schien in einem Keller zu liegen. Der Betonboden war grob und kalt und Nike hatte das Gefühl, zu dissoziieren und neben sich zu stehen. Als hätte sich ein Teil ihres Bewusstseins von ihr abgespaltet und beobachtete sie.

Was war überhaupt geschehen?

Und wo, verdammt noch mal, war sie?

Sie zerrte an den Kabelbindern, doch die schnitten ihr nur fester in die Arme. Wie war sie hierher gekommen?

Schwerfällig richtete sie sich auf und versuchte, sich zu orientieren. Nur langsam gewöhnten sich ihre Augen an die Dunkelheit, Schemen wurden sichtbar.

Sie schien sich tatsächlich in einem Keller zu befinden, denn knapp unterhalb der niedrigen Decke sah sie ein vergittertes, schmales Fenster. Obwohl es von außen verhüllt oder zugestellt war, gab es einen winzigen Ritz, durch den ein klein wenig Licht schien. Regale standen an den Wänden, die mit Kisten befüllt waren.

Nike verstand überhaupt nichts. Was war nur geschehen und warum war sie hier eingesperrt?

Dann kam ihr ein böser Verdacht. Der Kaffee!

Nike riss die Augen weiter auf, doch die Dunkelheit blieb.

Jemand musste ihr etwas in das Getränk getan haben!

Aber wer? Und warum?

Sie wollte den Mund öffnen, wollte rufen, doch es ging nicht. Das Stoffstück verhinderte jedes artikulierte Geräusch.

Wenn nur ihr Kopf nicht so schmerzte, könnte sie sich besser konzentrieren.

Denk nach, Nike!

Es gab nur eine Antwort: Annett Koschwitz. Sie hatte sich um den Kaffee gekümmert und hatte ihnen eingeschenkt!

War es möglich, dass sie sich mit ihrer Hartnäckigkeit in Dinge eingemischt hatte, die sie gar nichts angingen? Hatte sie alte Wunden aufgerissen, die längst verheilt waren? Das hätte ihr nicht passieren dürfen! Als Psychologin hätte sie vorsichtiger und bewusster mit der Situation umgehen müssen, statt einfach eine wildfremde Frau aus ihrer selbstgeschaffenen Wohlfühlzone zu zerren und ungewollt mit ihrer Vergangenheit zu konfrontieren!

Stöhnend schloss sie die Augen und ließ den Kopf sinken. Sie dachte an Annetts auffälliges Schweigen, als Nike die Polizei rufen wollte. An ihre Nervosität beim Kaffeetrinken mit Ralf. Das hatte gar nichts mit Ralfs Flirtversuchen zu tun gehabt. Nein! Wahrscheinlich war ihr Ralf einfach in die Quere gekommen und sie hatte nach einem Plan gesucht, wie sie ihn wieder loswerden konnte. Und sie gleich mit!

Vermutlich wusste niemand, wo sie jetzt war. Nicht einmal Lukas!

Der Gedanke daran jagte ihr kalte Schauer über Rücken und Arme.

Was wusste sie über Annett Koschwitz?

Nur, dass ihre Schwester vor über fünfunddreißig Jahren auf unerklärliche Weise verschwand. War es möglich, dass Annett mehr über den Verbleib ihrer Schwester wusste, als sie zugab? Nike war einfach voller Selbstverständlichkeit davon ausgegangen, hier etwas Gutes zu tun. Womöglich war Annett nach Siegen gekommen, damit das Geheimnis noch weitere Jahrzehnte ruhen konnte?

Nike schloss die Augen und versuchte, die aufkommende Angst zu kontrollieren.

Wie konnte ihr nur so etwas passieren? Wo war ihre Menschenkenntnis? Annett Koschwitz hatte nett und bodenständig gewirkt, aber ihre Überraschung am Telefon konnte ganz andere Gründe haben, als Nike glaubte: die Angst, ein altes Verbrechen aufzuwühlen und womöglich eine Schuld zu offenbaren.

Wenn sie nur wüsste, was Annett im Wohnzimmer gemacht hatte!

Und vor allem: Was hatte sie ihr in den Kaffee getan? Es musste passiert sein, als sie auf der Toilette war. Und so, dass Ralf es nicht merkte.

Sie stutzte. Ralf!

Ob auch er etwas im Kaffee gehabt hatte? War er ebenfalls ein Opfer geworden?

Zwar konnte sie sich nicht vorstellen, dass die etwas untersetzte Frau ihren Nachbarn so ohne Weiteres außer Gefecht setzen konnte, aber es war ihr schließlich auch bei ihr gelungen. Nike war zwar schlank, aufgrund ihrer Körpergröße von fast einem Meter achtzig aber kein Fliegengewicht.

Aber wo war sie? Wie hatte Annett Koschwitz so schnell ein Gefängnis aufgetan?

Nike legte den Kopf in den Nacken. Es war so einfach! Vor Wut und Enttäuschung biss sie auf den Knebel.

Wenn Annett etwas mit dem Verschwinden ihrer Schwester zu tun hatte, war sie schon einmal in Siegen gewesen. Wer weiß, wie oft. Hatte sie hier einen Unterschlupf oder gar eine Wohnung, in deren Keller sie jetzt lag?

Nike versuchte, sich mit zusammengebundenen Füßen aufzurichten. Es war umständlich, da sie die Arme nicht zu Hilfe nehmen konnte, doch es ging. Mit winzigen Trippelschritten arbeitete sie sich zu der metallenen Tür. Es gab keine Klinke, und ihr Fluch verebbte im Knebel. So ein Mist!

Sie drehte sich um und versuchte, ihre Finger in den schmalen Spalt zwischen Türblatt und Rahmen zu schieben. Vielleicht konnte sie ja die Tür aufdrücken. Vergeblich. Ihre Fingerkuppen fanden keine Lücke, die groß genug war. Kurz überlegte sie, mit der Schulter oder den Ellbogen gegen die Tür zu pochen, unterließ es aber. Es musste einen Grund haben, dass Annett sie betäubt und hier unten eingesperrt hatte. Da wollte sie sie nicht darauf aufmerksam machen, dass sie wach war. Es war selten eine gute Idee, schlafende Hunde zu wecken.

Ihr nächstes Ziel waren die drei Metallregale an der Wand. Nike hoffte, Werkzeug darin zu finden.

01. AUGUST 1984

Mit einem Tag und einer halben Stunde Verspätung kam er am Marktplatz an.

Ich saß auf einer Bank vor dem Stadtschloss, die Straßenbahnen rauschten an mir vorgbei, der Marktplatz vor vollgeparkt mit Autos. Es war so unwahrscheinlich, dass er noch kommen würde, aber es war meine letzte Chance. Ich hatte mir vorgenommen, wieder zurück nach Leipzig zu fahren, wenn er nicht kommt. Ich hätte meinen Eltern und meiner Schwester alles erklärt und gehofft, dass sie noch niemanden informiert hatten.

Aber ich hatte Glück!

In Gedanken hatte ich schon eine Erklärung formuliert, da kam er plötzlich zwischen den parkenden Autos hindurch auf mich zu! In diesem Moment war ich so glücklich, dass mir die ganzen Vorsichtsmaßnahmen beinahe egal waren. Am liebsten wäre ich auf ihn zugerannt, hätte ihn in die Arme genommen und geküsst und gedrückt und nie mehr losgelassen.

Doch ich blieb mit Herzklopfen und zitternden Fingern sitzen und wartete, dass er sich zu mir setzte. Er kam mir ein bisschen kleiner vor als bei unserem letzten Treffen, aber das war total egal. Ich durfte ja kein Foto von ihm haben, musste die Erinnerung an ihn jeden Tag aufs Neue wachhalten. Auch er war aufgeregt, das merkte ich an seiner zittrigen Stimme, als er mich vorsichtig begrüßte.

Auf dem Weg zu seinem Wagen sprachen wir kein Wort, ich versuchte manchmal, ihn leicht zu berühren, traute mich aber nicht. Am liebsten wäre ich ihm um den Hals gefallen, hätte ihn geküsst und an mich gedrückt und für immer festgehalten.

Aber wir wollten ja nicht auffallen.

In einer Nebenstraße stand sein Auto und ich war ziemlich geschockt: Ein weißer Golf! Ich fand das Auto viel zu auffällig: Ein Westauto mit Westkennzeichen!

Aber er versicherte mir, dass das der richtige Weg wäre. Ich glaubte ihm. Aber was blieb mir anderes übrig?

Ich hatte mich so lange auf diesen einen Tag vorbereitet, eigentlich schon seit unserem ersten Treffen und erst recht, als die Idee mit der Flucht in uns reifte. Aber wenn es dann soweit ist, ist es immer anders, als man es sich in seinen Träumen ausmalt. Wir waren beide angespannt und sprachen kaum miteinander. Von der Verliebtheit am Balaton und bei unseren wenigen Treffen in Leipzig war nichts zu spüren. Als ich zu ihm ins Auto stieg, hatte ich für einen kurzen Moment überlegt, einfach wegzulaufen, wieder nach Hause zu gehen und mein ganz normales Leben hier in der DDR zu führen. Aber natürlich habe ich es nicht gemacht. Schließlich ist er extra meinetwegen hergekommen, und auch für ihn war der Weg hierher nicht einfach. Schließlich kann man nicht einfach in die DDR einreisen und junge Frauen mit in den Westen nehmen!

Nach einiger Zeit auf der Landstraße fuhr er in einen Feldweg ein und hielt an. Während er ein Problem mit dem Wagen vortäuschte und bei geöffneter Motorhaube die Maschine anstarrte, zog ich die Lehne der Rückbank nach vorne. So, wie er es mir während der Fahrt mehrmals erklärt hatte. Die Vertiefung, in der ich mich verbergen sollte, war winzig. Ich hätte jedem Entfesselungskünstler Ehre gemacht.

Eigentlich hätte ich vor lauter Aufregung zittern müssen, aber ich war ganz ruhig. So, als wäre es das Normalste der Welt, mich *in einem Westauto zu verstecken. Die Anspannung ließ mich funktionieren wie eine Maschine.*

Mit einem Ruck konnte ich die Sitzbank wieder in ihre ursprüngliche Position bringen. Es stank erbärmlich nach Benzin, verschiedene Metallteile stachen mir in den Rücken und die Oberschenkel und bei jedem Schlagloch fürchtete ich, einfach mit dem Bodenblech auf die Straße zu fallen. Mir tat alles weh und ich verfluchte mich für diese Idee – aber es war zu spät, umzukehren. Ich saß sprichwörtlich in der Falle.

Nach etwa einer Viertelstunde, die sich wie drei Stunden anfühlte, fuhr er langsamer und hielt schließlich an.

Wir hatten die Grenzübergangsstelle erreicht. Ich hörte das Brummen großer Maschinen. Durch die Großbaustelle für die neue GÜST waren die Kontrollen für die Grenzsoldaten schwieriger, hatte er mir erzählt. Täglich bewegten sich Bagger, Lastwagen und anderes schweres Gerät auf dem Todesstreifen, befuhren das Staatsgebiet der BRD und machten den Kontrollbeamten die Arbeit schwer. Selbst wenn die Truppenstärke aufgestockt wurde, war die Grenze an der GÜST Wartha so unsicher wie schon lange nicht mehr. Natürlich sollten solche Informationen nicht zur Bevölkerung durchdringen – trotzdem wussten wir Bescheid. Und die Leute im Westen auch.

Die Minuten, in denen wir die Grenze passierten, waren die schrecklichsten meines bisherigen Lebens. Erst in diesem Moment wurde mir zur Gänze klar, in welche Gefahr wir uns begaben. Wenn die Grenzsoldaten das Auto auseinandernehmen wollten, würden sie mich finden. Plötzlich kamen mir all die Geschichten in den Sinn, die man über Republikflüchtlinge gehört hatte. Erschossen, eingesperrt, von der Bildfläche verschwunden. Niemand wusste, dass ich hier war. Vor lauter Angst kniff ich die Augen zu und krallte meine nassen Hände in die Hosenbeine.

Ich hörte die Stimmen. Zwei Soldaten ließen sich seine Papiere zeigen, gingen um das Auto herum, öffneten den Kofferraum. Ich war mir sicher, dass sich mein Zittern auf das gesamte Fahrzeug übertragen würde. Außerdem war ich kurz davor, mich einzunässen. Dann würde sie spätestens der Geruch auf mich aufmerksam machen.

Die Hunde fielen mir ein. Sie konnten mich riechen! Meine Angst stank so erbärmlich, dass mir selbst schon übel wurde. Die Kofferraumklappe wurde wieder zugeschlagen. Jemand klopfte aufs Autodach, dann ließ er den Motor an. Das war bestimmt das Zeichen, rechts ran zu fahren, damit sie das Auto auseinandernehmen konnten. Ich hatte es befürchtet, der schlimmste Alptraum wurde Wirklichkeit. Und ich war hier eingepfercht zwischen Metallteilen und dem Gestank von Benzin und meiner Angst.

Doch er fuhr nicht rechts ran. Er beschleunigte! Hatten wir es tatsächlich geschafft?

KAPITEL 25

Der raue Betonboden kratzte an ihren Fußsohlen, ihr Kleid war am Oberschenkel aufgerissen. Für einen kurzen Moment fürchtete sie, sexuell angegriffen worden zu sein, doch ihr Körper fühlte sich nicht ungewöhnlich an, wenn man von der Verschnürung und Knebelung absah.

Außerdem dürften Annett Koschwitzs Interessen nicht in diese Richtung gehen, hier ging es um etwas Anderes: um ein Verbrechen in der Vergangenheit.

Die schwarzen Kisten in dem einfachen Blechregal entpuppten sich als Metallkisten mit Hakenverschlüssen. Sie waren nicht mit Vorhängeschlössern gesichert und würden sich mit den Zähnen öffnen lassen – wenn sie nicht geknebelt wäre. Wütend warf sie den Kopf hin und her, doch der Knoten in ihrem Nacken saß fest. Der Knebel lockerte sich kein bisschen. Es war völlig nutzlos, auf dem Lappen herumzukauen, davon wurden nur ihre Zähne stumpf und die Mundwinkel rissen weiter ein.

Sie schloss die Augen und atmete tief durch.

Beruhige dich, Nike. Und denk nach!

Sie drehte sich so, dass sie mit ihren Fingern ein Schloss öffnen konnte. Um den Deckel anzuheben, zog sie ihre verschnürten Arme so weit es ging nach oben. Doch die Kiste war zu groß, der Deckel stieß gegen den darüber liegenden Regalboden. Mit ihren Fingern tastete sie sich nach oben, um in die Kiste hinein zugreifen. Aber auch dafür reichte der Platz nicht. Wenn Sie mit der linken Hand den Deckel oben hielt, konnte sie die Rechte ein klein wenig in die Kiste schieben. Wegen der Verschnürung tasteten ihre Finger allerdings im Nichts. Die Kante des Deckels war scharf und schnitt ihr in die Unterarme. Egal, wie weit sie ihre Hände in die Kiste schob, sie fühlte bloß Leere. Vorsichtig tastete sie an der Innenseite des Deckels entlang, aber auch hier spürte sie nur das kalte Metall.

Langsam zog sie ihre Hände wieder hervor und ließ den Deckel so leise wie möglich zurück auf die Kiste fallen. Dennoch ging ein Scheppern durch den kleinen Kellerraum, dass Nike vor Schreck zusammenzuckte.

Doch nichts geschah, und sie entspannte sich langsam wieder. Waren die Kisten beschriftet und würden ihr Auskunft über den Inhalt geben? Sie trippelte ein Stück zurück, um alles im Blick zu haben.

Drei Regale mit jeweils vier Regalböden befanden sich an der Wand, und auf jedem Brett standen drei Kisten akkurat nebeneinander. Sechsunddreißig Kisten, ohne dass sie etwas über den Inhalt erfahren konnte. Was sammelte Annett darin?

Auf keiner der dunklen Kisten war ein Zettel oder Aufkleber zu sehen. Selbst bei genauerem Hinsehen konnte sie nichts entdecken, nicht einmal eine Beschriftung mit Edding oder Farbe.

Plötzlich hörte Nike ein Geräusch vor der Tür. Hektisch suchte sie bei dem Dämmerlicht nach einer potenziellen Waffe. Doch was würde ihr schon helfen? Ihre Hände waren hinter dem Körper verschnürt, die Fußknöchel so eng aneinandergebunden, dass sie nicht einmal Schritte machen konnte. Da würde ihr auch keine Waffe helfen.

Wenn Sie nur diese verdammten Kabelbinder los wäre!

Nike drehte sich um, versuchte, so schnell wie möglich in die Raummitte zu kommen. Dorthin, wo sie aufgewacht war.

Sie hörte den Schlüssel im Schloss und biss sich vor lauter Anspannung auf die Unterlippe. Mit tiefen Atemzügen versuchte sie, ihr wildes Herzklopfen in den Griff zu bekommen.

Quietschend öffnete sich die Tür, der schmale Lichtstreifen auf dem Betonboden vergrößerte sich langsam, ein langgezogener Schatten war zu sehen. Dann wurde die Tür mit einem Ruck aufgerissen. Nike schloss geblendet die Augen. Instinktiv riss sie die Arme nach oben, ihre linke Schulter knirschte. Der Schmerzensschrei versickerte in dem feuchten Stoff in ihrem Mund.

Sie war auf alles gefasst, sogar auf einen Kampf oder den Einsatz einer Waffe. Doch als sie ihr Gegenüber erblickte, entfuhr ihr ein dumpfes Geräusch. Die Kellertür wurde wieder geschlossen, Dunkelheit breitete sich aus.

»Du bist also wach.«

Nike wollte schreien, doch das Tuch ließ nur unartikulierte Geräusche durch.

Er kam auf sie zu und Nike versuchte, unbemerkt auszuweichen.

»Was ist? Hast du Angst?«

Schnell schüttelte sie den Kopf in der irrationalen Hoffnung, er würde ihre Angst nicht sehen. Gleichzeitig fummelte sie hinter ihrem Rücken mit den Fingern an dem Kabelbinder herum. Aber das war nutzlos. Es hatte vorher nicht funktioniert, in der Hektik ging es noch weniger. Ruckartig riss sie ihr Kinn nach oben, damit er ihr den

Knebel abnahm. Doch er starrte sie nur mit einem seltsam ausdruckslosen Blick an und schüttelte den Kopf.

»Nein, Nike. Wenn ich dir den Knebel abnehme, schreist du. Und die Gefahr, dass dich jemand hört, ist zu groß.«

Noch ein Schritt. Nike schob sich erneut ein Stück nach hinten, dann machte er einen weiteren Schritt. Sie konnte ihn riechen. Saurer Schweiß, den sie noch nie an ihm bemerkt hatte.

Mit einem Kopfschütteln wollte sie ihm zeigen, dass sie nicht schreien würden. Aber er achtete gar nicht darauf und war mit einem großen Schritt bei ihr. Beim Ausweichen wäre Nike beinahe nach hinten gefallen, konnte sich aber an einem Regal abstützen.

Nun stand er direkt vor ihr und starrte ihr ins Gesicht. Nike presste sich gegen die Kisten und wusste, dass sie chancenlos war. Seine Augen flirrten hin und her, er war kaum in der Lage, den Blick zu fokussieren.

»Das hast du jetzt davon«, spie er in ihre Richtung und verteilte übelriechenden Speichel. Sie drehte den Kopf zur Seite, trotzdem spürte sie die Tropfen auf ihrer Wange und der Stirn. Der Ekel drückte ihre Zunge gegen das Stoffstück in ihrem Mund, aber es ließ sich genauso wenig entfernen wie zuvor.

»Na, hast du jetzt Angst? Dir wäre nichts passiert, wenn du nicht in den alten Geschichten herumgeschnüffelt hättest.«

Aber was hast du damit zu tun?, hätte sie am liebsten geschrien.

Irgendetwas passte hier ganz und gar nicht. Wenn Annett ihr etwas in den Kaffee getan hatte, warum war er dann hier? Kannten sie sich womöglich längst? Aber woher?

Und wieso lag sie gefesselt in diesem Keller?

»Ich hätte dich ja gern davon abgebracht, aber das war gar nicht so einfach. Du hast bei deiner überstürzten Fahrt nach *drieben* ja alles mitgenommen.« Er zog das Wort in die Länge, machte sich über den sächsischen Dialekt lustig.

Nike starrte ihn an. Hatte er auf der Suche nach dem Tagebuch in ihrem Kellerbüro herumgeschnüffelt? Sie war fassungslos.

Ihre Bewegungen wurden immer hektischer und zielloser, die Angst machte alles nur schlimmer. Mit einem überheblichen Grinsen musterte er sie. Doch das leichte Zittern eines Mundwinkels verriet seine Unsicherheit. Sie versuchte, gegen den Knebel anzuschreien, doch das schien ihn lediglich zu amüsieren.

»Ich dachte ja, dieses Ereignis endgültig hinter mir gelassen zu haben.« Seine Stimme wurde umso höher, je lauter er wurde. »Und dann schnüffelst du auf einmal hier herum! Kannst du nicht einfach die alten Sachen ruhen lassen? Was bringt es dir denn, das alles noch mal hochzukramen? Und überhaupt: Wie kannst du diese Schwester hier nach Siegen holen? Weißt du eigentlich, wie ähnlich sie sich sehen?«

Er klang flehentlich, und Nike suchte hektisch nach einem Ausweg. Aber es gab keinen. Hinter ihr war das Regal, vor ihr stand er. Und er benahm sich zunehmend auffällig. Nike atmete tief durch, versuchte aber, ihre Angst nicht zu zeigen. Im Moment war es fraglich, ob er sie überhaupt wahrnahm. Seine Gesichtszüge hatten sich verändert, alles an ihm wirkte unkontrolliert. Gefährlich. Wenn er wirklich eine Frau getötet hatte, würde er es vielleicht noch einmal tun.

Er durfte sich nicht weiter in seine Gefühle steigern, Nike musste ihn beruhigen, wieder ins Hier und Jetzt zurückbringen. Nur wie?

»Sie sieht aus wie Michaela. Meine Michaela!«, wimmerte er. Nike glaubte schon, er würde gleich anfangen zu heulen, doch dann griff er sich in die Haare und zog mit beiden Händen daran. »Diese falsche Schlange! Ausgenutzt hat sie mich! Hat mir Liebe vorgegaukelt, damit ich ihr in den Westen helfe! Und dann hat sie es nicht einmal für nötig gehalten, sich für meinen Einsatz zu bedanken! Was ich alles für sie riskiert habe! Ich wäre in den Knast gegangen, wenn man mich da drüben erwischt hätte. Oder ins Zuchthaus, oder was auch immer die Stasi für Methoden hatte! Ich war der Klassenfeind!«

Sein Gesicht hatte eine ungesunde Röte angenommen, die Augen quollen hervor – Nike war ihm hilflos ausgeliefert! Wo war Annett?

Nike schlug mit den gefesselten Händen gegen eine der Metallkisten. Es schepperte, das konnte sein hysterisches Schreien aber nicht übertönen.

»Dabei wollte ich nur ein bisschen Liebe! Ist das denn zu viel verlangt für meinen Einsatz? Sie hat sich gewunden wie eine Blindschleiche, dabei habe ich wirklich nicht zu fest zugefasst. Es war ein Unfall!«

Er ging vor ihr zu Boden und raufte sich die Haare.

»Ein Unfall! Ich wollte sie doch nicht töten! Nur ein bisschen Angst einjagen. Damit sie weiß, wem sie alles zu verdanken hat!«

Nike ging ein Stück in die Knie und schlug gegen ein Regalbrett. Diesmal schepperte es lauter, aber es war nicht genug. Warum hörte sie denn niemand hier unten?

»Dieses Biest!« Er hob den Kopf und sah ihr in die Augen. »Und dann holst du ihre Schwester hierher!«

Mit den Händen stützte er sich ab, um aufzustehen. Nike hatte nur diese eine Chance. Wenn sie fehlschlug, würde sich sein Zorn gegen sie richten. Dann hätte er nicht nur Michaela Wolff auf dem Gewissen, sondern auch sie.

Sie überlegte nicht lange und schob ihre Fingerspitzen unter die erstbeste Kiste. Doch die ließ sich viel zu leicht anheben. Mist! Sie war nicht schwer genug, um ihn ernsthaft zu verletzen!

Trotzdem schob sie die Hände, soweit es ging, unter die Kiste, hob sie an und bekam die rückwärtige Kante zu greifen. Mit einer einzigen Bewegung zog sie die Kiste aus dem Regal und beugte sich zur Seite. Doch der Schwung war zu groß und sie geriet ins Straucheln, konnte sich aber wegen der verschnürten Hände nirgends halten. Mit einem unbeholfenen Ächzen fiel sie zu Boden und landete so fest auf der Schulter, dass sie vor Schmerzen die Augen schloss.

Ehe sie registrierte, was geschah, fiel das Metallregal mit den zwölf Armeekisten krachend auf den Betonboden. Ihr Bein war eingeklemmt, vor Schmerz sah sie Sterne vor den Augen. Doch sie hatte das Überraschungsmoment auf ihrer Seite: Das Regal begrub ihn unter sich, sein Schreien wurde im metallischen Scheppern übertönt.

Kurz darauf war es still. Nike lauschte auf seinen Atem, konnte ihn jedoch nicht hören. Zu viele Metallkisten lagen auf ihm.

Mit einem unterdrückten Schmerzensschrei zog sie ihr Bein unter dem Regal hervor. Es fühlte sich gebrochen an, doch sie durfte keine Zeit verlieren. Wenn er jetzt aufwachte, war sie fällig.

Es war ihr kaum möglich, aufzustehen, ohne sich abzustützen. Doch die Panik verlieh ihr ungeahnte Fähigkeiten. Mit einem einzigen Kraftakt schob sie sich in die Höhe und watschelte, so schnell es ging, nach rechts und nach links, um zur Tür zu kommen. Soweit sie gesehen hatte, hatte er die Tür nur ins Schloss fallen lassen, aber nicht abgeschlossen. Es dauerte eine gefühlte Ewigkeit, bis sie endlich die Tür erreichte. Mit dem Ellbogen stieß sie die Metalltür auf. Es ging erstaunlich leicht, und sie schob sich nach draußen. Wenn sie nur den Schlüssel hätte, dann könnte sie ihn hinter sich einschließen!

Egal, sie musste jetzt hier weg.

Der Kellerflur war dunkel und sie brauchte einen Moment, um sich an das Dämmerlicht zu gewöhnen. Vermutlich gab es eine Zeitschaltuhr, denn als er in den Kellerraum trat, hatte das Licht gebrannt.

Nun war alles in Dunkelheit gehüllt. Nike blinzelte, um mehr sehen zu können.

Da! Am Ende des Ganges erkannte sie im Grau eine Treppe nach oben!

Sie kämpfte sich mit zusammengebissenen Zähnen nach vorn. Durch die verbundenen Fußgelenke war es kaum möglich, das kaputte Bein nicht zu belasten. Gleichzeitig hoffte sie, dass die Wucht des stürzenden Kellerregals so heftig gewesen war, dass er eine Weile ohnmächtig blieb. Wenigstens so lange, bis sie sich befreit hatte!

Doch kurz vor der Treppe stolperte sie plötzlich und schlug der Länge nach hin. Ohne Arme war es unmöglich, sich abzustützen. Noch im Fallen riss sie unterbewusst ihre Hände nach oben und provozierte damit ein fieses Zerren in den Schultern. Sie sah den Betonboden auf sich zukommen und krümmte sich zusammen, um den Aufprall abzumildern. Trotzdem stieß sie mit der Stirn auf den Kellerboden und kniff die Augen zusammen. Es tat höllisch weh und Blut lief ihr an der Nase entlang. Verdammt!

Hoffentlich hatte sie ihn mit ihrem Krach nicht aufgeweckt. Sie musste weiter, zur Treppe, nach oben!

Wieder versuchte sie, sich aufzurappeln. Die unterste Stufe war zum Greifen nah, wie eine Raupe kämpfte sich Nike nach vorn. Als sie die Treppe endlich erreichte, blickte sie nach oben – und erschrak.

Am oberen Treppenabsatz lauerte ein riesiger, schwarzer Hund.

KAPITEL 26

Ruckersfeld hatte mal wieder zu einer Besprechung über die Brandstiftungen in den stahlverarbeitenden Betrieben geladen. Mittlerweile hatten schon drei Fabrikhallen gebrannt, eine davon war gänzlich zerstört. Es gab zwar viele Hinweise aus der Bevölkerung, aber die entscheidende Spur fehlte.

»Das kann doch nicht unbemerkt bleiben«, raunte Ecki ihm zu. »Auch nicht im Industriegebiet. Da läuft doch Security rum.«

Lukas nickte beiläufig, ohne seinem Kollegen wirklich zuzuhören. Immer wieder ging ihm das Gespräch mit Nike durch den Kopf. Diese Agentengeschichte weckte den kleinen Jungen in ihm, der abenteuerlustig durch den Wald streifte und mit seinem Cousin geheime Botschaften austauschte. War es so abwegig, dass ihr alter Probenraum mehr war als das, was sie in ihm sahen?

»Angeblich gab es einen Erpresserbrief, den die Sekretärin aber versehentlich vernichtet hat. Da steht also erstmal ein riesengroßes Fragezeichen im Raum«, erklärte Ruckersfeld der Runde.

Es wurmte Lukas, dass Nike einem Geheimnis auf die Spur gekommen war, während er selbst desinteressiert und untätig danebengesessen hatte. Schon neulich im Probenraum, spätestens aber, als sie zu Hause mit den Papierschnipseln anfing, hätte er aufmerksam werden müssen.

Aber er war müde gewesen. So unendlich müde. Manchmal fragte er sich, ob er mit knapp vierzig Jahren den Belastungen seines Jobs überhaupt noch gewachsen war. Er war schon froh, dass die Band zurzeit eine Pause machte. Auf regelmäßiges Üben hatte er überhaupt keine Lust. Dann lieber ein paar Wochen oder Monate aussetzen und dann weitermachen, wenn sie alle wieder Bock drauf hatten.

»Für kommenden Dienstag ist eine Krisensitzung in der Siegerlandhalle anberaumt. Da kommen die ganz großen Tiere aus der Stahlverarbeitung«, erklärte Ruckersfeld und sah aus, als hätte er Zahnschmerzen.

»Ich komme gleich wieder«, raunte Lukas seinem Sitznachbarn zu und stand auf. Er verließ so leise wie möglich den Besprechungsraum, ohne eine Reaktion von Ecki oder Ruckersfeld abzuwarten.

Aber er ging nicht wie erwartet zur Toilette, sondern in sein Büro. Dort schloss er die Tür hinter sich und setzte sich an seinen Computer. Es dauerte ein Weilchen, dann hatte er aber die Telefonnummer gefunden, die er brauchte.

»Polizei Siegen, Kriminalkommissar Klafeld am Apparat. Sie müssen sich keine Sorgen machen, ich habe nur eine kurze Frage.«

Er schilderte sein Anliegen und hörte das Kratzen einer Kugelschreibermine durch den Hörer.

»Die Suche wird ein paar Minuten in Anspruch nehmen. Ich melde mich bei Ihnen, sobald ich was habe.«

»Vielen Dank.« Lukas legte auf. Kurz überlegte er, zurück in den Besprechungsraum zu gehen, blieb dann aber in seinem Büro. Er rechnete jederzeit mit dem Anruf und wollte dort nicht schon wieder stören.

Unschlüssig starrte er auf das Telefon, dann holte er sein Handy aus der Tasche, um Nike anzurufen. Sie sollte wissen, dass er sich jetzt endlich kümmerte, dass er ihr Anliegen ernst nahm.

Doch sie hob nicht ab.

KAPITEL 27

Nike starrte den Hund an.

Die Bordeaux-Dogge stand oben auf der Treppe und starrte zurück. Schnell senkte Nike den Blick. Bloß nicht reizen!

»*Na, du bist ja ein Feiner!*«, wisperte sie in Gedanken mit hoher Stimme und hoffte, dass das Tier darauf reagierte. Doch statt einer freundlichen Ansprache quetschte sich nur ein kehliges Gurren an dem Knebel vorbei.

Die Dogge knurrte. Die Angst, die sie umhüllte, konnte sie selbst schon riechen.

»Gggngng ...«, versuchte sie es erneut. *Braver Hund.*

Es war sinnlos. Egal, was sie auch probierte, es kam nicht beim Hund an. Nero war immer ganz aus dem Häuschen gewesen, wenn sie »Nerii« gerufen hatte, weil er das langgezogene I so mochte. Aber Nero war ein kleiner Mischling gewesen und nicht so ein großer, schwarzer, knurrender Hüne. Und Nike war es gefesselt und geknebelt unmöglich, auf die gewohnte Art zu kommunizieren.

Vorsichtig schob sie sich nach vorne und zog die Beine nach, um sich auf die unterste Treppenstufe zu setzen. Die Dogge quittierte ihren Versuch mit einem weiteren Knurren.

Feines Hundi. »Gngng.«

Das Tier fletschte die Zähne. Sein Knurren wirkte im Dämmerlicht doppelt bedrohlich.

Der gesenkte Kopf des Tieres ließ bei Nike sämtliche Alarmglocken schrillen.

»*Feines Tier*«, säuselte sie weiter in das Tuch, obwohl ihr Unterkiefer vor lauter Angst zitterte.

Sie hoffte, dass der Hund ihre Angst nicht bemerkte. Gleichzeitig wusste sie, dass es anders war. Die Dogge konnte ihren Zustand riechen, hören und vermutlich auch sehen.

Aber woher kam der Hund? War das etwa Ralfs neues Haustier?

Hinter sich vernahm sie plötzlich ein Poltern. Mist! Sie blickte zur Kellertür, aber sie war verschlossen. Doch Ralf war aus seiner Ohnmacht erwacht. War er schwer verletzt? Würde er sich von dem Regal befreien können?

Die Dogge knurrte erneut und setzte seine Vorderpfoten auf die erste Treppenstufe. Wegen der breiten Schultern sah er aus wie ein Kampfsportler unter Steroiden. Das Getöse aus dem Kellerraum wurde lauter. Nike zitterte. Sie lag hilflos auf dem kalten Betonboden, Arme und Beine verschnürt, die Stirn blutig, das rechte Bein vermutlich gebrochen. Und über ihr lauerte eine aggressive Dogge, und kein Herrchen war weit und breit zu sehen.

Der Lärm aus dem Keller wurde noch lauter. Es klang, als hätte er das metallene Kellerregal beiseitegeschoben. Der Hund bellte, und Nike zuckte wimmernd zusammen. Sie würde niemals an dem Tier vorbeikommen.

Hinter ihr öffnete sich die Kellertür.

KAPITEL 28

Es dauerte nicht lange, bis der erwartete Anruf kam.

Lukas hob schon beim ersten Klingeln ab, den Kugelschreiber in der Hand und ein Notizblatt vor sich.

»Ich habe die alten Akten aus dem Keller geholt und hoffe, dass Ihnen die Unterlagen weiterhelfen«, erklärte die Mitarbeiterin der Stadtverwaltung. »2007 wurden die Hochbunker in Nordrhein-Westfalen aus der Zivilschutzbindung entlassen. Seither werden sie größtenteils von der Bundesanstalt für Immobilienaufgaben verwaltet und veräußert«, dozierte sie. »Es gibt einen Markt für die riesigen Bauten. Aber auch in den Jahren und Jahrzehnten zuvor haben wir einzelne Bunkerräume an Privatpersonen, Vereine und Initiativen vermietet. Aber das wissen Sie ja vermutlich«, fügte sie nach einer kurzen Pause hinzu.

»Genau.«

Beinahe hätte er hinzugefügt, dass er mit seiner Band selbst einen Raum angemietet hatte. Aber er wollte hier Privates nicht mit Beruflichem mischen. Also behielt er für sich, dass es um seinen ehemaligen Probenraum ging.

»Haben Sie herausfinden können, wer diesen bestimmten Raum im Zeitraum ab 1980 bis zur Veräußerung angemietet hat?«

»Moment bitte.« Er hörte es am anderen Ende blättern und rascheln. »Um welchen Raum genau handelt es sich noch mal?«

»Erste Etage, zweiter Raum auf der rechten Flurseite. Es ist einer der größeren.«

Wieder hörte er es rascheln und schnaufen und musste sich zusammenreißen, sie nicht zu unterbrechen. Wie überholt! Doch dann dachte er an ihre eigene Aktenverwaltung und verdrehte die Augen. Bei der Polizei war es nicht besser.

»Ich glaube, ich habe es«, antwortete sie und Lukas setzte sich aufrecht. »Und?«

»Der letzte Mieter war ein gewisser Robert Neuser aus Weidenau.«

Rob.

»Und davor?«

»Christoph Hornstein.« Ihre Stimme wurde freundlicher. »Das ist ein ehemaliger Nachbar von mir. Er hatte eine Band, sie haben den Raum als Probenraum benutzt. Mein Vorgänger hat ihn vermietet, ich kann mich noch genau erinnern, weil wir darüber gesprochen haben.«

»Wann war das?«

»Von 2008 bis 2016.«

»Das ist der falsche Zeitraum. Wie war es davor?«

Lukas fühlte sich gedrängt und beunruhigt. Eine ungewohnte Nervosität breitete sich in ihm aus. Das hier war eine Schnapsidee. Zeitverschwendung. Stattdessen sollte er zurück in den Besprechungsraum gehen, um Ärger zu vermeiden.

»Der Schützenverein hatte jahrelang diesen Raum gemietet, zusammen mit dem Nachbarraum. Und davor habe ich eine lange Auflistung von Privatpersonen, weil der Raum ziemlich viele Mieterwechsel hatte. Da kommt in fast vierzig Jahren ganz schön was zusammen. Brauchen Sie alle Namen?«

»Ach, wie einfach wäre eine elektronische Liste, die Sie mir schicken könnten«, seufzte Lukas und die Dame am anderen Ende lachte. »Ich könnte Ihnen die Liste faxen.«

Es klopfte an der Tür. Natascha Krüger steckte den Kopf ins Zimmer.

»Hast du mal einen Moment Zeit?«

»Gleich.« Die Kollegin nickte und gab ihm mit einem Zeichen zu verstehen, dass er sie aufsuchen solle. Lukas hob den Daumen.

Die Mitarbeiterin der Stadtverwaltung bat er, die Mieter schnell telefonisch durchzugeben. Er würde sich später darum kümmern. Sie rasselte ihm Namen und Kontaktdaten durch, die so alt waren, dass sie vermutlich gar nicht mehr stimmten. Bei einem Namen stutzte er.

»Können Sie das bitte wiederholen?«

»Gerne. Lorey. Ralf. Mit EY am Ende.« Sie kicherte. »Das bezieht sich natürlich auf Lorey, nicht auf Ralf.«

Lukas sucht in seinem Gedächtnis nach Verknüpfungen. Hatte Ralf ihnen jemals erzählt, dass er ebenfalls einen Bunkerraum gemietet hatte? Er konnte sich nicht erinnern. Wusste er überhaupt, dass *Pigs and Pearls* in dem Bunker geprobt hatten? Ein Gedanke durchzuckte ihn: Ralf hatte ihnen den Tipp mit dem Probenraum gegeben! Daran hatte er überhaupt nicht mehr gedacht.

»Das war übrigens der zweite Mieter, der hier dokumentiert wurde. Vorher war eine Studentenband in dem Raum, soweit ich das erkennen kann. Ich hoffe, Sie können mit der Auflistung etwas anfangen.«

»Ja, vielen Dank. Sie haben mir wirklich weitergeholfen.« Nachdenklich legte er auf.

»Winterberg ist krank, wir brauchen noch einen klaren Kopf«, erklärte Natascha, als er sie in ihrem Büro aufsuchte. Dann sah sie ihn kurz an und stutzte. »Ist irgendwas? Du siehst ziemlich mitgenommen aus.«

Verlegen strich er sich durch die Haare, doch Jörg Lorenz, der ebenfalls an seinem Schreibtisch saß, lachte. »Das hilft bei deinen Locken auch nicht weiter.«

Lukas gelang nur ein gequältes Grinsen.

»Wenn ihr mich braucht, bin ich natürlich dabei. Mit den Bränden im Industriegebiet kommen wir nicht richtig weiter. Da kann ich mich auch an anderer Stelle nützlich machen.«

Sein Handy vibrierte. Malte.

»Hast du eine Ahnung, wo Mama ist? Hier stehen alle Türen offen, ihr Auto ist im Hof, aber ich kann sie weit und breit nicht entdecken.« Die Empörung in seiner Stimme wich leichter Besorgnis. »Ich meine, nach dem Einbruch ist sie doch total vorsichtig geworden«, fügte er leiser hinzu.

»Hast du es auf dem Handy probiert?«

»Das liegt neben der Spüle. Und drei Kaffeetassen stehen hier auch rum.«

»Sie hat Besuch aus Leipzig. Hat sie dir nicht davon erzählt?«

Lukas hatte gedacht, dass Annett Koschwitz alleine käme. Aber so richtig darüber gesprochen hatten sie nicht.

»Ich kann mich nicht erinnern.« Malte wirkte verschlossen. »Eigentlich wollte ich sie fragen, ob sie mich nach Netphen fährt, ich will da beim Training zuschauen. Aber ich hab den Bus verpasst.«

»Tja, da ist wohl nichts zu machen«, antwortete Lukas lapidar. »Dann musst du eben einen späteren Bus nehmen.«

»Das lohnt sich auch nicht mehr. Aber egal, beim nächsten Mal muss ich früher losgehen. Dann bis später!«

Malte legte auf und Lukas starrte sein Handy an.

»Ist alles in Ordnung?«

Natascha sah ihn fragend an. Lukas ließ Maltes Worte sacken. Dann sprang er auf.

»Ich muss weg. Irgendwas stimmt zu Hause nicht.«

Er hörte noch, wie Natascha etwas hinter ihm herrief, doch er verstand sie nicht mehr.

Eilig rannte er zum Treppenhaus, sprang mit wenigen Sätzen die Stufen nach unten und sprintete durch den Hintereingang zum Hof, wo er sein neues E-Bike abgestellt hatte.

Mist! Warum war er nicht mit dem Auto gekommen? Bis er den Haardter Berg nach oben geradelt war, war es vielleicht längst zu spät. Abrupt blieb er vor seinem Rad stehen und schlug sich vor die Stirn.

»Wie kann man nur so doof sein?«, murmelte er und rannte wieder in das Polizeigebäude. Die Leute im Warteraum schauten ihm hinterher, aber das registrierte er kaum.

»Ich brauche einen Streifenwagen!«, rief er in den schmalen Flur hinein, und ehe er sich versah, drückte ihm jemand einen Schlüssel in die Hand.

Kurz überlegte er, das Martinshorn einzuschalten, um freie Fahrt zu haben. Aber er wollte keine unnötige Aufmerksamkeit erzeugen. Er würde so oder so Bericht erstatten müssen. Auch Nike und Malte.

Viel zu schnell fuhr er an der Universität vorbei und musste einmal scharf bremsen, weil eine Studentin den Zebrastreifen überqueren wollte. Er hielt unvermittelt und sie funkelte ihn böse an und ging dann kopfschüttelnd weiter.

Lukas schwitzte.

Vor dem Haus stand ein dunkelblauer Skoda mit Leipziger Kennzeichen, auch Nikes Mini parkte im Hof. Ralfs Einfahrt war leer. Lukas drosselte die Geschwindigkeit und fuhr langsam durch die Straße.

»Schwachsinnsidee«, murmelte er und umfasste das Lenkrad. Wenn er hier mit Blaulicht vorgefahren wäre, hätte das Gerede für die nächsten Wochen gegeben. Er sandte ein Stoßgebet zum Wagenhimmel und bog in den Wendehammer ein.

Vielleicht hatte er ja Glück und niemand hatte seine Solotour bemerkt.

KAPITEL 29

Nike zog die Beine an ihren Körper, um sich so klein wie möglich zu machen. Egal, wie sehr sie an den Armfesseln zog – sie schnitten immer tiefer ins Fleisch, ohne sich auch nur ein kleines Bisschen zu lockern. Die Handgelenke brannten, der Knebel riss ihr die Mundwinkel ein, wenn sie zu schreien versuchte.

Ihr Herz schlug wie wild, Schwindel breitete sich aus. Der kalte Schweiß auf ihrer Haut ließ sie frösteln und Nike versuchte, ihre Atmung zu steuern.

Tief einatmen.

Die metallene Kellertür wurde aufgedrückt.

Halten.

Die Dogge stieg die nächste Stufe hinab.

Langsam ausatmen.

»Wolltest du mich töten?«

Seine Stimme hallte durch den schmalen Gang und Nike schloss die Augen. Über ihr näherte sich der Hund, von hinten kam Ralf angekrochen. Und beide waren bis in die Haarspitzen mit Adrenalin gefüllt.

»Das hätte ich nicht von dir gedacht, Nike.«

Er zog sich am Türrahmen hoch, keuchte vor Schmerz. Nikes Blick irrte von links nach rechts, von Ralf zu der Dogge und zurück.

»Ist das dein Hund?«, wollte sie ihn fragen, doch durch den Knebel kam nur ein dumpfes Brummen.

Sie musste ihn ablenken, aus dem Konzept bringen! Irgendwie Zeit schinden und gleichzeitig einen Plan aushecken. Einen guten, schnellen Plan.

Aber wie?

Der Hund knurrte und nahm die nächste Treppenstufe. Er musste Ralfs Stimme gehört haben. Nur: Die beiden kannten sich kaum. Wie würde er auf sein neues Herrchen reagieren? Und was würde Ralf ihm befehlen?

»Dreißig Jahre lang ging alles gut.«

Mittlerweile hatte er sich aufgerappelt und stützte sich an der Wand ab. Die Blutflecken, die er dabei hinterließ, konnte sie sogar im Dämmerlicht erkennen. Das Blechregal hatte ihn an der Schläfe erwischt.

»Niemand wusste von Michaela. Von uns.«

Seine Schritte waren unsicher, die Sätze presste er zwischen zusammengebissenen Zähnen hervor. Er schien furchtbare Schmerzen zu haben.

»Und es wäre auch noch dreißig Jahre gut gegangen, wenn du nicht herumgeschnüffelt hättest!«

Nike schloss die Augen. Ralf steckte dahinter. Ihr Nachbar, mit dem sie auf Du und Du war, mit dem sie unzählige Abende in harmonischer Eintracht verbracht hatte und dem sie ohne mit der Wimper zu zucken ihr Hab und Gut anvertraut hätte. Ein Nachbar, wie sie ihn sich besser nicht hätten wünschen können. Einer, auf den sie gezählt hatten.

»Du hast versucht, mich umzubringen!«

Seine Stimme war schriller geworden, die Bewegungen hektischer. Nike robbte in die Ecke zwischen dem vergitterten Kellerfenster und der Wand. Wenn er näher kam, könnte sie ihn treten. Mit der Wand im Rücken wäre der Tritt fester.

Und dann?

Ihr Blick suchte die Dogge. Wo war der Hund?

Ihr Herz schlug so heftig, dass sie kaum einen vernünftigen Gedanken fassen konnte. Was war geschehen?

»Ich habe Michaela getötet. Na und? Zuerst lässt sie sich von mir in den Westen schleusen, und dann will sie mir den Dank versagen.«

Die Verachtung in seiner Stimme war beinahe greifbar. Er lehnte sich keuchend gegen die Wand, dann machte er den nächsten Schritt auf sie zu.

Nikes Augen suchten hektisch nach dem Hund. Von oben erklang zuerst ein Poltern, dann ein gedämpftes Bellen.

Gab es eine zweite Person, einen Helfer?

Sie stemmte sich gegen die Wand und versuchte, sich aufzurichten. Sengender Schmerz durchfuhr ihr Bein, und ihr wurde schwarz vor Augen.

»Aber dafür gehe ich nicht in den Knast. Niemals!«

Er spie den Satz regelrecht aus, nun hing er als Drohung in dem langsam kleiner werdenden Bereich zwischen ihnen.

Was sollte sie nur tun? Liegend würde sie ihn treten können, aber das war die schwächste Position ihm gegenüber. Und stehend war sie ihm ebenfalls ausgeliefert. Voller Wut biss sie auf den stinkenden Knebel, bis ihr Kopf schmerzte. Sie brauchte dringend eine Idee!

Von oben erklang erneut das Bellen, diesmal wilder und lauter.

Normalerweise machten ihr Hunde keine Angst. Aber das hier war nicht normal. Sie hatte keine Ahnung, wie die Dogge die Situation hier einschätzte. Und was das Tier dann tat.

Wenn sie doch nur sprechen könnte!

Nike ruckte mit dem Kopf nach oben und zur Seite, aber dieser verdammte Knebel saß einfach zu fest!

»Ich lasse mir von dir nicht mein Leben zerstören. Nicht von dir!«, schrie er mit rauer Stimme. Nike schauderte. Ralf war mittlerweile so in seiner Aggression gefangen, dass sie ihm nichts entgegenhalten konnte. Nicht ohne Worte.

Ralf blieb einen kurzen Moment stehen, als müsste er sich sammeln. Mit jedem Atemzug schien er zu wachsen und stärker zu werden. Er war nur noch etwa drei Meter von ihr entfernt. Das nervtötende Bellen von oben schien ihn noch anzustacheln. Nike presste sich gegen die Kellerwand. Konzentrierte sich auf ihren Körper, die Muskeln, Sehnen und Gelenke. Auch wenn ihre Hände und Füße gefesselt und ihr Mund geknebelt war: Sie würde nicht aufgeben. Würde sich notfalls bis zum Letzten wehren.

Ralf fixierte sie, starrte ihr ins Gesicht und kniff dabei bedrohlich die Augen zusammen.

»Michaela wurde niemals gefunden. Ich habe sie gut versteckt. Und auch dich wird niemand finden, wenn wir das hier hinter uns gebracht haben«, zischte er zwischen den Zähnen hindurch. Sein Grinsen war gehässig.

SIEGEN, 27. AUGUST 2019

Die Dunkelheit war überall. Auf den Augen, in der Nase, im Mund. In den Ohren und auf der Haut. Ihre Arme waren in das Dunkel gehüllt, der Oberkörper wurde davon zusammengedrückt, die Beine eingeklemmt. Auch die Hände waren in der schweren Dunkelheit verschüttet.

Verschüttet!

Annett wollte die Augen aufreißen, doch es ging nicht. Sie konnte sich nicht bewegen, konnte kaum atmen, den Mund nicht öffnen. Erde. Überall war Erde. Sie konnte sie riechen. Schwer und dunkel.

Es dauerte eine Ewigkeit, bis sie endgültig realisierte, wo sie war. Nein! Hilfe!

Panisch versuchte sie, ihren Kopf zu heben, doch es ging nicht. Beim Versuch, den Kopf zur Seite zu drehen, rieselte Erde in ihr rechtes Nasenloch. Sie würde ersticken!

Mit aller Kraft versuchte sie, ihren Körper zu bewegen. Zuerst in die eine, dann in die andere Richtung. Mit den Fingerspitzen kratzte sie an der Erde, bis ihre Hände genug Platz hatten, um eine Faust zu ballen.

Annett sammelte all ihre Konzentration für diesen Augenblick. Spürte ihre Arme und Hände, die Beine und Füße. Ihren Rücken, die Muskeln in den Schultern, die Hüfte.

Jetzt! Mit enormer Kraftanstrengung drückte sie sich nach oben. Ihr Gesicht stieß in die klumpige Erde, es war kalt und feucht. Aber da war noch mehr. Luft!

Sie ließ sich zurückfallen, doch auch die Erde über ihr fiel wieder zurück. Also noch ein zweites Mal alle Kraft sammeln und los!

Beim dritten Versuch durchstieß sie mit der rechten Hand die Erde. So schnell es ging, schaufelte sie den Dreck von ihrem Gesicht, bis sie den Himmel sah und wieder frei atmen konnte. Japsend richtete sie sich auf, festgehalten und zurückgezogen von der klumpigen und feuchten Erde.

Was war geschehen?

In ihrer letzten Erinnerung saß sie mit Nike in der Küche und trank einen Kaffee. Dann war der Nachbar dazugekommen. Kurz darauf war zuerst Nike zur Seite gekippt, dann war auch sie müde geworden und hatte die Augen geschlossen.

Annett sah sich um. Sie saß in einem Erdloch zwischen Fichten und halbhohen Birken. Graues Gestein durchbrach an vielen Stellen die teils staubige, teils feuchte Erde. Bienen summten um sie herum, ein Eichelhäher flog keckernd von Birke zu Birke.

Wo war sie?

Und vor allem: Wer hatte sie hier vergraben? Nike? Nein, das konnte nicht sein. Der Nachbar!

Ihr Kopf schmerzte zum Zerreißen, das linke Auge war zugeschwollen, die rechte Hand tat außerdem weh. Sie musste hier weg!

Annett erhob sich langsam aus der Grube, streifte die feuchte Erde von ihrer Kleidung und versuchte, sich aufzurichten. Der gesamte Körper schien eine einzige Wunde zu sein, der Kopf würde gleich explodieren, der Mund war völlig ausgetrocknet und ihr war speiübel. Trotzdem musste sie so schnell wie möglich hier weg!

Orientierungslos stolperte sie zwischen den Bäumen umher, bis sie einen schmalen Weg entdeckte. Er führte auf den grau-weißen Felsen über ihr. Die nackten Füße boten ihr wackeligen Halt, mühsam erklomm sie das seltsame Gestein. Oben stand sie plötzlich auf einem surrealistisch anmutenden Plateau. Birken und Büsche wuchsen auf moosigem Boden, Trampelpfade gingen kreuz und quer, führten von Abhang zu Abhang. Annett orientierte sich in die andere Richtung, torkelte auf die Bewaldung zu.

Hoffentlich lauerte der verrückte Nachbar nicht dort auf sie!

Was wollte er nur von ihr? Warum hatte er sie betäubt und lebendig in diesem gruseligen Versteck vergraben? Ihr Herz schlug schmerzhaft bis zum Hals, kalte Angst griff nach ihr. Was hatte all das zu bedeuten?

KAPITEL 30

»Ich hätte von Anfang an ahnen können, dass neugierige Nachbarn kein gutes Omen sind. Aber ich habe mich gut mit euch gestellt. So sehr, dass ihr niemals auf die Idee gekommen wärt, dass ich nicht der bin, als den ihr mich seht.«

Er grinste breit und war sichtlich stolz auf seinen klugen Plan. Nike fuhr ein kalter Schauer über den Rücken. Sollte alles nur Fassade gewesen sein? Sie hielt seinem Blick stand, auch wenn sie am liebsten schreien würde.

Plötzlich polterte es abermals in der Wohnung über ihnen. Es klang nach dem Schlagen einer Tür, das Gebell wurde leiser, gedämpft. Lorey sah irritiert nach oben. Erneutes Rumpeln erklang, dann wurde die Kellertür aufgerissen und gelblich-weißes Licht fiel auf die Treppe.

»Polizei! Waffe fallenlassen!«

Lorey zuckte zusammen, sah abwechselnd zur Treppe und zu ihr.

Lukas! Nikes Beine versagten ihren Dienst, sie rutschte an der rauen Kellerwand nach unten. Lukas schaltete das Kellerlicht ein, Nike schloss geblendet die Augen. Mit wenigen Schritten war er im Keller, die Waffe im Anschlag und sicherte den Raum. Sein Blick suchte ihren, Nike nickte schwach.

»Was hast du mit meinem Hund gemacht?«, presste Lorey zwischen den Zähnen hindurch.

»Abgelenkt und eingesperrt. Wir hatten selbst einen, erinnerst du dich? Ich weiß, wie man mit Tieren umgeht.«

Er fischte Kabelbinder aus seiner Jackentasche und trat zu Lorey. Mit einer einzigen Bewegung drehte er ihm den Arm auf den Rücken. Lorey schrie vor Schmerz auf und ging in die Knie. Lukas hielt die Waffe auf ihn gerichtet und band Loreys Handgelenke zusammen. Dann wandte er sich an Nike.

»Kannst du aufstehen?«

Sie nickte und erhob sich mühsam. Doch mit den zusammengebundenen Füßen und den Schmerzen würde sie nur schwer die Stufen hochkommen.

Lukas musterte sie kurz, dann schob er Lorey vor sich her zur Treppe.

»Los, Stufen hoch! Und keine Manöver, die Waffe ist geladen!«

Zur Bestätigung hielt er sie ihm in den Rücken. Lorey schleppte sich nach oben, die Kopfwunde blutete und hinterließ eine dunkle Spur auf dem kalten Beton.

Nike zitterte so stark, dass sie sich kaum auf dem unverletzten Bein halten konnte. Ob nun vor Kälte, Erschöpfung und wegen der Schmerzen vermochte sie nicht zu sagen. Sie könnte zur Treppe robben und dann im Sitzen nach oben steigen. Doch sie entschied sich, zu warten. Lukas würde Verstärkung holen, vielleicht war sie auch schon längst unterwegs. Jemand würde sie hier unten finden und die Fesseln und den Knebel abnehmen. Sie musste nur warten.

Wenig später hörte sie draußen die Martinshörner, kurz darauf kam Lukas zu ihr in den Keller geeilt.

»Nike!«

Er drückte sie an sich, zuckte aber zurück, als sie durch den Knebel gedämpft aufschrie. Mit zitternden Fingern nestelte er an ihrem Hinterkopf, bis er endlich den festsitzenden Knoten gelöst hatte. Als der Druck des Lappens auf ihre Mundwinkel und das Zäpfchen nachließ, hätte sie sich fast übergeben.

»Mein Bein«, flüsterte sie mit rauer Stimme und schluckte, um den widerlichen Geschmack im Mund loszuwerden. »Gebrochen.«

Lukas holte ein Taschenmesser hervor und schnitt die Kabelbinder an ihren Handgelenken und den Knöcheln durch. Die plötzliche Bewegungsfreiheit brachte sie aus dem Gleichgewicht, und sie stürzte nach vorn. Genau in Lukas' Arme.

»Oh mein Gott, Nike«, murmelte er und strich ihr vorsichtig über das Haar.

Ein Rettungssanitäter erschien. Nike wurde von einem Gefühlschaos geflutet. Erleichterung, Angst und Schmerz machten sie schwindelig, sie stand völlig neben sich. Sie registrierte kaum die Erstuntersuchung und die Trage, auf die sie gehoben und aus dem Keller gebracht wurde.

Erst draußen wurden ihre Sinne wieder klar. Mehrere Streifenwagen standen vor ihrem Haus, zwei Krankenwagen warteten mit geöffneten Türen. Lorey war schon auf dem Weg ins Krankenhaus.

»Wo ist Annett Koschwitz?«, fragte Lukas vorsichtig, und Nike erschrak.

»Annett? Ich weiß es nicht! Wir haben zusammen Kaffee getrunken, dann bin ich ohnmächtig geworden und im Keller wieder aufgewacht.«

Sie wollte sich aufsetzen, bei der Suche nach Annett helfen, doch die Sanitäterin drückte sie sanft zurück auf die Liege.

»Wir kümmern uns«, versicherte Lukas und ließ ihre Hand los.

»Warte«, hielt Nike ihn zurück. Sie musste wissen, was hier los war. Warum sie in diesem Keller eingesperrt war und Lorey sie womöglich getötet hätte. Ihr Nachbar Ralf, dem sie vertraut und den sie für einen guten Menschen gehalten hatte.

»Wie hast du mich gefunden?«

»Ich bin deinen Hinweisen nachgegangen. Mit meinen Methoden.« Er zwinkerte sie an, wurde aber gleich wieder ernst. »Lorey hat unseren Proberaum in den Achtzigern gemietet, als es seinem Geschäft noch gut ging und er Lagerplatz brauchte. Davon hatte er uns nie erzählt. Klar, es war nicht wirklich wichtig, aber eigentlich auch nichts, das man verschweigen muss. Dann habe ich versucht, dich anzurufen, aber du gingst nicht ans Handy. Irgendwie fand ich das komisch. Du weißt ja, Ermittlerinstinkt und so.«

Er drückte ihre Hand und lächelte. Nike wollte zurücklächeln, doch die eingerissenen Mundwinkel schmerzten zu sehr.

»Ich habe mir einen Streifenwagen besorgt und bin hier hochgefahren. Doch hier schien alles normal, deshalb fuhr ich wieder. Aber mir ließ einfach keine Ruhe, dass du nicht ans Handy gingst. Zuerst dachte ich, ihr seid vielleicht spazieren, aber ich konnte dieses seltsame Gefühl nicht ablegen. Irgendetwas passte ganz und gar nicht. Also legte ich den Rückwärtsgang ein und fuhr direkt wieder zurück. Genau im richtigen Moment«, fügte er leise hinzu und drückte ihre Hand. Er erwischte die Stelle, an der die Kabelbinder die Haut aufgeschürft hatten, aber Nike biss die Zähne zusammen und ließ es geschehen.

»Aber letzten Endes war es das Hundegebell. Das passte einfach alles nicht zusammen. Loreys Wagen stand nicht in der Einfahrt, dafür bellte aber sein Hund, der eigentlich erst in den nächsten Tagen bei ihm sein sollte. Und du gingst nicht ans Handy, obwohl dein Auto vor unserem Haus stand. Und das von Annett Koschwitz auch.«

»Du hattest den richtigen Instinkt.«

Nike wollte noch mehr sagen, doch Lukas unterbrach sie. »Nein. Ich hätte von Anfang an auf dich hören sollen. Ich hielt es für eine fixe Idee, dachte, du wärst vielleicht gelangweilt und unterfordert und würdest dir ein bisschen Abwechslung suchen. Du hattest den Instinkt, nicht ich.«

»So, jetzt müssen Sie Ihre Ermittlungen verschieben, die Patientin kommt ins Krankenhaus.«

Die Sanitäterin war unerbittlich. Lukas gab ihr einen Kuss auf die Stirn, ehe die Trage angehoben wurde.

»Hallo!«

Eine schwache Stimme erklang hinter ihnen und Nike setzte sich auf. Die Sanitäterin schüttelte den Kopf. »Sie sollten liegen bleiben.«

»Ja«, antwortete Nike und ignorierte sie.

»Frau Koschwitz!« Lukas rannte auf sie zu.

Nike wäre am liebsten ebenfalls aufgesprungen, doch der Tropf an ihrem linken Arm hinderte sie daran.

Annett sah zum Fürchten aus. Aus einer großen Platzwunde an der Schläfe war Blut gesickert, das mittlerweile Krusten gebildet hatte. Das linke Auge war zugeschwollen und blau und sie hielt sich den rechten Arm. In ihren zerzausten Haaren hingen Blätter und kleine Äste, ihre Bluse und die Leinenhose waren völlig verdreckt. Sie sah aus, als hätte sie im Wald gelegen.

»Was ist passiert?«, fragte Lukas.

Annetts Blick streifte Nike, die Erleichterung war ihr deutlich anzusehen.

»Ich weiß nicht«, antwortete sie mit verwaschener Stimme. »Ich glaube, er hat uns was in den Kaffee getan.«

Zwei weitere Rettungssanitäter eilten mit einer Trage zu Annett, die völlig erschöpft darauf niedersank. Die Tür von Nikes Rettungswagen wurde geschlossen, das Fahrzeug setzte sich in Bewegung und Nike schloss die Augen.

»Das Schienbein scheint gebrochen zu sein«, erklärte ein junger Mann, nachdem er vorsichtig ihr Bein abgetastet hatte. »Haben Sie sonst noch Schmerzen?«, fragte er und hielt inne. »Außer den offensichtlichen Verletzungen?«

Nike hob den rechten Arm, um auf die Verwundung durch die Kabelbinder hinzuweisen. Der Sanitäter nickte wissend.

»Ich habe Kopfschmerzen und mir ist unglaublich übel.«

»Das kann am Betäubungsmittel liegen. Die Blutuntersuchung wird uns hoffentlich verraten, worum es sich dabei handelt.«

»Wie geht es Annett? Ist sie schwer verletzt?«

Nike wollte sich aufrichten, doch der Sanitäter drückte sich sanft zurück auf die Liege. »Das wird sich alles klären. Jetzt sind Sie erst mal dran.«

Während sie den Haardter Berg hinab zum Weidenauer Krankenhaus fuhren, wurde Nike von den Bildern aus dem Keller heimgesucht. Die Situation, als sie im Dunkeln erwachte, an Händen und Füßen gefesselt, im Mund den widerwärtigen Knebel. Lorey, der auf sie zukam. Das Getöse, als das Kellerregal mitsamt den Blechkisten auf ihn niederstürzte. Und die große, schwarze Dogge mit dem unsicheren Blick.

03. AUGUST 1984

Freiheit.

Ich habe mir immer vorgestellt, wie sie sich wohl anfühlt. Ob man sie überhaupt fühlen kann, wenn sie alltäglich ist. Wenn man reisen kann, wohin man möchte. Sich nach dem eigenen moralischen Kompass richtet und nicht nach den Fähnlein der anderen. Eine Freiheit ohne Misstrauen, Bespitzelungen, Drangsalierungen und Vorverurteilungen.

Ich bin im Westen.

Doch mein Westen hat keinen Himmel, keine Wiese, keine Straßen und keine Häuser. Mein Westen ist zwanzig Quadratmeter groß, schützt mich mit einem alten Teppich vor der Bodenkälte und dämpft mein Rufen mit Eierkartons an den Wänden.

Mein Westen hat eine Metalltür, die man nur von außen öffnen kann.

Hätte ich es ahnen können?

Ich weiß es nicht. Aber was wusste ich schon? Wir hatten uns im Urlaub kennengelernt, am Balaton. Das Wetter war traumhaft, das Wasser warm, wir waren entspannt und gut gelaunt. Annett hatte sich in einen Typen aus Karl-Marx-Stadt verknallt, der aber nichts von ihr wissen wollte. Mutti und Vati saßen in ihren Liegestühlen vor unserem Zelt und lasen, dösten oder grillten. Und ich traf mich mit ihm am Strand. Zuerst alberten wir nur herum, dann kamen wir uns näher. Aber ich wies ihn ab. Schließlich war ich mit Thomas zusammen und ich würde ihn ganz bestimmt nicht betrügen! Auch nicht mit einem gutaussehenden Westler.

Einen Monat später erhielt ich den ersten Brief aus Siegen. Der zweite kam nur zwei Wochen danach. Und meine Sehnsucht wuchs. Ich wollte zu ihm, ich wollte die Alpen sehen und die Nordsee, wollte Venedig besuchen und den Eiffelturm in Paris. Ich wollte all das, was ich niemals würde haben können.

Als wir uns ein zweites Mal, auf einem Schulausflug, kurz treffen konnten, schmiedeten wir einen Plan. Wir überlegten, wie ich ohne Ausreiseantrag, Wartezeiten und Gängeleien in den Westen kommen könnte.

Und nun bin ich hier, in diesem winzigen Raum, und habe keine Ahnung, wann ich hier rauskomme. Und ob ich überhaupt rauskomme.

Warum bin ich hier? Nur, weil ich seinen Zudringlichkeiten im Auto nicht nachgegeben habe? Ich wollte es langsam angehen, wollte erstmal ankommen, mich orientieren. Und ich fühlte mich so schmutzig nach all den Strapazen. Aber das war ihm egal. Er wurde immer zudringlicher, auf eine ganz unangenehme Weise. Und plötzlich wurde mir klar, dass ich mich in ihm getäuscht hatte. Er war nicht der nette, verliebte, ein bisschen zurückhaltende Mann, als der er sich ausgab.

Er nutzt meine Hilflosigkeit aus, die Tatsache, dass hier niemand von mir weiß. Dass meine Familie denkt, ich werde im Westen gut empfangen und versorgt und deshalb nicht nach mir suchen wird. Weil ich es schließlich so wollte.

Vorsichtshalber verstecke ich die beschriebenen Seiten meines Tagebuchs hinter den Kartons an den Wänden. Ich kann nicht einschätzen, wie er reagiert, wenn er davon erfährt. Mich wundert ohnehin, dass er mir das Büchlein noch gelassen hat.

Vermutlich wird er es mir abnehmen, sobald er es findet. Aber so habe ich wenigstens meine Gedanken gerettet.

Für den Rest habe ich wenig Hoffnung.

KAPITEL 31

Die Luft im Krankenzimmer war zum Schneiden. Die Angehörigen der älteren Dame im Nachbarbett bestanden darauf, die Fenster geschlossen zu halten.

»Sie darf keinen Zug bekommen. Jede weitere Erkältung kann ihren Tod bedeuten.«

Nike wollte sich auf keine Diskussion einlassen und schwieg. Sie hatten im Schwesternzimmer angeregt, dass sie doch die beiden Betten tauschen könnten. Wenn Nike den Fensterplatz hätte, bekäme ihre Zimmernachbarin auch keinen Zug. Aber da war sie auf taube Ohren gestoßen und hatte resigniert.

Nachdem ihr Bein geröntgt, geschient und die oberflächlichen Wunden behandelt worden waren, hatte man sie in ihr Zimmer geschoben. Doch Nike hatte keine Ruhe. Sie konnte nicht in diesem Bett liegen und darauf warten, dass man sie entlassen würde.

Sie musste wissen, wo Annett war.

Schwester Julia verriet es ihr und Nike bat sie um Gehhilfen. »Ich muss doch meinen Kreislauf in Schwung bringen.«

Mit zerkratzten und quietschenden Unterarmstützen ausgestattet, humpelte Nike zum gegenüberliegenden Flur, um Annett am Krankenbett zu besuchen.

Sie klopfte an, und als von drinnen kein Geräusch zu vernehmen war, öffnete sie vorsichtig die Tür. Annett lag mit dem Rücken zum Eingang. Man konnte nicht erkennen, ob sie wach war oder schlief. Vorsichtig schloss Nike die Tür hinter sich und ging zum Bett.

Annett starrte aus dem Fenster.

»Hallo Annett.« Nike beobachtete sie und war sich nicht sicher, ob Annett sie überhaupt registrierte.

»Sie haben ihre Knochen gefunden.«

Annett flüsterte, doch ihre Worte schienen dem Raum den letzten Sauerstoff zu entziehen. Nike schnappte kurz nach Luft, als könnte sie das Unausweichliche nur so ertragen.

»Wo?«

Annett schloss kurz die Augen, bevor sie antwortete. »Direkt neben meinem Grab.«

Nike legte eine Hand auf ihren Unterarm, und Annett ließ es sich gefallen. Vorsichtig nahm Nike auf der Bettkante Platz.

»Er wollte mich einfach neben meiner Schwester verbuddeln. Wollte mich genauso töten und entsorgen wie sie.«

»Das tut mir so schrecklich leid.«

Schwache Worte. Aber zu mehr war Nikes Gehirn nicht fähig. Ralf Lorey. Ihr Nachbar, mit dem sie unzählige gesellige Abende im Garten verbracht hatte. Der in der ganzen Straße als hilfsbereiter Nachbar bekannt war. Der für ein Dankeschön Wasserhähne reparierte und Rasen mähte, wo die Eigentümerinnen es nicht mehr konnten.

»Wo war das?«

»Neben der Abraumhalde in der Nähe eures Hauses.«

»Am Monte Schlacko?«

Nike konnte es nicht fassen. Der Monte Schlacko war eine alte Schlackenhalde der längst abgerissenen Bremer

Hütte, die sich am Fuße des Haardter Bergs befunden hatte. Er war das inoffizielle Wahrzeichen der ehemaligen Gemeinde Hüttental, galt als höchster Berg der Stadt Siegen und war schon seit Generationen ein beliebtes Ausflugsziel. Von keinem Punkt aus hatte man so einen tollen Blick auf die Stadt.

»Er hat mich betäubt und niedergeschlagen, vermutlich dachte er, ich wäre tot. Dann hat er mich durch die Büsche hinter der Häuserreihe bis zu der abgelegenen Stelle geschleift und ein Loch gebuddelt.«

Annetts Stimme versagte und sie schluchzte.

»Hat das denn niemand bemerkt? Gab es keine Zeugen?«

Der Monte Schlacko war bekannt und wurde regelmäßig besucht – von Anwohnern, Studierenden der nahe gelegenen Uni, im Grunde war vermutlich jeder im weiten Umkreis schon einmal auf der Kuppe des Schlackeberges gewesen.

»Wahrscheinlich waren zur Mittagszeit die meisten Menschen zu Hause.« Annett richtete sich auf und wischte sich mit dem Handrücken über die rotgeweinten Augen. »Vielen Dank.«

Ihr Lächeln geriet schief, aber sie sah Nike offen ins Gesicht.

»Jetzt wissen wir endlich, wo Michaela all die Jahre war.«

Sie schniefte und suchte in der Schublade des Nachtschränkchens nach einem Taschentuch. »Immerhin hat sie es in den Westen geschafft.«

Die nächsten Worte gingen in hemmungslosem Schluchzen unter, und Nike strich ihr zaghaft über den Arm.

Die Tür des Krankenzimmers öffnete sich und eine dunkelhaarige Krankenschwester trat ein. »Wenn ich kurz unterbrechen dürfte? Die Polizei möchte noch einmal mit Ihnen sprechen, Frau Koschwitz.«

Annett richtete sich auf, auch Nike erhob sich.

»Wenn ich noch irgendetwas für dich tun kann, sag Bescheid. Ich liege auf der anderen Seite des Flures.«

Sie lächelte Annett zu, und Annett nickte.

»Ja. Ich melde mich auf jeden Fall, ehe ich zurück nach Leipzig fahre.«

KAPITEL 32

»Ralf hat gestanden.«

Lukas stellte drei dampfende Kaffeetassen auf den Terrassentisch. Eine davon reichte er Nike. Das geschiente Bein hatte sie auf einem Holzstuhl abgelegt, aber die erzwungene Ruhe machte sie fast wahnsinnig.

»In welcher Beziehung stand er zu Michaela?«

Annett blickte kurz auf den Kaffee, aber erst nach einem kaum merklichen Nicken von Nike nahm sie sich eine der Tassen.

»Die beiden haben sich wohl auf einem Urlaub am Balaton in Ungarn kennengelernt«, erklärte Lukas. »Anschließend haben sie eine Art Fernbeziehung geführt. Ralf«, er hielt kurz inne, dann räusperte er sich. »Er war wohl mehrmals in Leipzig gewesen, wo sie sich trafen.«

Annett schüttelte ungläubig den Kopf. »Aber Michi war doch mit Thomas zusammen!« Dann stockte sie. »Aber es stimmt schon, die Beziehung zwischen den beiden war merklich abgekühlt. Ich kann nicht genau sagen, ab wann. Aber es war schon auffällig.« Ein kaum sichtbarer Glanz zog über ihr Gesicht. »Ich war zu dieser Zeit ganz frisch mit meinem Mann zusammen. Erste Liebe und so, ihr wisst schon.« Sie blickte von Nike zu Lukas. »Aber ich wollte dich nicht unterbrechen.«

Lukas nahm ein paar Himbeeren aus der Schale und steckte sie sich in den Mund. Brigitte hatte sie vorbeigebracht und gleich noch einen Topf Suppe und eine Schüssel Auflauf zum Einfrieren dagelassen.

»Ralfs Cousin hat Anfang der Achtziger Jahre angeblich zwei Menschen zur Flucht in den Westen geholfen. Er kannte einen Grenzbeamten, der sich schmieren ließ. Da floss wohl auch Geld, hauptsächlich soll der Cousin das aber aus humanitären Gründen gemacht haben«, berichtete Lukas und Annett sah ihn ungläubig an.

»Das kann ich mir nicht vorstellen. An der Grenze arbeiteten nur Hundertfünfzigprozentige. Da war es wohl kaum möglich, unbemerkt Menschen über die Grenze zu schmuggeln.«

Lukas hob die Schultern. »Dazu kann ich nicht viel sagen. Der Cousin ist längst verstorben, den können wir nicht mehr befragen. Fakt ist jedenfalls, dass deine Schwester in der DDR verschwand und im Westen wieder auftauchte. Irgendwie muss sie die Grenze überwunden haben.«

»Weiß man, wie Ralf und Michaela das geschafft haben?«, wollte Nike wissen. Nach allem, was sie über die DDR und Republikflucht wusste, war das nur unter Lebensgefahr möglich gewesen.

»1984 wurde der Grenzübergang zwischen Herleshausen in Hessen und Wartha in Thüringen umfassend umgebaut. Es gab eine riesige Baustelle, der Wald war gerodet, riesige Flächen waren mit Baumaschinen zugestellt. An dieser Stelle wollte man einen großen und modernen Grenzübergang gestalten.«

Nike lachte kurz auf. »Modern?! Ich habe auf dem Weg nach Eisenach extra dort Halt gemacht, weil die Raststätte noch aus den Gebäuden der ehemaligen Grenzübergangsstelle Wartha bestand. Das war ziemlich gruselig. Aber klar, die Modernisierung ist ja auch schon beinahe vierzig Jahre her«, fügte sie hinzu und nahm sich ebenfalls ein paar Himbeeren. Auch Annett naschte von dem Obst, doch ihre Aufmerksamkeit galt Lukas' Schilderungen.

»Ralf und sein Cousin wollten die Unruhe an dieser Baustelle nutzen, um Michaela dort über die Grenze zu bringen«, erklärte Lukas. »Es gab einen Mittelsmann, der Michaela von Leipzig bis nach Eisenach gebracht hat. Dort traf sie sich mit Ralf und fuhr mit ihm gemeinsam in den Wald bei Hörschel, einem Dorf an der Werra. Im Wald versteckte sie sich dann in Ralfs umgebautem Auto und konnte unbehelligt bis nach Herleshausen fahren.«

Annett runzelte die Stirn. »Natürlich kennt man solche Geschichten. Aber ich habe sie nie geglaubt. Mag sein, dass das in den Sechziger Jahren funktioniert hat – aber Mitte der Achtziger?«

»Offensichtlich hat es doch geklappt. Es gibt jedenfalls vorerst keinen Grund, an seiner Aussage zu zweifeln, auch wenn das natürlich noch überprüft wird. Entscheidender ist für uns, was danach geschah.«

Er blickte zu Annett, dann zu Nike. Unschlüssig, ob er weiterreden sollte. Annett nahm ihm die Entscheidung ab.

»Ich habe mich nicht neben den Knochen meiner Schwester lebendig vergraben lassen, um mich hier jetzt mit Ausflüchten abspeisen zu lassen. Wenn, dann will ich alles hören.«

Sie trank einen Schluck Kaffee und stellte die Tasse entschlossen zurück auf den Tisch. Doch ihren Worten zum Trotz zitterten ihre Hände.

»Kurz hinter Herleshausen hielt er in einem Waldstück und half Michaela aus dem Auto. Michaela war bis auf ein paar Schrammen unverletzt. Sie machten noch einen Zwischenhalt bei Bad Hersfeld und fuhren dann auf der A 4 in Richtung Siegen«, schilderte Lukas. »Doch Michaela reagierte wohl nicht so, wie Ralf sich das erhofft hatte. Statt hingebungsvoller Dankbarkeit war sie distanziert und kühl. Seine Annäherungsversuche auf einem Rastplatz hinter Dillenburg hat sie nicht erwidert, hat ihn sogar von sich gestoßen. Wir wissen nicht, was in ihr vorging. Aber Ralf war außer sich vor Wut und schlug sie auf dem Beifahrersitz nieder. Er sagt, dass er sie nicht verletzen wollte, sondern sie daran erinnern, dass sie ihm etwas schuldig war.«

»Pah!« Annett spie ihre Verachtung aus. Lukas sah sie achselzuckend an. »Das sind seine Worte.«

»Und wie kamen die Zettel in den Bunkerraum? War Michaela darin gefangen?«, fragte Nike schaudernd. Unglaublich, dass sie vier Jahre lang in diesem Raum geprobt und Spaß gehabt hatten, ohne zu ahnen, dass eine junge Frau dort eingesperrt und gequält worden war.

»Michaela war ohnmächtig, und zwar ziemlich lange. Vielleicht lag es an der gesamten Situation oder ihrer körperlichen Erschöpfung, vielleicht hatte er ausgesprochen heftig zugeschlagen. Wir werden es vermutlich nicht mehr abschließend erfahren«, fügte Lukas hinzu. Mit seinen Händen knibbelte er an einem abspringenden Holzspan herum und Nike musste sich zusammenreißen, um ihn nicht zu unterbrechen. Sie wollten jetzt endlich die Wahrheit hören.

»Er wusste nicht, wohin mit ihr. Damals lebte er schon im Nachbarhaus, das er nach dem Tod seiner Eltern von seiner Großtante geerbt hatte. Er hatte alles für einen schönen Empfang vorbereitet, die Wohnung geputzt und gemütlich hergerichtet, sogar Blumen standen für den großen

Tag auf dem Tisch. Er hatte sich vorgestellt, Michaela am Arm über die Schwelle seines großen Hauses zu führen, möglichst von allen Nachbarn gesehen. Doch das ging nicht mit der ohnmächtigen Michaela, das würde Gerede geben. Also fuhr er erstmal mit ihr zum Bunker, wo er einen Raum für seine Elektronikartikel gemietet hatte. Damals lief sein Geschäft noch gut und er brauchte Lagerraum. Allerdings war der Bunkerraum zu diesem Zeitpunkt noch leer.«

Annetts Blick ging zu den Fliederbüschen, die das Grundstück von Nike und Lukas vom Nachbargrundstück abgrenzten. Das Gras war an dieser Stelle platter und dünner als im Rest des Gartens, einige Zweige abgebrochen. Ein deutlich sichtbares Zeichen, dass hier regelmäßig Menschen durchgingen. Dass der Mann, der ihre Schwester und beinahe sie selbst getötet hatte, bei ihnen ein und aus gegangen war.

»Er trug sie in den Raum und legte sie dort ab, dann fuhr er nach Hause, um eine Luftmatratze, eine Decke sowie Essen und Wasser für sie zu holen. Als er wieder zurückkam, war sie wach.«

Annett knibbelte nervös an ihren Fingern, und Nike wünschte sich, das Kommende nicht hören zu müssen. Aber es war unvermeidlich, wenn sie wissen wollte, was mit Michaela Wolff geschehen war.

»Ab hier verstrickt er sich in Widersprüche. Er sieht hauptsächlich Michaela in der Schuld. Denn schließlich habe er ihr in den Westen geholfen und dürfe ja wohl Dankbarkeit und Entgegenkommen von ihr erwarten.«

Nike ahnte, in welche Richtung es ging. Lukas nickte leicht, als sie ihn anschaute, er mied aber den Blick zu Annett.

»Was wir sicher sagen können: Er hat sie mehrere Tage dort festgehalten, ihr immer wieder Essen und Trinken gebracht, sie aber nicht freigelassen. Wir wissen nicht, warum. Darüber schweigt er sich aus. Vermutlich wollte er sie auf diese Weise bestrafen und erpressen. Sie hatte ein kleines Notizbuch dabei, in dem sie ihre Reise notiert hat. Während ihrer Gefangenschaft hat sie die Blätter hinter den Eierpappen versteckt. Eine Studentenband hat sie damals an die Wand geklebt.«

Als müsste er sich für die nächsten Sätze sammeln, blickte er zu Annett, doch die war so sehr mit ihren Fingern beschäftigt, dass sie die kurze Sprechpause gar nicht zu merken schien.

»Es muss wohl zu Handgreiflichkeiten gekommen sein. Ralf sagt, Michaela habe ihn angegriffen und er habe sich nur gewehrt. Dabei sei sie so unglücklich gestürzt, dass sie mit dem Kopf gegen die Wand prallte. Als er das viele Blut auf dem Boden sah, sei er plötzlich völlig klar im Kopf gewesen. Vor lauter Schreck ist er erstmal geflüchtet und hat sie dort liegenlassen.«

»Hat sie zu diesem Zeitpunkt noch gelebt?«, wollte Nike wissen. »Hat er das wenigstens geprüft?«

»Er sagt, er habe Panik bekommen und sei Hals über Kopf abgehauen.«

»Panik!«, rief Annett verächtlich aus. »Er hat sie mindestens zwei Mal so heftig geschlagen, dass sie ihr Bewusstsein verlor. Und dann sperrt er sie über mehrere Tage in so ein Loch. Da wird er ja wohl zwischendurch mal bei Verstand gewesen sein, oder?«

»Deshalb wird er auch mit der Notwehr nicht durchkommen«, erklärte Lukas.

»Das ist ja wohl das Mindeste«, murmelte Annett und schluckte.

»Er hat sie in der darauffolgenden Nacht mit dem Auto aus dem Bunker geholt und durch die Garage in sein Haus gebracht. Dann hat er sie durch das Gebüsch am hinteren Ende der Grundstücksreihe bis zum Monte Schlacko gebracht und dort in einer Senke begraben. Es war der gleiche Weg, auf dem er auch dich dort vergraben hat.«

Er blickte Annett an, die ihre Lippen zusammenkniff.

»Unfassbar«, murmelte Nike. »Fünfunddreißig Jahre lang lag ihre Leiche ganz in seiner Nähe und niemand hat auch nur geahnt, dass hier, mitten in der Stadt, ein solches Verbrechen stattgefunden hat.«

»Hier wurde ja auch niemand vermisst«, antwortete Annett bissig. »Wir dachten, sie hätte nach ihrer Flucht den Kontakt zu uns abgebrochen und wussten nicht, wie wir sie im Westen hätten suchen sollen. Und nach der Grenzöffnung, als wir dann endlich die Möglichkeit hatten, haben wir nichts mehr herausgefunden, da war sie wie vom Erdboden verschluckt. Aber wie hätten wir sie auch finden können. Hier hat sie ja niemand gesehen. Kein Mensch wusste, dass sie hier gewesen war. Dass Michi überhaupt existierte.«

Tränen liefen ihr über die Wangen und Nike reichte ihr schweigend ein Taschentuch. Ihr fehlten die passenden Worte. Falls es für so etwas überhaupt angemessene Begriffe gab.

»Wieso hat sie denn in all den Jahren niemand gefunden?«, fragte Annett schluchzend und schnäuzte sich.

»Das Gelände gehört den Stahlwerken, Teile davon stehen unter Naturschutz. Das Betreten war immer verboten, auch wenn sich nicht alle Menschen dran gehalten haben. Ich war als Kind das erste Mal dort oben, allerdings nicht mit meinen Eltern. Die hätten das niemals geduldet.«

Annett nickte stumm.

Nike wandte sich an Lukas: »Wisst ihr mittlerweile, was er uns in den Kaffee getan hat?«

»Nach seiner Angabe hat er die Medikamente seiner Großtante gesammelt und auch nach ihrem Tod aufgehoben.«

»Aber warum hatte er die dabei, als er zu uns kam? Er schleppt doch wohl kaum grundlos uralte Medikamente mit sich herum?«

Es fiel Nike schwer, an diesen Verrat zu denken. Ralf, der nette Nachbar, hatte kaltblütig versucht, sie zu vergiften. Hatte billigend in Kauf genommen, dass sie an einer Überdosis starb.

»Er hat Annett direkt erkannt, als sie zu uns kam. Die beiden Frauen sehen sich wirklich ziemlich ähnlich, auch wenn Annett natürlich älter ist, als Michaela damals war. Die Erkenntnis hat ihn wohl wie ein Hammerschlag getroffen. Das Leipziger Autokennzeichen war dann die letzte Bestätigung, dass Annett Michaelas Schwester war. Und ihm war auch klar, dass der Besuch kein Zufall war. Wusste er von dem Tagebuch?«, fragte Lukas. Nike nickte.

»Ich habe ja relativ offen darüber gesprochen. Warum auch nicht«, fügte sie leiser hinzu. »Vor ein paar Tagen hat er mir geholfen, die Papiere vor dem Regen zu retten. Ich nehme an, dass er spätestens zu diesem Zeitpunkt ahnte, dass es eng für ihn wurde. Auch wenn ich keinen Schimmer davon hatte, wie nah ich an der Wahrheit über die Tagebuchaufzeichnungen war.«

»Und als er mich gesehen hatte, war für ihn alles klar. Wahrscheinlich hat er da schon den Plan mit den Medikamenten geschmiedet«, ergänzte Annett.

»Sehr wahrscheinlich. Allerdings hätte ihm der Hund beinahe einen Strich durch die Rechnung gemacht. Den konnte er nämlich tatsächlich früher holen als geplant. Das hat ihn gestresst, weil er die Dogge nicht zu lange allein zu Hause lassen wollte. Und gleichzeitig wollte er das Problem mit dir lösen, Annett.«

Sie sah ihn nicht an und pulte wieder an ihren Fingerkuppen herum, von denen sich schon erste Hautfetzen lösten.

»Und dann hat er mich auch noch gleich um die Ecke bringen wollen«, ätzte Nike. »Hat er denn ernsthaft geglaubt, er käme damit durch? Mag sein, dass Annetts Verschwinden erst nach ein paar Tagen aufgefallen wäre. Aber ich?«

Dabei kannte sie die Antwort. Ralf Lorey hatte so sehr unter Druck gestanden, dass er nicht mehr rational handeln konnte. Sein gesamtes Kartenhaus, auf dem er sein Leben aufgebaut hatte, stand kurz vor dem Einsturz. Aus seiner Sicht hatte er sofort handeln müssen.

Und beinahe wäre der Hund sogar zu seinem Unterstützer geworden.

»Ich verstehe nicht, wie wir uns so täuschen konnten, Lukas.«

Nike griff über den Tisch nach seiner Hand.

»Es ist doch gut, dass wir nicht überall sofort das Schlechte im Menschen sehen«, antwortete er ausweichend. Er würde sich diese Fragen ebenfalls stellen, aber er sprach nicht darüber.

Annett erhob sich.

»Ich danke euch für alles, was ihr für uns getan habt. Besonders dir danke ich für deine Hartnäckigkeit, Nike. Ohne dich hätten wir Michi vermutlich nie gefunden.«

Nike winkte ab. »Wenn ich geahnt hätte, welches Schicksal sich hinter den Seiten in unserem Probenraum verbirgt, wäre ich noch viel energischer gewesen.«

Sie sparte sich den Seitenblick auf Lukas, obwohl sie sich dafür zusammenreißen musste.

»Michaela, oder vielmehr das, was von ihr noch übrig ist«, fügte Annett leiser hinzu, ehe sie fortfuhr, »wird nach Leipzig überführt. Dort wird sie eingeäschert und neben unserem Vater liegen.« Sie senkte den Blick. »Mutti wird es helfen, mit allem abzuschließen. Und mir auch. Endlich haben wir meine Schwester gefunden. Nach fünfunddreißig Jahren.«

Ihre Stimme war immer leiser geworden, die letzten Worte verschluckte sie fast. Annett wischte sich mit dem Handrücken über die Augen und nahm dankend das Taschentuch, das Nike ihr reichte.

Dann sah sie Nike an.

»Würdest du mir die Tagebuchseiten überlassen?«

»Selbstverständlich!« Nike wollte aufspringen, doch die Orthese an ihrem Bein hinderte sie an einer schnellen Bewegung. »Sie liegen noch auf dem Wohnzimmertisch. Du kannst sie dir nehmen.«

Sie stemmte sich auf den Armstützen nach oben, doch Lukas und Annett winkten ab.

»Bleib sitzen. Wir machen das.«

Wenig später humpelte sie zur Straße, um Annett zu verabschieden. Sie hatte sie überreden wollen, noch ein paar

Tage in Siegen zu bleiben und sich von den Strapazen zu erholen, doch Annett wollte nach Hause.

»Und denk dran: Wenn du reden möchtest, ruf an. Jederzeit, auch nachts!«

»Danke. Ich melde mich spätestens, wenn ein bisschen Ruhe bei uns eingekehrt ist.«

Annett mied den Blick zum Nachbarhaus, das von den Behörden versiegelt wurde. Sie startete den Motor und fuhr langsam den Berg hinab. Bevor ihr Wagen aus dem Blickfeld verschwand, winkte sie durch das geöffnete Wagenfenster. Dann war sie weg.

»Glaubst du wirklich, dass sie sich noch mal meldet?«, fragte Lukas und Nike nickte überzeugt.

»So ein Erlebnis schweißt zusammen.«

»Da hast du vermutlich recht«, erwiderte Lukas und bot ihr den Unterarm, um sie auf dem Weg zurück auf die Terrasse zu stützen.

Kaum saß sie zwischen den Kissenbergen, raschelte es in den Fliederbüschen an der Grundstücksgrenze. Ein rotes Fellbündel sprang ihr auf den Schoß.

»Ach, Chester.« Sie kraulte ihm das Fell und der Kater schnurrte wohlig. »Solange das Haus drüben noch leer steht, darfst du rüber gehen. Wenn da aber neue Leute einziehen, bleibst du hier. Wer weiß, ob die neuen Nachbarn deine Besuche mögen.«

Der Kater erhob sich und sprang von ihrem Schoß, als wäre er empört oder beleidigt. Doch er trottete seelenruhig in die Küche, wo ein neuer Napf für ihn stand. Nike hörte ihn schmatzen und schloss die Augen.

Annett hatte ihre Schwester nach fünfunddreißig Jahren wiedergefunden und konnte nun endlich um sie trauern.

Und sie selbst würde ebenfalls einen Weg für die Trauer um ihren Bruder finden. Solange sie wegen ihres Beines krankgeschrieben war, hatte sie ausreichend Zeit.

Und danach würde sie sich überlegen, wie es mit ihr und der Petermann weitergehen konnte.

LEIPZIG, 07. SEPTEMBER 2019

Der Spätsommer hatte die Wiesen vergilben lassen, manche Bäume färbten bereits ihr Laub in Gelb, Rot und Hellbraun. Doch die Hortensien und Dahlien setzten bunte Tupfer in das pflegeleichte Grün des Friedhofs.

Die Sonne schien noch kräftig, aber ihre Zeit würde bald vorüber sein. Der Herbst lauerte schon, sandte kühle Luft über die asphaltierten Wege und legte Nebel in die dunklen Ecken.

Heute war der siebte September. Michis Geburtstag.

Annett hatte ein kleines Sträußchen Astern in der Gärtnerei besorgt. Michi liebte Astern - vielleicht, weil es ihre Geburtstagsblumen waren. Ihre Mutter hielt einen Kunststoffengel mit Kerzenhalter in der Hand. Es war das erste Geschenk seit fünfunddreißig Jahren, das sie ihrer ältesten Tochter überreichte. In der anderen Hand hielt sie eine Friedhofskerze aus rotem Kunststoff.

Hannis Schritte waren langsam, als bereite ihr das Heben und Senken der Füße große Mühen. Und vielleicht war es ja wirklich so. Keine Mutter sollte Friedhofswege gehen müssen, um ihr Kind zu besuchen, dachte Annett. Gleichzeitig schämte sie sich für all die negativen Gedanken, die Wut, die Verachtung und die Ignoranz, die sie Michis Verschwinden entgegengebracht hatte. Jahrelang hatte sie ihr im stillen Egoismus vorgeworfen, hatte Michaela verantwortlich für ihre eigene berufliche Situation gemacht und letzten Endes sogar für Rainers Tod.

Nur, dass Michi zu diesem Zeitpunkt schon längst nicht mehr gelebt hatte. Sie hatte die DDR verlassen, hatte an die große Liebe geglaubt und an ein besseres Leben im Westen. Stattdessen war sie einem Verbrechen zum Opfer gefallen und hatte in ihren letzten Tagen in einem schlimmeren Gefängnis gesessen, als es die DDR jemals hätte sein können.

Eine einzelne Träne rann Annetts Wange hinab, sie ließ sie einfach laufen. Auch ihre Mutter weinte stumm, das konnte die Sonnenbrille nicht verbergen.

Vor zwei Wochen waren Michis Gebeine eingeäschert worden. Die blumengeschmückte Urne war in einem kleinen Akt beigesetzt worden. Ein paar von Michis alten Freunden waren gekommen, unter anderem Dana mit ihrer Lebensgefährtin. Obwohl sie sich ein ruhiges Begräbnis im engsten Kreis gewünscht hatten, waren zwei Fotografen in der Nähe herumgelungert. Karsten war auf sie zugegangen, und nach wenigen Worten waren sie wieder abgezogen. Was er den Presseleuten gesagt hatte, wusste sie nicht.

Die Wunde am Kopf, die Lorey ihr zugefügt hatte, war mittlerweile fast verheilt, die Haare wieder nachgewachsen. Auf der Beerdigung hatte sie einen Hut getragen, um ihre sichtbare Verletzung zu verbergen.

Die unsichtbaren Wunden, die Alpträume, aus denen sie regelmäßig erwachte und die Panikattacken, die sie in letzter Zeit überfielen, konnte sie nicht unter einem Hut verstecken. Die waren da, krallten sich in ihr Herz und ihre Gedanken, lähmten sie. Die Fortschritte in ihrer Therapie waren nur langsam, allzu oft machte sie Rückschritte.

Es hinterließ tiefe Spuren, lebendig begraben zu werden.

»Heute wäre sie vierundfünfzig Jahre alt geworden.«

Hannis Stimme war leise, aber Annett wusste auch so, was sie sagen wollte. Der letzte Geburtstag, den sie gemeinsam verbracht hatten, war ihr neunzehnter gewesen.

»Ach, Mutti«, war das Einzige, das Annett einfiel. Es war so überflüssig wie nichtssagend und dennoch lag so viel Gewicht in diesen beiden Worten.

»Dafür ist sie jetzt wieder mit Vati vereint.«

Für Michis Urne war ein kleines Loch neben dem Sarg ihres Vaters gegraben worden, der Urnenträger hatte die dunkle, mit Astern geschmückte Urne eingelassen, der Pfarrer ein paar tröstende Worte gespendet. Michi hatte ein christliches Begräbnis erhalten, obwohl sie niemals eine Anhängerin der Kirche gewesen war. Hanni hatte es so gewünscht und Annett hatte nur genickt.

Hauptsache, sie konnten endlich mit der Vergangenheit abschließen.

NACHWORT

2019 jährt sich der Mauerfall zum dreißigsten Mal, das Leben im geteilten Deutschland verschwimmt in der Erinnerung. Doch überwunden ist die jahrzehntelange Trennung noch immer nicht, es fehlen verbindende gemeinsame Erlebnisse in der Vergangenheit. Wer heute dreißig Jahre und jünger ist, hat keine persönlichen Erinnerungen an die Zeit des Kalten Krieges. Umso wichtiger sind Zeitzeugen, die wir befragen können.

Im Zuge meiner Recherche traf ich mich mit ehemaligen Grenzsoldaten, besuchte Museen und Gedenkstätten und las viel über Schicksale entlang der Grenze. Mein persönlicher Abschluss war eine Wanderung entlang des Grünen Bandes zwischen Hessen und Thüringen. Dabei durchwanderte ich auch die Region Herleshausen – dort, wo Michaela Wolff die Grenze illegal überquerte.

Am Grünen Band sind noch viele Relikte der Teilung zu sehen. Viele Orte gedenken dieses Teiles ihrer Geschichte, an vielen Stellen kann man kilometerweit auf dem betonierten Kolonnenweg gehen oder fahren. Aus der Luft kann man teilweise noch den Verlauf der innerdeutschen Grenze erkennen, das Grüne Band schlängelt sich fast 1.400 km lang durch Deutschland.

Aufgewachsen in den Siebzigern und Achtzigern im Zonenrandgebiet in Osthessen, waren die Grenzanlagen allgegenwärtiger Teil meiner Kindheit. Die Idee zu einer Geschichte wie »Unter der Mauer« schwelte lange in mir, bis sie endlich reif genug war für die Umsetzung. Das Material und das Wissen, das ich während der Recherche ansammelte, reicht noch für viele weitere Grenzromane. Nur ein kleiner Teil davon fand seinen Weg in »Unter der Mauer« oder diente als »Hintergrundrauschen« beim Schreiben.

Die Geschichte von Uwe, der beim Fluchtversuch durch die Werra erschossen wurde, ist inspiriert von ähnlichen Ereignissen. In den Orten entlang der Werra, die als natürliche Grenze zwischen Hessen und dem Bezirk Erfurt fungierte, kam es über die Jahrzehnte immer wieder zu geglückten Fluchtversuchen durch den Fluss, aber leider auch zu einigen Toten. Die Sperranlagen entlang des Stromes zeigen eine weitere Dimension der Unmenschlichkeit der Grenzanlagen.

Im Siegener Stadtgebiet stehen noch zahlreiche Hochbunker, dazu kommen mehrere Tiefbunker oder als Bunker genutzte Stollen. Erst im Jahr 2009 wurden die letzten Bunker aus der Zivilschutzbindung entlassen und verkauft. Einige wurden schon lange vorher als Lagerräume genutzt, auf andere wurden Wohnhäuser gebaut. Doch auch jetzt sind einige Hochbunker noch verschlossen und nur zu besonderen Gelegenheiten begehbar.

Der Bunker, in dem Nikes Band Pigs and Pearls probte, steht im Ortsteil Weidenau. Vorbild ist der Bunker am Friedrich-Flender-Platz. Details über seine Nutzung ab den achtziger Jahren habe ich zwar den Bedürfnissen meines Romans angepasst, im Grunde entsprechen sie aber der zivilen Nutzung der Bunkeranlagen im gesamten Stadtgebiet.

Trotzdem ist es der einzige Bunker in der Stadt, der in den 1980er Jahren – also zu Zeiten des Kalten Krieges – zu Atomschutzzwecken umgebaut wurde. Wer die Gelegenheit bekommt, einen der ungenutzten und ursprünglichen Bunker zu begehen, sollte sie nutzen. Die Stimmung in diesen Stahlbetonbauten ist nur schwer zu beschreiben und macht die Dimension des Zweiten Weltkrieges und seiner weitreichenden Folgen deutlich.

DANK

Ein Roman wie »Unter der Mauer« schreibt sich nicht allein, viele Menschen sind – mehr oder weniger direkt – an seiner Entstehung beteiligt.

Daher danke ich dem ehemaligen Bürgermeister der Stadt Herleshausen, Herrn Helmut Schmidt, für die vielen Informationen und die Einblicke in den Alltag unmittelbar an der Grenze. Vom allgegenwärtigen Gebell der Wachhunde wurde mir oft erzählt, es scheint zu den eindrücklichsten Erinnerungen der Bewohner direkt an der Grenze zu gehören.

Stellvertretend für viele andere Ehrenamtliche danke ich Herrn Hans Schaub vom Grenzmuseum in Wildeck-Obersuhl für das Engagement und die vielen Erklärungen. Entlang der ehemaligen Grenze gibt es mehrere kleine, sehenswerte Museen und Heimatstuben mit vielen Exponaten zum Anschauen, Anfassen und Begreifen.

Point Alpha in Geisa in der Rhön beherbergt eine große Gedenkstätte mit Innen- und Außenbereich und ist jederzeit einen Besuch wert. Mein Dank gilt allen, die sich um diesen besonderen Teil der deutschen Geschichte bemühen und das Gedenken aufrechterhalten.

Meinen Kolleginnen und Kollegen vom Montségur-Autorenforum danke ich für die kreative Suche nach einem passenden Bandnamen – euch habe ich *Pigs and Pearls* zu verdanken!

Mein besonderer Dank gilt meinen *Mörderischen Schwestern* Jasmin Maxwell-Klein und Kathrin Stricker, die mir blinde Flecken, komische Formulierungen und unlogische Stellen aufgezeigt haben.

Diana Krahn und Katrin Standke-Ulbricht haben mir mit Hinweisen zum Alltag in der DDR geholfen. Alles, was falsch oder unpassend dargestellt ist, geht auf meine Kappe.

Mit Christiane Lind verbindet mich nicht nur eine kollegiale Freundschaft, wir nehmen auch unsere Manuskripte auseinander – vielen Dank für deinen strengen Rotstift!

Zuletzt danke ich meinem Mann und meiner Familie für den Rückhalt und die Geduld, wenn ich mich mal wieder tagelang im Arbeitszimmer verkrieche oder in Gedanken nicht mit euch am Esstisch sitze, sondern mich mit Selbstschussanlagen, Zivilschutz und dem Wetter im Sommer 1984 beschäftige.

Ihr seid super!

KNOCHENFINDER

ISBN 978-3961114528

"Du sollst noch nicht sterben, schließlich brauche ich dich noch", sagte die sanfte Stimme.

Aber es klang nicht beruhigend.

Ein Schüler verschwindet spurlos. Gleichzeitig tauchen an der Schule des Vermissten brutale Gewaltvideos auf. Noch während die Polizei nach dem Schüler sucht, findet eine junge Familie menschliche Knochen in den Wäldern des Rothaargebirges.

Natascha Krüger und ihre Kollegen von der Siegener Polizei ermitteln im Umfeld des Vermissten und werden zu unfreiwilligen Mitspielern einer gefährlichen Schatzsuche. Dann tauchen die nächsten Knochen auf ...

11 SCHRITTE INS GLÜCK

ISBN 978-3748158400

Zero Waste, plastikfrei, Minimalismus und Nachhaltigkeit sind voll im Trend.

"11 Schritte ins Glück" ist die perfekte Einstiegsliteratur, denn an vielen praktischen Beispielen werden Hintergründe erklärt, Probleme erläutert und kostengünstige Lösungen aufgezeigt.

Alle Tipps sind alltagstauglich und erprobt, funktionieren für Singles genauso wie für Familien und schonen den Geldbeutel.

Denn ein ökologisch bewusstes und aufgeräumtes Leben muss weder teuer noch kompliziert sein!